대한민국 ②

대한민국 2

초판 1쇄 발행일 2008년 8월 20일
초판 2쇄 발행일 2009년 7월 5일

글 유호
펴낸이 김지영   펴낸곳 작은책방
편집 김현주   디자인 박혜영
제작·관리 김동영, 서은주
영업 김동준, 조명구

출판등록 2001년 7월 3일 제2005-000022호
주소 158-070 양천구 신정동 318-5 황금프라자 804호
전화 (02)2648-7224   팩스 (02)2654-7696
홈페이지 www.i-b.co.kr

ISBN 978-89-5979-108-8 04810
      978-89-5979-112-5 (SET)

대한민국 2

유 호 장 편 소 설

해든아침

|차례

1장 첫 번째 살인   7

2장 선물   30

3장 하프늄-178   44

4장 물관리 프로젝트   60

5장 충돌   100

6장 미래연대   139

7장 화력시범   165

8장 MDD-1 치우   186

9장 칼 대장간에서 쟁기 만들기!   214

10장 두 번째 원정   230

11장 폭풍전야   260

12장 연평도   284

첫 번째 살인

차관급 공무원 3명의 해임이 확정되고 양산해를 비롯한 현직의원 9명의 의원직 박탈이 가시화되자 당정은 급격하게 손발이 어긋나기 시작했다. 야당의 공세가 거세진 것은 당연했고 최근의 비정상적인 국정운영으로 신뢰도에 치명적인 손상을 입은 정부는 이래저래 힘을 쓰지 못했다. 거기에 박지웅 총재의 정치자금 수수가 더해지면서 정계는 일파만파, 걷잡을 수 없는 엄청난 소용돌이에 휘말려버렸다. 정기국회가 코앞으로 다가왔지만 법안에 신경을 쓰는 사람은 아무도 없었다.

"이거 진짜 개싸움이 돼가네. 후후. 여의도 가서 팝콘 장사나 할까?"

위그선 골조조립이 막 시작된 대주조선 도크를 내려다보면서 대한이 내뱉은 첫마디였다. 팔짱을 끼고 선 유민서가 말을 받았다.

"그나저나 여긴 왜 데려온 거예요? 나야 같이 있으면 좋지만 회사에 할 일이 산더미에요."

"아. 미안하긴 한데. 나도 같이 있고 싶어서 말이야. 후후."

"어머나? 이젠 아영이 있는 데서도 그런 말 잘하네요? 좋아요. 전부 다 용서하죠. 상도 주고. 호호."

유민서가 그의 뺨에다 살짝 키스를 하고는 아영을 돌아보며 말했다.

"아영아 못 봤지?"

"응. 본 거 없어."

간결한 대답. 아영의 눈길은 골조의 스펙을 확인하느라 여념이 없었다. 두 사람이 낯간지러운 소리를 주고받는 10여 분 동안 신속하게 기본 스펙을 확인하고 촬영까지 끝낸 아영이 돌아섰다.

"끝냈어. 오빠."

"수고했다. 이만 가자."

그가 발길을 돌리면서 팔짱낀 민서의 손을 쓰다듬으며 말을 이었다.

"사실 오늘 너를 여기 데려온 건 항공산업 이야기를 하고 싶어서야."

"항공산업?"

"그래. 저 배에 탑재할 항공기가 필요해. 물론 전투기여야 하겠지. 위그선의 기본 설계는 공격헬기 1대와 직승 전투기 2대 탑재야. 도면과 스펙은 완벽하게 준비가 되어 있지만 문제는 주변부품이야. 일일이 개발하기에는 시간이 너무 걸리니까. 구매한 물건을 개조하는 쪽으로 가닥을 잡아야 할 거다. 구매부품 리스트와 전체적인 일정계획은 USB로 전해 줄게. 시제품 완료 시점은 1년. 주변 부품은 6개월 이내에 마무리해야 돼. 기체와 골조는 격리구역에서 별도로 진행해라."

"음…… 그러니까 핵심부품은 제외하고 주변 부품하고 기체를 미래정밀에서 해결하라 이거네?"

"그래. 기체소재는 다음달, 핵심부품은 조립시점에 맞춰서 미래소재에서 전달하게 될 거야. 그쪽엔 벌써 지시가 내려갔다."

잠깐 생각을 정리한 유민서가 이마에 손을 대며 말했다.

"몇 대나 필요한데?"

"우선 헬기 2대하고 전투기 4대로 가자. 이름은 MH-1 운사, MF-1 풍백. 위그선의 이름은 MD-1 치우로 할 생각이다. 후년 말쯤에 풍백과 운사는 무장과 레이더 등 일부를 스펙 다운한 양산체제를 갖추고 2세대 장비 개발에 들어가면서 군에 판매를 시작하는 쪽으로 가닥을 잡아야 할 것 같다. 양산해봐야 첫해에는 연 10대 선일 테니까 설비투자는 최소화할 필요가 있겠지."

"가능하면 범용체제를 만들라는 이야기네?"

"그런 셈이야."

"전투기에다 공격헬기라니까 얼핏 말이 안 된다고 생각했는데…… 이제까지 해온 걸 생각하면 못 할 게 없는 것 같고……. 에이! 모르겠다. 알았어요. 가능하니까 시키겠지 뭐."

대한은 미소를 머금었다. 한 마디로 무한신뢰, 유민서는 그의 말에 가부를 판단할 생각이 아예 없었다. 그가 유민서의 뺨을 쓰다듬자 그녀가 금방 생각났다는 듯 물었다.

"참! 인터셉터 반응은 어때요? 발표회 한지 일주일이나 지났는데 말이 없네?"

"아직은 물밑 협상이 진행되는 수준이야. 매스컴에서야 시끄러웠지만 가격이 만만치 않고 당장 실적이 눈에 보이는 물건도 아니잖아. 아마 해가 바뀌고 포철이나 화력발전소 같은 대형 이산화탄소 배출업체들이 새로 설비예산을 따내게 되면 협상이 본격화 되겠지. 내후년부터는 이산화탄소 배출권 가격이 천정부지로 급등하니까 그때가 되면 탄소화합물이라면 메탄가스까지 모조리 집어삼키는 인터셉터 가격 20억이 큰 돈이 아니거든. 진짜 실적은 내년부터 나올 거야. 올해 안에 5대 조립을 마치도록 지시해뒀어."

시원스럽게 이야기한 그가 주차장으로 방향을 잡자 그녀가 팔짱을 풀며 말했다.

"잠깐만. 나 화장실 좀 다녀올게요."

"그래. 현관에서 기다릴게."

유민서가 화장실에 간 사이 안내하던 대주조선 담당자들과 인사를 나누고 건물 현관에서 잠시 그녀를 기다렸다. 그런데 10분이 흘러도 유민서가 나타나지 않았다. 여자는 의례 화장실에서 시간이 걸린다는 걸 알지만 여러 사람이 기다리는 상황에서 10분은 너무 길었다. 무엇보다 느낌이 별로 좋지 않았다. 그가 아영을 한쪽으로 잡아끌며 나직이 말했다.

"아영아. 화장실 스캔해 봐."

역시나 아영의 대답은 좋지 않았다.

"여자 둘, 민서는 없어."

"젠장! 어디 간 거야?"

재빨리 화장실로 뛰어가 아영을 안으로 들여보냈지만 흔적을 찾을 수는 없었다. 나오는 그녀에게 소리쳤다.

"아영아. 찾아!"

"스캐너 확장. 반경 1킬로미터."

"확장. 반경 2킬로미터."

초조한 몇 초가 흐르고 기분이 최악으로 변해갈 무렵 아영이 빠르게 말했다.

"찾았어. 외부 주차장을 빠져 나가고 있어."

"제기랄! 이게 무슨! 가자! 놓치지 마!"

두 사람은 당황하는 담당자들을 무시해버리고 곧장 주차장으로 달렸다. 차에 올라타기가 무섭게 무조건 액셀페달을 밟았다. 귀청을 찢을 듯한 스키드 소음을 토해낸 SUV가 무서운 속도로 튀어나갔다. 연락을 받은 정문은 이미 차단기를 치워놓은 상황, 차는 곧장 대로로 빠져나왔다.

"어디냐?"

"직선거리 1.9킬로미터, 진입로 초입에서 거제대교를 향해 이동 중."

"젠장!"

그는 부서져라 페달을 밟았다. 앞에서 얼쩡거리는 차량들 때문에 마구잡이로 중앙선을 오가면서까지 거리를 좁혔지만 목표 차량은 쉽게 시야에 들어오지 않았다. 순식간에 시속 120km, 비좁은 국도에선 엄청나게 위험스런 속도였다. 신호조차 무시한 채 위태롭게 공장구간을 빠져나와 대교에 올라섰다. 그가 속도를 더 올리자 아영이 말했다.

"직선거리 400미터, 속도 너무 올리지 마. 곧 시야에 들어올 거야."

그가 속도를 다소나마 줄이며 말했다.

"후…… 그래. 알았다. 그런데 어떤 미친놈들이지? 조선소가 아무리 넓고 복잡한 곳이라지만 이 사람 많은 곳에서 납치를 해?"

상황통제가 가능하다는 판단이 서자 방심했다는 자책이 분노로 바뀌어가고 있었다. 어머니를 제외하고 생전 처음 내 사람이라고 생각한 여섯 사람 중 하나, 그것도 마누라감으로 결정한 유민서였다. 누가 됐든 잡히면 죽었다고 복창이 정답이었다.

어쨌거나 상황은 정말 의외였다. 사람들이 많은 회사 안에서 일을 벌인 배짱도 배짱이지만 준비가 되지 않고는 불가능한 일이었다. 그가 방문을 결정한 것이 어제 오후, 방문계획이 조선소 측에 통보가 된 것도 저녁 무렵이었다. 그렇다면 조선소 측에서 어디론가 정보가 샜고 아침부터 납치를 준비하고 그를 기다렸다는 이야기였다. 그러나 정황상 프로의 솜씨는 아니었다. 기껏해야 기회를 보다가 유민서가 사람들에게서 떨어져나가자 무조건 덮친 모양새였다. 전문적인 정보기관이라고 보기엔 너무 어리숙했다.

"저기. 회색 밴, 저거야. 차량 번호 52가-410X, 차주검색…… 양인욱. 67세, 거제도 거주."

"쩝…… 도난차량이겠네."

그는 입맛을 다셨다. 밴과의 거리는 100여 미터, 잠시 갈등했다. 성질대로 한다면 당장 차를 세워야 했지만 자칫 사고라도 생긴다면 유민서의 신변에 문제가 생길 수도 있었다. 일단은 따라가면서 기회를 노릴 수밖에 없었다. 회색 밴은 고속도로를 피해 국도로 북상을 시작했다. 십중팔구 차량번호가 찍히는 고속도로는 피하고 싶을 터였다.

차량 서너 대를 사이에 두고 30여 분을 따라가자 산길 즈음에서 방향을 튼 밴이 비좁은 콘크리트 농로를 통해 산으로 들어갔다.

"여기서 차를 바꾸겠다는 이야기 같은데…… 일단 프로는 아닌 거 같다. 그냥 여기서 끝내자."

혼잣말처럼 중얼거린 그는 밴이 시야에서 사라지자 자신의 차로 아예 농로를 막아버리고 숲으로 뛰어들었다. 길이 제법 험해서 오래 올라가지는 못할 터였다. 비포장도로를 따라 100여 미터를 움직이자 좁은 공터에 나란히 선 밴 두 대가 눈에 들어왔다. 놈들은 큼직한 박스를 회색 밴에서 끌어내리고 있었다.

"인원은?"

"전부 4명. 무장은 권총 하나. 나머지는 칼이야."

"권총? 젠장! 이거 도대체 어떻게 된 거야? 뭔 놈의 권총을 개나 소나 다 들고 다녀!"

"저기 갈색 점퍼 입은 사람이 허리춤에다 권총을 찼어. 민서는 저 박스 안에 있는데 정신을 잃은 것 같아."

"개새끼들. 클로로포름이나 뭐 그런 거 썼겠지. 좋아. 일단 권총 든 놈부터 잡자."

"내가 권총 찬 사람을 맡을게. 오빠는 민서 챙겨."

"아니. 반대로 하자. 그놈은 내가 작살 낼겨."

"응. 알았어."

마음을 정한 두 사람은 조심스럽게 숲 안쪽으로 우회해서 밴 쪽으로 움직였다. 거리는 대충 10m 안쪽, 숲에서 나가면 밴 바로 뒤였다.

그런데 박스를 걷어내고 유민서의 얼굴을 다시 확인한 갈색점퍼가 자신의 운명을 결정하는 최악의 말을 입에 담았다.

"히야! 이년 조낸 먹음직한데? 이거 데려다주기 전에 한번 먹자."

놈은 유민서의 가슴을 쿡쿡 찔러보고 있었다.

"그거 좋죠. 근데 괜찮을까요? 조심해서 데려오라고 했는데?"

"X팔! 기절한 년이 알긴 뭘 알아. 아랫도리 불끈하는데 먹고 보는 거지. 야! 뒷자리에 실어! 돈 많은 년 조개는 맛이 어떤지 좀 봐야겠다. 니들은 망이나 좀 봐."

대한은 빠드득 소리가 나도록 이빨을 갈아붙였다. 납치한 것만으로도 목을 부지하기 어려운 판에 강간을 입에 담은 것이다.

'이런 개자식들이!'

그가 욕설을 내뱉는 사이 뒷자리에다 유민서를 실어놓은 조무래기들이 밴 뒷문을 닫고 돌아섰다. 갈색 점퍼는 조수석 쪽으로 돌아가 유민서를 태운 뒷문을 열고 있었다. 순간, 아영과 눈빛을 교환한 대한이 번개같이 튀어나갔다.

"탓!"

단 두 발짝에 10m를 격하고 순간적으로 도약해 막 차에 올라타려는 점퍼의 등뼈 한복판을 팔꿈치로 내리찍었다.

"꺼억!"

단발마의 비명을 토해낸 놈은 그대로 주저앉아 밴의 사이드스텝에다 턱을 박으면서 모로 쓰러졌다. 함께 떨어지면서 쓰러진 놈의 옆구리에 그대로 무릎을 내리꽂았다. 눈을 휘둥그레 뜬 놈은 숨조차 내쉬지 못한 채 꺽꺽거리고 있었다. 곧장 놈의 허리춤을 뒤져 권총을 빼내 탄창을 제거한 다음, 숲에다 멀리 던지고는 유민서의 상태부터 살폈다. 일단 호흡은 정상, 하지만 심하게 맞춰된 듯싶었다.

"개새끼들! 다 죽었어!"

그는 꺽꺽거리는 놈의 머리채를 질질 끌고 아영과 대치한 놈들 쪽으로 걸음을 옮겼다. 셋 중 하나는 이미 부러진 한쪽 다리를 붙잡고 악을 쓰고 있었다. 아영의 옆으로 다가선 그가 점퍼의 머리를 바닥에 강하게 처박으며 말했다.

"꿇어라. 목숨은 살려주마."

그러나 놈들의 생각은 달랐다. 그의 기세에 일순 움찔하긴 했지만 곧 제정신을 차린 듯, 두 놈 모두 뒤춤에서 팔뚝만한 크기의 칼을 꺼내면서 누런 이빨을 내보였다.

"X팔! 연놈 다 닦아버리자. 묻어버리면 그만이야."

해보겠다는 뜻, 그가 입술을 비틀며 아영에게 말했다.

"둘 다 팔다리 한 군데씩만 부러트려라."

"응."

아영은 대답과 동시에 흙바닥을 팡 찍으면서 눈부신 동작으로 도약해 한 놈의 팔목을 잡아챔과 동시에 허공에서 몸을 틀었다. 기괴한 각도로 꺾여버린 놈의 팔은 어깨에서부터 툭 부러져나갔다.

"끄어⋯⋯."

끓는 소리를 내는 놈의 발꿈치를 찍어 넘어트린 아영은 곧장 도약하면서 주춤 물러서는 다른 놈의 안면에 화려한 돌려차기를 작렬시켰다. 허공으로 비스듬히 떠오른 놈은 머리부터 처박혀 흙바닥을 밀어냈다. 대충 상황이 끝나자 그가 다시 말했다.

"입 닥쳐! 소리 지르는 놈은 한 군데씩 더 부러트려주겠다!"

비명을 질러대던 놈들이 순식간에 조용해지자 그는 엎어진 점퍼의 허리께를 무릎으로 누르면서 머리채를 잡았다.

"누구냐? 누가 시켰지?"

고통으로 일그러진 점퍼의 입에서 신음처럼 욕설이 기어나왔다.

"X팔! 몰라. 도⋯⋯ 돈이 커서 하기로 한 것뿐이다. 아는 건 저 여자 얼굴뿐⋯⋯. 컥!"

뒤통수를 얻어맞은 놈은 말을 끝내지도 못하고 땅에다 코를 처박았다.

"존댓말 써! 인마! 그리고! 납치범이 납치 대상자를 모른다는 거냐? 말이 되는 소리를 해!"

다시 머리채를 잡자 놈의 말꼬리가 바뀌었다.

"네, 저⋯⋯정말입니다. 어젯밤 압구정에 있는 술집에서 처음 만났습니다. 사진을 주고 대주조선 7호 도크에서 기다리다가 기회를 봐서 데려오라고 했습니다. 제가 아는 건 그 사람 전화번호뿐입니다."

"어디로 데려오라고 했지?

"가평 어디 있는 별장이라고 했습니다."

"전화번호는?"

"전화번호하고…… 주소는 제 전화에 기록이 있습니다."

그는 재빨리 놈의 전화를 꺼내 통화버튼을 눌러 가장 위에 있는 전화번호를 띄웠다.

"이거냐?"

"네. 그렇습니다. 주소는 문자로 기록됐습니다."

그는 곧장 전화기를 아영에게 던졌다.

"확인해라."

"응."

전화를 받아든 아영이 번호를 확인하는 사이 그가 놈의 코앞에 얼굴을 들이대며 으르렁거렸다.

"네놈이 강간하려고 했던 숙녀분의 신분을 정확하게 알려주마. 미래금융 상무이사 겸 미래정밀 상무이사 유민서."

미래금융이라는 이름이 나온 순간 안그래도 엉망인 놈의 얼굴이 아예 사색으로 변해갔다. 최근 '대한민국의 과학입국을 상징적으로 대표하는 신흥기업'으로 연일 매스컴을 탔으니 최소한 몇 번은 들어본 이름일 터였다. 그런 대기업 최상층 경영진을 건드렸다는 건 대가가 그만큼 크다는 이야기였다. 바짝 긴장한 놈의 심장에 그가 대못을 박았다.

"그만한 대가를 치러야 할 거다. 어떻게 해줄까? 일단 다리 한두 개 부러트리는 걸로는 영 용서가 안 되는데…… 그냥 산 속에다 묻어줄까? 그게 깨끗하고 서로 편하잖아?"

"사……살려주십시오. 형님!"

점퍼 입은 놈의 입에서 살려달라는 말이 나오자 초조하게 지켜

보던 졸개들의 입이 다급하게 열렸다.

"저……저횐 큰형님이 시키는 대로 한 것뿐입니다. 살려주십쇼!"

"시끄러! 입 닥치라고 했지!"

졸개들의 입은 순식간에 닫혀버렸다. 그가 다시 으르렁거렸다.

"다른 건 다 참아줘도 강간은 어림없어. 더구나 저 아가씨는 내 약혼자거든. 그러니 네놈 가운데 다리는 부러트려 놔야 직성이 풀리겠어. 안 그러냐? 너라도 그렇겠지?"

"그……그게……."

"뭐. 각설하고 일단 지갑하고 전화 꺼내 놔. 거기 있는 놈들도 마찬가지야."

주섬주섬 주머니를 뒤지는 놈들에게 그가 다시 고함을 질렀다.

"빨리! 이 개새끼들아!!"

놈들은 순식간에 주머니를 털어 그의 앞에다 모아놓았다. 그는 지갑과 신분증, 전화만 골라 대충 쓸어 담은 다음 점퍼의 옆구리를 쿡쿡 찌르며 말했다.

"네놈들 이름하고 주민번호는 전부 기록해두마. 어찌어찌 대주조선 CCTV는 피했는지 몰라도 우리 경호팀은 못 피해. 증거도 있으니 감방에다 한 10년쯤 넣어주면 좋겠지만 난 관하고 얽혀 돌아가는 건 딱 질색이거든. 그래서 그냥 두고 가는 거다. 만일 저 아가씨가 길가다 발목만 삐끗해도 우리 경호팀이 너부터 찾아갈 거다. 부처님, 하느님한테 매일 기도해라. 다치지 않게 해달라고."

경호팀에 사진이 찍혔다는 말은 거짓말이었지만 놈들은 철석같이 믿는 눈치였다. 들키지 않았다면 대한이 따라오지도 못했을 것이기 때문이었다. 놈들이 합창하듯 소리쳤다.

"예! 형님!"

"형님은 개뿔이. 이제 옷 벗어."

"예……예?"

"옷 벗으라고! 한국말 몰라? 벗어! 신발, 양말, 냄새나는 속옷까지 다!"

우물쭈물하는 한 놈의 따귀를 쩍 소리가 나도록 후려갈기자 옆에 섰던 놈이 기를 쓰며 다친 팔로 웃옷을 벗기 시작했다.

"아영아. 밧줄 꺼내와. 저놈들 차 뒤에 있더라."

"응."

홀랑 벗긴 놈들을 숲 안쪽의 큼직한 나무에 단단히 묶은 다음 '우린 부녀자 납치, 강간 미수범입니다' 라고 쓴 종이를 놈들이 휘두르던 칼로 머리 위에 쿡 꽂아놓았다. 이어 옷가지 중에서 양말들만 골라 입속에 쑤셔 박고 팬티로 묶어버렸다. 아랫도리 덜렁거리는 볼썽 사나운 꼴이지만 이나마도 많이 봐준 것이었다. 성질대로 했으면 진짜 죽여서 묻어버렸을 것이다. 마지막으로 돌아가면서 발목 하나씩을 걷어차 복사뼈를 산산조각으로 깨트려버렸다.

온몸을 뒤틀며 길길이 악을 쓰는 놈들을 그냥 남겨두고 옷가지를 대충 덤불 속에다 감춘 뒤, 자동차 타이어를 모두 터트리고는 키까지 빼서 건너편 숲속에다 던져버렸다. 인적이 드문 산길이니 최소한 다음날 아침까지는 그대로일 것이었다.

그가 유민서를 조심스럽게 안고 산길을 내려가기 시작하자 아영이 전화기를 들어 보이며 말했다.

"이거 선납폰이야. 빌린 사람 이름은 기록이 없어. 전화기가 꺼져 있어서 현재 위치도 확인불가. 가평별장 소유자는 태양레저라고 렌탈 회사. 렌탈한 사람은 이명철. 주민번호 확인 불가. 20세 이상 동명이인 49명."

그가 고개를 갸웃했다.

"쩝…… 일단 시킨 놈들은 프로라는 이야기네. 할 수 없지. 가보자. 어떤 놈들이 드나드는지는 봐야지."

즉시 서울로 올라온 그는 서둘러 암센터 병실 하나를 비워 유민서를 눕혀 놓고 회사 경호원을 잔뜩 붙여버렸다. 그룹 경호팀 전체에도 비상을 걸고 유민서의 위치를 비밀에 부쳤다. 상대도 이쪽의 동향을 주시하고 있을 테니 무사하다는 것을 눈치채고 숨어버리면 꼬리를 놓칠 가능성이 있었다. 전화기까지 모두 꺼버리고 병원 직원 중 한 사람의 차를 빌려 곧장 가평으로 달렸다. 자신의 차를 가져갔다가 혹시라도 알아보면 곤란하지 싶었던 것이다.

"오호. 제법 멋진데."

주소지의 별장은 샛강을 끼고 지어진 어정쩡한 벽돌 건물이었다. 정면은 샛강, 뒤편은 숲인데다 진입로 자체가 하나였고 다리까지 건너야 접근이 가능했다. 담장도 아주 높아서 외부에서는 안에서 무슨 일이 벌어지는지 전혀 알 수 없었다. 완벽하게 외부와 차단된 섬인 셈이었다.

진입로를 그냥 지나친 그는 산허리를 완전히 돌아서 모텔들이 몰려 있는 도로 한편에 차를 세우고 멀리 있는 다른 샛강 다리를 걸어서 건넜다. 이미 저녁 6시, 곧 해가 질 테니 산길을 통해 천천히 접근할 생각이었다.

느긋하게 이동한 두 사람은 저녁 8시 무렵이 되어서야 별장 뒤쪽의 숲으로 접근했다. 의외로 감시카메라가 10여 개가 넘었고 담장의 높이도 2m가 넘어서 육안으로 내부를 확인하는 건 불가능했다. 그냥 밀고 들어가는 게 답이었다.

"아영아. 스캔."

"전부 6명, 건물 2층에 둘, 1층에 둘, 현관 외부에 둘. 한 명만 빼고 전원이 총기로 무장했어."

"또 총기야?"

"응. 그리고 2층의 둘은 한국인이 아니야. 백인으로 판단돼."

"엥? 이건 또 무슨 소리야? 백인?"

"확실해."

"총기로 무장한 백인이 낀 납치범? 흠…… 이거 느낌이 별로 안 좋은데?"

"어떻게 할 거야? 지금 들어가?"

"방법 없다. 그냥 밀어붙이자. 두들겨 엎어놓고 이야기를 시작하는 수밖에. 치우비 쓰자. 따라오면서 달아나는 놈 있으면 제압해라. 감시카메라 다 죽여버리고."

"지금?"

그가 고개를 끄덕이는 것과 아영의 조치는 거의 동시였다.

"끝냈어."

눈빛을 마주친 두 사람은 담장과 나무를 번갈아 차면서 단숨에 담을 뛰어넘었다. 이왕 마음을 결정한 일이니 시간을 끌 이유는 없었다. 그는 착지와 동시에 치우비를 가동하고 유령처럼 현관으로 달렸다.

뺨에서 나는 철컥 소리를 확인하면서 등을 보인 한 놈의 뒷목을 수도로 강력하게 찍었다.

"컥!"

주저앉는 놈은 무시해버리고 안주머니에 손을 넣는 놈의 안면에다 무시무시한 정권을 틀어박았다. 순간적으로 입주변이 함몰된 놈은 비명도 지르지 못한 채 느릿하게 뒤로 넘어갔다. 의식이 남았는지 확인할 필요는 없었다. 곧장 현관을 박차고 건물 안으로 뛰어들었다.

안으로 들어서기가 무섭게 두 놈이 권총을 뽑아들었다. 잘 훈련된 능숙한 자세, 기습적인 난입에도 놈들은 날렵하게 소파 뒤로 자세를 낮추며 총성을 토했다.

틱! 티딕!

소음기의 탁음, 아마추어는 확실히 아니라는 이야기였다. 마루에 한발을 짚은 그는 곧장 도약, 단숨에 소파를 건너뛰면서 마구잡이 총탄을 날리는 놈의 면상에다 족도를 작렬시켰다. 10m가 넘는 거리를 단 한 발에 뛰어넘은 셈이었다.

"컥!"

놈은 목을 뒤로 꺾으면서 정신을 잃었다. 나머지 한 놈은 이미 아영의 발밑에서 거품을 물고 있었다.

"2층!"

계단을 대여섯 개씩 한꺼번에 뛰어올라 2층 응접실에 들어섰다. 핵심은 이 두 놈을 잡는 일이었다. 순간 총탄이 날아들었다. 놈들은 응접실 가장 안쪽에서 자세를 잡은 채 발악을 하고 있었다. 연신 총탄이 날아와 치우비에 꽂혔지만 그는 깡그리 무시하고 두 놈을 향해 일직선으로 뛰쳐나갔다.

몇 발의 총탄이 가슴께에 꽂히면서 뜨끔했으나 무시, 주춤주춤 물러서는 눈앞의 금발의 아랫배에다 강력한 훅을 틀어박았다. 놈은 허공으로 붕 떴다가 무릎부터 떨어져 급거 저녁식사 재료를 확인하기 시작했다. 놈의 등판을 찍으며 힘차게 도약해 공중제비를 돌면서 총구를 돌리는 놈의 어깨를 발등으로 찍어내렸다.

"허억!"

허파에서 바람이 빠지는 것 같은 새된 신음, 놈은 한순간에 주저앉은 어깨를 부여잡은 채 비스듬히 쓰러져 유리 탁자를 박살내면서 마룻바닥에 머리를 처박았다. 재빨리 돌아서면서 뱃속을 비우는 놈의 뒤통수를 다시 두들겼다. 놈은 그대로 기절해 토사물 속에다 코를 처박고 정신을 잃어버렸다.

"끌고 내려가자. 밖에 있는 놈들 1층으로 모아."

"응."

아영은 열린 유리창을 통해 곧장 건물 밖으로 뛰어내렸다.

여섯 명 전부를 모아 둘둘 묶어버린 그는 치우비에 둘러싸인 자신의 손을 내려다보면서 깊게 심호흡을 했다.

"후…… X팔!"

힘 조절 실패. 가뜩이나 분노한데다 총기까지 난사되다보니 힘 조절을 잘 못한 것이었다. 세 명은 이미 숨을 놓아버린 상황. 어차피 처음 가평으로 달려올 때부터 모조리 파묻어버리겠다고 작정은 했었지만 막상 사람이 죽고 나니 기분이 영판 더러웠다. 아무래도 한동안은 이놈들의 얼굴이 뇌리에서 떠나지 않을 것 같았다.

그러나 일은 이미 벌어진 마당, 수습이 급했다. 재빨리 주변의 옷가지로 살아 있는 놈들의 눈을 대충 가려버리고 책상과 가방, 옷들을 뒤져서 여권 20여 개와 미래금융과 자신의 이름이 거론된 영어 문건 파일 몇 개를 꺼내 챙겼다. 분명 납치 사건과 관련이 있다는 이야기, 이걸로 양심의 가책은 덜어질 것 같았다. 여권의 국적은 미국 몇 개와 캐나다, 필리핀, 유럽. 이름은 제각각이지만 사진은 같아서 한 사람 앞에 5개 정도의 여권이 발급되거나 위조된 것 같았다. 백인 둘에 필리핀쯤으로 보이는 동양인 하나에 일본인 둘, 나머지 하나는 한국인이었다.

무기까지 대충 챙긴 그가 1층으로 내려가자 그 사이 깨어난 금발의 사내가 유창한 한국어로 떠들어대기 시작했다.

"당신들 누구야! 우린 미국시민이야! 이거 풀어!"

성큼성큼 걸어 떠드는 놈의 앞에 다가선 그는 서슴없이 따귀를 갈겨버리고는 차가운 목소리로 말했다.

"질문은 내가 한다."

"……"

대답은 없었다. 다시 그가 말했다.

"한국을 너희집 안방으로 알면 곤란해. 소속이 어디냐? CIA? NSA? 뭐 권총에 소음기까지 달고 다니는 놈들이니 대충 비슷하겠지. 쓸데없이 거짓말 할 생각은 말아라. 뒤져 보면 다 나오니까. 귀찮을 뿐이지."

"동맹국 요원에게 이래도 되는 거냐?"

놈은 예상외로 쉽게 기관원임을 인정했다. 위조여권 수십 개에 권총까지 들고 민간인이라고 우기기는 어렵다는 판단이 선 모양이었다.

"동맹은 개뿔. 동맹국 요원이 남의 나라에 와서 기업인 납치에 강간까지 하냐? 그게 동맹국이야? 명백한 범죄에다 동맹국의 이름을 팔지 마라."

"……."

놈은 그냥 입을 다물어버렸다. 순간 한국인이라고 생각했던 놈이 다급하게 입을 열었다.

"저…… 전 양산해 의원 비서관입니다. 이 사람들은 CIA 극동지부 사람들이고요."

"닥쳐!"

금발이 고함을 질렀지만 대한의 가벼운 주먹질에 나동그라지면서 조용해졌다. 놈이 다급하게 말을 이었다.

"살려주십쇼. 선생님. 유민서 이사님과는 그냥 이야기만 좀 하고 보내드리려 했던 겁니다. 강간도 그렇고 해칠 생각은 절대 없었습니다. 정말입니다!"

"오호…… 그럼 양산해 그놈이 시켰다는 이야기네?"

"그…… 그건 아닙니다. 의원님이 너무 힘들어하시는 것 같아서 제가 나름대로 정보를 좀 얻어 볼 생각이었습니다. 그래서 정치에 입문하기 전에 어울리던 친구들에게 부탁한 겁니다."

"얼씨구? 입문하기 전엔 조폭이었다는 이야기일세? 그럼 이놈들은 뭐냐? 이놈들하고도 친분이 있었냐?"

"의원님과 안면이 있던 사람들입니다. 스미스 씨가 지역구 사무실에 자주 드나들어서 저도 개인적으로 친분이 있었습니다."

"스미스?"

"금발 미국인이 스미스 씨입니다."

"일 추진은 네가 한 거냐?"

"그렇습니다. 스미스 씨에겐 장소만 부탁드렸습니다."

"흠…… 어쩐지 애들 하는 짓이 좀 부실하더만. 그럼 여긴 CIA 안가라는 이야기네?"

"그런 것 같습니다."

"놀고 있네. 국회 경제분과 위원장이란 놈이 CIA 정보통 노릇이나 한다는 이야기로 들리는구만. 누가 쓰레기 아니랄까 봐 진짜 쓰레기 같은 짓만 하고 다니네."

그는 갈등했다. 일의 주범은 양산해. 그러나 일단 CIA가 개입됐고 이들이 한꺼번에 사라진다면 CIA의 눈이 미래금융으로 돌아올 것이 뻔했다. 그렇다고 살려주는 건 더 곤란했다. 이미 치우비를 사용해버렸고 사람까지 죽었으니 불가. 경찰이나 기무사에 넘길 수도 없다. 관의 수사가 시작되면 안 그래도 복잡한 상황을 더 복잡하게 만들 터였다. 그렇다고 가둬둘 만한 장소도 마땅치 않다.

그 모든 걸 해결한다 해도 또 다른 문제가 남는다. CIA 극동지부 수뇌부가 이 납치기도에 대해 아느냐 하는 것, 가능성은 반반이지만 폐쇄적인 정보기관의 특성상 아직 모를 가능성이 높다. 일단은 확인이 필요했다. 그러나 스미스란 놈은 쉽게 입을 열 놈이 아니었다. 결국 남은 선택은 하나였다. 그가 아영을 돌아보며 한숨을 내쉬었다.

"휴…… 그나마 한국인은 쓰레기 같은 조폭출신 정치인 쫄따구 하나뿐이니 양심의 가책은 덜하다. 일단 전부 차에 실어라. 진짜 묻어버리자."

첫 번째 살인이 여섯씩이나 되어버린 게 지독하게 신경을 건드렸지만 이미 선택의 여지가 전혀 없었다.

대한은 새벽이 다 돼서야 서울로 돌아왔다. 여섯 명을 묻고 위장하는 일이 쉽지만은 않았던 것이다. 전화기 등 추적이 가능한 모든 전자제품은 모두 모아 아영이 발생시킨 강력한 자기장으로 완전히 파기하고 시체에다가도 자기충격을 가했다. 꼴에 CIA라고 몸에다 나노-라디오라도 꽂아놨으면 머리 아프다는 판단이었다. 컴퓨터와 전화기를 폐기하기 전에 데이터를 다운로드 받은 건 물론이었다. 컴퓨터에는 최근 양산해가 미국에 팔아넘긴 고급정보 몇 가지와 뇌물로 들어간 자금이 기록되어 있었지만 쓸 만한 내용은 없었다. 얻은 건 양산해가 납치에 연루되어 있다는 사실과 한국 내에서 활동하는 일부 CIA요원 명단과 안가의 위치들뿐이었다.

강북강변도로에 올라선 다음 전화기를 켜서 기록을 확인했다. 유민서의 전화와 문자 10여 차례, 내용을 대충 확인한 그가 다시 전화기 파워를 죽이며 말했다.

"민서 밤에 퇴원해서 집에 도착했단다."

"다행이네."

"그나저나 양산해 이 쓰레기 자식 집이 어디지? 이 자식 그냥 두고는 절대 잠 안 온다."

"삼성동 주택가. 대지만 500평이 넘는 대저택이야."

"백억은 간단히 넘겠군. 썩을놈. 그놈 휴대전화 위치부터 확인해
봐. 집에 있으면 그냥 거기부터 치자."

잠깐 치우비 화면을 띄운 아영이 말했다.

"삼성동이긴 한데 집이 아니야. 지역구 사무실 근처에 있는 대형
오피스텔 건물."

"그건 또 뭐냐?"

"정확하게 찾아볼까?"

"아니. 가보면 알겠지. 일단 가자."

두 사람이 삼성동에 도착한 시간은 새벽 4시30분이 넘어서였다.
차량통행이 많은 테헤란로를 피해 오피스텔에서 두 블록 떨어진
뒷골목에다 차를 세웠다. 최근 부지기수로 늘어난 CCTV를 의식해
야구모자를 깊게 눌러쓰고 아영의 스캐너에 뜨는 감시카메라를 모
조리 죽이면서 오피스텔로 접근했다. 양산해의 위치는 오피스텔
19층. 곧장 19층으로 올라와 라커부터 확인했다. 다행히 전자라
커, 여는 건 순식간이었다.

어두운 실내는 그가 생각하는 일반적인 사무실과는 차원이 달랐
다. 최소 30평은 될 듯한 크기에 거실과 침실이 따로 분리되어 있
었고 얼핏 보기에도 고가의 가구와 전자제품이 빽빽이 채워져 있
었다. 오는 길에 들은 아영의 보고대로라면 이 오피스텔에 사는 30
대 초반의 투자 컨설턴트와 내연의 관계인 모양이었다.

아예 치우비를 가동하고 조심스럽게 침실문을 열었다. 침대에는

살찐 50대 사내의 펑퍼짐한 살집과 30대 여자의 풍만한 나체가 뒤엉켜 있었다. 조용히 침대 옆으로 다가선 그가 나직하게 그러나 차갑게 말했다.

"대뇌피질 연합섬유와 교련섬유 전체를 휘저어라. 생각하고 말하는 기능을 모조리 죽여버려."

현직 국회의원을 암살하는 건 당장 문제가 생기니 아예 식물인간을 만들겠다는 생각. 문제라면 짧은 시간에 인체에 치명적인 손실을 가져올 만큼 강력한 자기장을 발생시키기 위해서는 아영이 과도한 출력을 한꺼번에 소비해야 한다는 점뿐이었다. 소모동력이 워낙 커서 충전을 위해서는 탐사선에 돌아가야만 했다.

아영은 망설이지 않고 곧장 양산해의 머리에 손을 가져다 댔다. 3초 남짓한 짧은 충격, 양산해는 일순 끓는 소리를 냈다. 지구자기장의 100배에 달하는 50G의 자기장은 순식간에 대뇌의 혈압을 5배 이상 상승시켰고 동시에 뇌세포의 단백질 결합력까지 반으로 떨어트려버렸다. 아영이 손을 떼며 속삭이듯 말했다.

"사람에 따라 다르긴 하지만 이 정도면 사고, 언어, 기억, 운동능력까지 문제가 될 거야. 이제 동력이 5퍼센트밖에 안 남았어. 탐사선으로 가야 돼."

"그 정도면 됐다. 가자. 바람벽에다 똥칠하면서 오래오래 살라고 하지."

두 사람은 여자가 깨지 않도록 아주 조용히 오피스텔을 빠져나왔다. 양산해의 지역구 사무실을 뒤져보고 싶었지만 그건 다음으로 미뤘다. 곧 해가 떠오를 시간이고 당장은 아영의 충전이 시급했다.

선물

양산해를 비롯한 국회의원 9명이 의원직을 박탈당한 건 연말을 코 앞에 둔 12월 말이었다. 특히 양산해는 징역 12개월에 추징금 150억 의 실형, 의원직 박탈은 당연했다. 물론 건강상의 이유로 격리된 병 원에서 징역기간의 대부분을 메우게 될 것이지만 상징적인 의미는 컸다. 진행 중인 비리 관련자들에 대한 1,400억 원에 달하는 민사소 송도 이들의 실형선고로 인해 상당한 탄력을 받았고 구속된 조직폭 력배들은 대부분 5년 이상의 실형과 거액의 추징금으로 인해 보유하 던 나이트클럽 등 사업체와 사채 관련 채권을 거의 다 압수당했다.

민사소송에 제출된 대한의 자료들이 양산해와 조직폭력배들의 막대한 은닉 자산을 찾아내는데 결정적인 역할을 한 건 물론이었다. 고액의 사채이자에 허덕대던 사람들도 채권을 정부가 인수하면서 이자가 한꺼번에 삭감되는 짭짤한 혜택을 보게 된 셈이었다. 박지웅

의원의 위협은 아직 존재했지만 미래그룹의 잇단 신기술 발표와 양산해 등 계보 의원 상당수가 무력화되면서 당장은 수면 아래로 가라앉은 모양새였다. 그렇게 파란만장했던 한 해가 저물어가고 있었다.

대한과 아영은 각 계열사에서 올라온 사업계획서를 검토하면서 여전히 바쁜 시간을 보내고 있었다. 최근 들어 두 사람은 아예 미래소재에 상주하다시피 했다. 자신의 방 옆에다 숙소와 샤워실을 만들어 연구소에서 숙식을 해결하면서 진퇴가 막힌 아이템들의 길을 열어주는 데 남는 시간의 대부분을 투자하는 중이었다. 2~3일에 한번씩 결재를 핑계삼아 찾아오는 유민서가 유일한 휴식시간인 셈이었다.

"오빠! 나 왔어요!"

불쑥 문이 열리고 유민서의 밝은 목소리가 들렸다. 자신의 방문을 노크 없이 열 수 있는 건 오로지 유민서 하나, 보지 않아도 뻔했다. 그가 환하게 웃으며 그녀를 반겼다.

"어! 왔어? 어서 와라. 좀 앉아."

"넵! 여긴 차 나르는 직원 없죠?"

들고 있던 코트를 내려놓은 유민서가 소파에 앉자 그가 보던 서류를 덮으며 책상에서 일어났다.

"그래. 내가 타주마. 뭐할래? 커피?"

"옛썰! 부탁합니당!"

장난스럽게 대답하는 유민서의 앞에다 커피를 내려놓고 옆자리에 나란히 앉았다. 짧은 미니스커트에 화사한 블라우스. 날이 날이니만큼 신경을 많이 쓴 눈치였다.

"결재할 거 있어?"

"아뇨. 오늘은 아영이한테서 오빠 확실히 떼어내러 왔어요. 호호."

"그래? 그럼 그래야지. 어디 갈까?"

"에효. 내 팔자야. 무슨 애인이 이래? 크리스마스이브인데 너무 무심한 거 아니에요? 작은 이벤트라도 준비하고 어디 가자고 먼저 이야기해야 되는 거 아닌가?"

유민서의 애교 섞인 투정에 대한이 황급히 두 손을 들어올렸다.

"알았다. 알았어. 미안하다. 오늘은 회사차하고 경호팀 먼저 보내라. 나랑 시내에서 맛있는 거 먹자."

"흥. 그래요. 옆구리 찔러 절받기지만 그거라도 만족해야지 뭐. 어쨌든 오늘은 연구소에서 잘 생각 말아요. 내가 용서 못해요."

갑자기 발그레하게 변한 유민서의 뺨을 보면서 그는 내심 찔끔했다. 가끔이지만 유민서가 연구소에서 자고 가는 날도 많아서 두 사람의 관계는 이미 그룹 내에 공공연하게 알려진 사실이고 유태현은 대놓고 날을 잡으라고 하는 상황이었다. 그러나 깊은 키스와 약간의 페팅 선에 그쳤을 뿐, 실제로 밤을 같이 보낸 적은 아직 한 번도 없었다. 결국 그가 먼저 손을 벌렸어야 하는 일에 거꾸로 유민서가 먼저 승부수를 던진 셈이었다. 아마도 이야기를 꺼내기 위해 꽤나 오래 고민했을 터였다. 새삼 미안해진 그가 서둘러 유민서의 어깨를 두드리며 말했다.

"지금 나가자. 잠깐 기다려."

대한은 서둘러 서류를 정리하고 아영에게 뒤를 부탁한 다음 자신의 차로 시내로 움직였다.

'어쩌지?'

운전대를 잡은 채 고민에 고민을 거듭했지만 딱히 떠오르는 아이디어는 없었다. 명색이 크리스마스이브에다 함께 지내는 첫날밤이니 밋밋하게 보내게 되면 훗날 꽤나 후회스런 일이 될 것 같았다. 그러나 워낙 바쁘게 살아온 터라 아는 곳 자체가 별로 없어서 생각나는 거라곤 그저 최고급 호텔로 가야겠다는 것뿐이었다.

에라 모르겠다 싶어진 그는 일단 한강변에 새로 생긴 깔끔한 호텔 스카이라운지에 자리를 잡았다. 한강이 한눈에 내려다보이는 나름 분위기 있는 곳에서 기분 좋은 식사를 했지만 서로 긴장하다 보니 대화는 처음부터 끝까지 일 이야기뿐이었다. 궁여지책으로 와인 한 병을 시켜 나눠 마시고 무작정 체크인을 해놓은 다음 호텔 지하의 보석상을 찾았다. 생각해보니 7개월을 사귀면서 변변한 반지 하나 사주지 못했던 것이 마음에 걸렸던 것이다.

"어머! 예쁘다!"

유민서는 그가 끼워보라고 권하는 반지마다 탄성을 터트렸다. 뭐든 그가 사준 것이면 상관없다는 의미일 터였다. 알이 작은 깔끔한 반지와 목걸이 세트를 골라 그 자리에서 끼워주고 화려한 크리스마스트리로 장식된 호텔 정원을 잠시 거닐면서 하얗게 쌓인 눈과 크리스마스의 떠들썩한 분위기를 마음껏 만끽했다.

"먼저 씻을게요."

두 사람이 체크인 해둔 방으로 올라온 건 밤 11시가 막 넘어선 시간이었다. 유민서는 빨개진 얼굴을 감출 생각인지 후다닥 수건을 챙겨들고 욕실로 들어가버렸다. 그는 TV를 24시간 뉴스채널에 맞춰놓고 가운으로 갈아입었다. 흥분이 영 가라앉지 않아 조금은 꼴이 우스웠지만 정말 사랑하는 여자와 같이 하는 첫날밤이 흥분되지 않으면 그게 더 이상할 것이라며 애써 마음을 다독였다. 냉장고의 와인 한 병을 따서 창가의 테이블에 올려놓고 담배 한대를 다 태울 때쯤 유민서가 고개를 푹 숙인 채 욕실에서 나왔다. 그가 돌아보자 유민서가 눈을 살짝 치켜뜨며 말했다.

"나 이상해요?"

"아니. 정말 예뻐. 와인 한잔 하면서 기다려. 나도 씻고 나올게."

"네."

그는 재빨리 욕실로 들어가 간단하게 샤워만 하고 금방 되짚어 나왔다. 유민서는 와인잔을 들고 창가에 그림처럼 서 있었다. 언제나처럼 사랑스럽고 매력적인 여자. 이젠 누가 뭐래도 확실히 그의 여자였다.

조심스럽게 다가가 뒤에서부터 가만히 그녀를 끌어안았다. 가느다란 떨림과 거친 호흡이 전율처럼 고스란히 전해져왔다.

"사랑해요. 오빠……."

그녀의 손에서 와인잔을 뺏어 창가에 내려놓고 가운을 끌어내리면서 뺨에 가볍게 입을 맞췄다. 수줍게 돌아선 그녀는 새처럼 떨면서 그의 목을 휘감았다. 눈앞에서 섬광이 터지는 것 같은 강렬한 키스, 그날 밤 그가 기억하는 건 거기까지였다.

가슴에 안긴 눈부신 나신을 내려다보는 아침의 기분은 아주 묘했다. 지난밤의 격렬한 정사 때문에 밤새 고통스러워 하던 유민서가 생각나 조심스럽게 아랫배를 쓰다듬어준 다음 이마에 살짝 키스를 하면서 침대에서 일어났다. 간단히 샤워를 하고 전신거울에 몸을 비춰

보면서 새삼 자신의 체형이 완전히 바뀐 걸 기억해냈다. 누가 봐도 건장하고 잘 단련된 몸매, 그리고 누가 봐도 멋지고 아름다운 최고의 여자가 자신의 침대에 누워 있다. 거울의 자신에게 씩 웃었다. 뿌듯한 느낌, 정말 기분 좋은 아침이었다. 유민서의 목소리가 들렸다.

"일찍 일어났네요?"

수건만 허리에 걸치고 욕실을 나섰다. 유민서는 시트커버로 가슴을 가린 채 침대헤드에 기대앉아 있었다. 오렌지주스 한잔을 건네주고는 시트커버를 슬쩍 내렸다. 수줍게 가슴을 가린 눈부신 몸매가 고스란히 눈에 들어왔다. 반사적으로 몸을 비틀며 곱게 눈을 흘기는 그녀를 가볍게 끌어안고 풍성한 가슴과 매끄러운 피부의 감촉을 온몸으로 만끽했다. 기분 좋은 하루의 시작, 그러나 기분은 오래가지 못했다. 발밑의 전화기가 요동을 치며 방해꾼의 등장을 외친 것이었다.

'젠장!'

벌써 9시가 넘었지만 둘만의 밀회에 빠져 있는 휴일 아침의 전화가 달가울 리 없었다. 무시한 채 그녀의 뺨에 키스를 하는 사이 잠시 끊겼던 전화기가 다시 요동을 쳤다.

"받아요. 오빠."

"쩝……."

전화를 받자 유민서가 등에서부터 그를 끌어안았다. 등에 와 닿는 그녀의 가슴이 유난히 신경을 자극했다.

"여보세요."

—안녕하신가? 김 회장.

어디선가 들은 듯한 목소리, 모르는 사람은 아니었다.

"누구십니까?"

—이런 섭섭하군. 나 차영태올시다.

"아! 사령관님."

—이거 휴일 아침에 미안하게 됐소이다. 연인과 함께 있는 시간을 방해한 것 같군요.

"아시면 됐습니다. 그런데 요즘도 24시간 절 감시하십니까?"

—아. 그건 아니오. 동에 번쩍 서에 번쩍하는 김 회장을 감시하려면 사람이 수십 명은 필요해서 말이오.

"그럼 내가 민서와 같이 있다는 건 어떻게 아십니까?"

—크리스마스이브에 연인과 단둘이 외출을 하면 보통 끝이 어찌 될지 뻔하지 않소. 후후.

"……."

—사실 농담이고…… 솔직히 내 김 회장이 젊다는 생각을 못하고 어제 모셔 오라고 했더니 이 소령이 파주까지 가서는 안 되겠다고 전화를 하더군. 크리스마스 빅매치가 있다는 거요.

그는 픽 웃었다. 감시를 전혀 안 한다는 걸 믿을 수는 없지만 어제 이연수가 찾아왔다는 말은 믿을 수 있을 것 같았다.

"어쩐 일이십니까?"

—또 대놓고 본론이로군. 뭐 그게 당신의 매력이기도 하지. 사실 내년 사업계획 때문에 방산업체 경영하는 양반들 한번씩 만나볼 시기거든. 잠깐 보십시다.

하필 지금 전화를 넣었나 싶었지만 일간 한번 만날 계획이었으니 불만은 없었다.

"그러시죠. 언제가 좋겠습니까?"

— 괜찮으시면 오늘 점심시간쯤 ADD에서 보십시다. 아내 되실 분도 같이 오시면 좋겠소. 유민서 상무가 미래정밀의 일들은 다 처리하시는 것 같더군. 내 그분께 점심 한번 근사하게 대접하고 선물도 좀 하게 말이오. 점수 좀 땁시다. 허허.

"일단 알겠습니다. 1시 경까지 가지요."

그는 그러마고 전화를 끊었다. 미래정밀을 운영하는 핵심이 유민서이고 기무사는 관리해야 하는 입장이니 서로 안면을 익혀서 나쁠 이유는 없었다. 그리고 오늘 하루를 온전하게 유민서에게 내주려면 어차피 같이 가야 이야기가 될 터였다. 등에 안긴 유민서가 그의 어깨에다 턱을 괴며 말했다.

"어디 가야 돼?"

"같이 가자. 점심 멋지게 쏜다는 양반이 있네."

"당근 좋아요. 그런데 오늘 진짜 나랑 하루 종일 있을 생각이야?"

그가 은근슬쩍 유민서의 가슴께로 손을 가져가며 속삭였다.

"그래. 약속했잖아. 그래도 나가기 전에 할 일이 있어."

"또?"

"내가 뭘? 오늘은 처음인데."

"에효. 이 짐승. 내가 사람을 잘못 봤나봐."

유민서가 한숨을 폭 내쉬었지만 싫지는 않은 목소리였다. 얼른 유민서를 눕혀버린 그가 가벼운 키스를 하며 능글맞게 말을 이었다.

"이미 늦었다. 인석아. 흐흐."

그는 힘들어 하는 유민서를 한 번 더 괴롭히느라 11시가 다 되어서야 호텔을 나서 연구소로 들어갔다. 그저 점심만 같이 하자는 자리는 분명 아닐 터, 선물을 받으려면 줄 것도 챙겨가야 했다. 아영이 준비해놓은 보고서 USB를 챙겨 곧장 ADD로 향했다.

ADD 정문에 도착하자 정복군인이 재빨리 다가서더니 경비실 앞에 대기하던 군용 지프를 따라가라고 말을 전했다. 5분여를 움직여 ADD경내를 빠져나온 지프가 뒷산 초입쯤에서 정지하더니 두 사람을 눈 쌓인 오솔길로 안내하고 사라졌다. 오솔길 끝은 별장처럼 생긴 아담한 주택, 외부와 완전히 차단된 숲속에다 높지 않은 둔덕을 파고들어가 위성사진에도 나오지 않을 것 같은 절묘한 위치였다. 그가 다가서자 자동문이 스르르 열리고 차가운 은색 분위기의 복도가 나타났다.

"어서 오세요. 회장님."

복도 끝에서 거수경례로 두 사람을 맞은 것은 정복을 입은 이연수였다. 평소의 이미지와는 완전히 달라 생소한 느낌까지 들었다. 군인이라는 것이 실감나는 분위기였다. 이연수가 외국 귀족들의 인사처럼 장난스럽게 허리를 굽히며 말했다.

"우와~ 이분이 그 행운의 신데렐라시군요? 솔직히 질투가 좀 났었는데…… 지금 실물을 보니까 난 정말 상대가 안 되겠는데요? 정말 아름다우세요."

느닷없는 칭찬에 당황스러워 하는 유민서 대신 그가 말을 받았다.

"안내하시오. 농담하러 온 자리가 아닙니다."

"넵! 회장님. 어련하시겠어요. 호호."

이연수는 킥킥대면서 자동문 몇 개를 지나 응접실처럼 꾸며 놓은 방으로 인도했다. 응접실엔 제법 멋들어진 식탁이 준비되어 있었고 평상복을 입은 차영태가 반대편 문으로 막 들어서고 있었다.

"자. 앉읍시다. 김 회장님, 유민서 씨. 아! 유민서 씨는 내가 처음이죠? 나 차영태올시다. 반갑소."

차영태는 다소 과장스러운 몸짓으로 유민서에게 손을 내밀었다. 이어 대한과도 가볍게 악수를 나눈 차영태가 배가 고프다며 얼른 식탁에 앉았다.

"먼저 먹고 봅시다. 군바리 음식이라 별로 맛은 없겠지만 우리 주방에서 할 수 있는 최고의 음식을 내온 거요. 드세요."

식사는 평범한 된장찌개백반에 돼지고기볶음, 아침부터 심한 운동을 해서 그런지 두 사람 역시 시장하긴 마찬가지였고 그가 기억하는 군대 음식과는 천양지차로 쓸 만했다.

식사가 대충 끝나고 차가 들어오자 차영태가 포장된 박스 하나를 유민서에게 건네며 말했다.

"그건 예비 사모님께 드리는 겁니다."

"예?"

"열어 보십쇼. 그리 나쁘지 않으실 겁니다."

주섬주섬 박스를 연 유민서의 얼굴이 갑자기 환하게 밝아졌다. 박스에는 희한하게 생긴 청바지 하나가 깔끔하게 장식되어 있었다.

"어머?"

"돌체—가바너 100주년 기념 한정판매분입니다. 가격이야 얼마 안 되지만 유민서 씨 취미를 생각하면 선물로는 제격일 듯해서요."

"정말 감사합니다. 사령관님. 이 사람보다 훨씬 나으세요."

"아! 그런가요? 이거 감사합니다. 하하."

배시시 웃는 유민서를 돌아본 그가 얼른 말을 받았다.

"취미가 청바지 모으는 거였어?"

"에효. 그래서 오빠가 무심한 사람이라는 거예요. 내가 지난번에 이야기를 했는데 아예 관심도 없더라고요."

"쩝…… 내가 그랬나? 그럼 미안해."

"흥!"

"아이고. 이거 사령관님한테 제대로 한방 맞았습니다. 책임지세요."

그의 웃음 섞인 엄살에 차영태가 마주 웃음을 보였다.

"지난번엔 내가 당했으니 이젠 비긴 거요. 하하."

"후후. 당하시다니요. 그럴 리가 있습니까? 제가 무례를 했죠."

"그땐 나도 정말 당황했어요. 김 회장 펀치가 제법 세더구만. 후후."

화기애애한 분위기 속에서 잠시 이것저것 신변잡기에 대한 이야기를 나눈 뒤, 차영태가 본격적으로 본론을 꺼내기 시작했다.

"자자. 난 이거 젊은 사람들하고 이야기만 하면 시간 가는 줄 모른다니까. 이제 일 이야기를 좀 하십시다. 그래서 만난 거니 말이오."

"그러시죠."

"쉽게 이야기를 정리하십시다. 이 소령!"

그의 호출에 이연수가 재빨리 밀봉된 봉투 하나를 가져와 그에게 내밀었다. 차영태가 계속해서 말을 이어갔다.

"그건 현 정부의 향후 4년간의 군현대화 이행계획이오. 그 중 2개 항목을 미래정밀이 맡아줬으면 합니다."

"뭐죠?"

"사거리 200킬로미터짜리 차세대 함대함 순항미사일과 공대함 초음속 미사일이오. 상세한 스펙은 넘겨준 서류에 있을 거요. 정상적으로 개발이 완료되면 3년에 걸쳐 각 100기씩을 발주할 것이오."

대한이 고개를 끄덕였다.

"진짜 선물을 준비하시긴 하셨군요. 사거리 200킬로미터에 200기라…… 기당 15억씩만 쳐도 3,000억 원짜리 프로젝트로군요."

"공대함 미사일의 경우는 워낙 절대수가 부족한 실정이라 스펙만 따라와 준다면 발주가 늘어날 수도 있소."

"제가 드릴 선물도 보신 뒤에 이야기하시면 어떨까요?"

"김 회장도 선물을 준비했다?"

"그렇습니다. 컴퓨터를 좀 썼으면 좋겠습니다만."

차영태가 손가락을 튕기자 이연수가 재빨리 노트북 컴퓨터 하나를 식탁 위에 올려놓고 멀찌감치 떨어져 시립했다. 그가 USB를 끼우고 파일 몇 개를 화면에 올려놓은 다음 말을 이었다.

"이건 최근 미국 미션리서치에서 개발 중이라고 알려져 있는 파동에너지포 PEP의 개량형으로 이스라엘에 배치된 THEL과는 차원이 다른 차세대 대공요격무기입니다. 대기간섭을 획기적으로 줄여 사거리 100킬로미터를 확보하고 신형 위상배열레이더 장착으로 다수의 목표물을 동시에 요격하게 될 겁니다. 현재의 계획대로라면 동시에 150개 목표물까지는 충분히 가능할 것 같습니다. 아마 서울 인근에 10대 정도만 배치하면 취약한 아군 방공망 구성에 상당한 도움이 될 겁니다. 미국에서도 아직 전력화되지 않은 물건이라 철저한 보안이 필요합니다."

"……."

눈을 휘둥그레 까뒤집은 차영태의 표정을 깨끗이 무시하고 재빨리 다음 화면을 띄웠다.

"이건 생물학 바이러스 MAV-1 공대지미사일입니다. 인체에 해가 가는 물건은 아니고 타격 후, 20분 이내에 반경 10킬로미터까지 공항이나 도로의 아스팔트를 분해해 젤리화 시켜버리는 바이러스 폭탄입니다. 역시 해외에서 개발 중이라고 알려져 있지만 아직 실용화되지 않은 물건입니다. 보안에 신경을 쓰셔야 합니다."

이어 화면에 다운그레이드된 크루즈 미사일 도면이 올라왔다.

"이게 진짜 선물입니다. 구체적인 스펙과 가격은 추후에 정식으로 통보해드릴 겁니다. 사거리 200킬로미터와 2,000킬로미터짜리 크루즈 미사일입니다. 사거리 200킬로미터인 MCM-1은 차후 발사 로직 공유를 통해 공대함, 함대함으로 활용이 가능하며 사거리 2,000킬로미터의 MCM-2는 베이징까지 충분히 커버가 가능할 겁니다. 사이즈는 비교적 작지만 파괴력은 기존의 핵을 탑재하지 않은 토마호크 미사일의 2배 정도이며 정확도는 반경 2미터 이내로 예정하고 있습니다. 그러고 보니 장군께서 원하시는 물건이기도 하군요. 물건은 내년 하반기 정도면 납품이 가능합니다. 다만 탄두와 추진체 부분은 납품 후에도 보안에 신경을 많이 쓰셔야 할 것으로 보입니다."

애당초 보안문제 때문에 당분간은 군납을 고려하지 않고 있었지만 차영태 정도의 군인이라면 한번 모험을 해보는 것도 나쁘지 않다는 생각에 일단 운을 띄워보기로 결정한 것, 그의 반응을 보고 다음

단계를 새로 구상할 요량이었다. 차영태가 급기야 말을 더듬었다.

"이……이게 가능한 거요?"

"그렇습니다. 12개월 이내에 양산이 가능합니다. 장군께 굳이 이 도면들을 보여드리는 건 향후 진행될 국군 현대화에 쓸모없는 비용이 지출되지 않았으면 하는 마음에섭니다. 합참 쪽과 상의는 하시되 장군께서 가장 믿을 수 있는 분들하고만 이야기가 되셔야 할 겁니다. 미국에 넘어가면 이래저래 머리 아파질 가능성이 높고 저나 유민서 상무의 신변에 심각한 위해가 가해질 수도 있습니다."

믿을 수 없다는 표정으로 한참을 노트북 화면과 그의 얼굴을 번갈아 보며 고민을 거듭한 차영태가 무려 10여 분만에 입을 열었다.

"12개월 후에 화력시범을 보여줄 수 있겠소?"

"당연합니다. 장소만 제공하시죠."

"좋소. 그럼 도면은 도로 가져가시오. 난 미래정밀의 도면을 못 본 걸로 하겠소. 다만 합참의장께는 정식으로 가능성을 타진하지. 가능한 업체가 있다는 말만으로 흥분하실 분이오. 극비로 화력시범을 추진하되 답이 보이면 전용 가능한 모든 예산을 미래정밀로 돌리겠소."

차영태는 예상외로 적극적인 반응을 보였다. 아마도 그간 줄줄이 내놓은 신기술 덕에 도면과 말만으로 차영태의 신뢰를 얻어낸 것일 터였다. 그리고 가장 반가운 건 아예 못 본 걸로 하겠다는 차영태의 한 마디였다. 그것으로 향후 군과의 공조 가능성을 활짝 열어젖힌 셈이었다.

"감사합니다. 장군."

자리에서 일어난 대한이 정중하게 머리를 숙였다.

하프늄-178

해가 바뀌고 날이 풀리면서 기다리던 소식이 몽골로부터 날아들었다. 아직 빈약하지만 광산까지 이어지는 최소한의 도로망 건설이 마무리되고 지르코늄 광산에서 첫 번째 물량이 한국으로 반입된다는 소식이었다. 1차분 지르코늄 50톤, 물량은 얼마 되지 않지만 가격으로는 20억 원이 넘는 고가였다. 이후 매월 2회씩 지속적으로 항공편을 통해 한국으로 반입될 예정이었다. 물론 맨땅을 활주로로 쓰는 탐삭블라크 공항을 사용할 수 없으니 할흐골 광산 주변도로를 확장해서 아스팔트 활주로를 깔았고 화물기는 국내 항공사 화물기를 6개월간 월 2회 전용하는 계약으로 대치했다. 항공기 정비사를 대동하고 다녀야 했고 현지에 연료주입기를 준비해야 하는 문제가 있었지만 이주자 화물과 보급품을 일괄해서 내보내고 광석을 국내로 반입하는 정도면 활용도는 그런대로 괜찮은 편이었다.

일단 순조로운 출발, 첫 번째 물량이니만큼 몽골정부에서는 수도에 주둔하던 군대 일개 중대를 파견해 호위에 최선을 다하고 있었다. 그러나 문제는 지르코늄에서 분리되지 않은 자연풍화 하프늄 원석이었다. 무려 3톤이나 되는 물량이 고스란히 따로 보관되었고 중국의 눈을 피해 한국으로 들여오려면 뭔가 특단의 조치가 필요했다. 방법은 하나. 대한은 미래정밀 내부에 건설해 놓은 지르코늄-하프늄 분리제련 공장의 창고 하나를 완전히 소개해 무인지대를 만들어 놓고 직접 화물기를 타고 몽골로 날아갔다. 어차피 할흐골 조차 이래 첫 번째 실적이 나오는 시점이니 현지에서 고생하는 직원들의 사기를 위해서도 얼굴을 비칠 필요는 있었다.

"어서 오십시오. 회장님."

화물기에서 내리자마자 대기하던 김용석이 재빨리 SUV를 끌어다 댔다. 가장 먼저 눈에 들어오는 건 줄지어 늘어선 컨테이너처럼 생긴 대형 박스, 선적을 기다리는 지르코늄 원석 지르콘이었다.

"고생하셨습니다. 김 사장님."

그간의 고생을 말해주듯 김용석의 얼굴은 새카맣게 그을려 있었다. 반면 허허벌판이던 할흐골은 눈에 띄게 변한 모습이었다. 광산설비와 발전시설, 인부 숙소 등이 불쑥불쑥 솟아 있었고 인근지역으로 이어지는 포장도로가 끝없이 직선으로 뻗어나갔다. 화물을 찾으러 온 이주자들과 일일이 악수를 나누면서 한동안 시간을 보낸 다음 광산 본부 건물로 건너가 간단한 기념식을 가진 뒤 회의실로 자리를 옮겼다.

실무자들에게서 현황보고를 받기 위한 자리, 김용석이 광산현황을 정리한 두툼한 서류뭉치를 건네며 먼저 입을 열었다.

"아시다시피 먼저 착수에 들어간 제1광구는 총 20만 톤 규모를 상회하는 대형 광산이며 현재 산출 가능한 물량은 지르콘 15만 톤, 겔지르콘 2만 톤, 니오비움 3만 톤 규모로 추정하고 있습니다. 특기할 만한 건 하프늄이 별도 원석으로 존재한다는 겁니다. 추정 산출량은 약 8천 톤, 지르콘에서 분리할 수량까지 합치면 1만 톤에 가까울 것으로 판단합니다. 지금은 전량 한국으로 반출하고 있으나 곧 중국과 러시아에 판로가 확보될 것으로 판단합니다. 제2광구는 1광구 북동쪽 40킬로미터로 예정하고 있으며 추정치 50만 톤 규모의 구리와 니켈을 확보할 수 있을 것 같습니다. 하반기에 착수할 예정입니다."

첫 번째 반입될 지르콘 50톤은 즉시 제련과정을 거쳐 국내 반도체 3사와 미국, 유럽, 러시아 등지에 이미 판매가 확정되어 있었다. 가격도 가격이지만 공급이 워낙 부족한 광석이어서 판로는 얼마든지 개척할 수 있었다. 제련과 동시에 곧바로 현금화된다는 의미, 당분간은 구리, 니켈과 함께 미래그룹의 자금줄 노릇을 톡톡히 하게 될 것이었다. 그가 말했다.

"수고하셨습니다. 농장 쪽은요?"

"현재 450가구의 이주가 끝났으며 상반기 중으로 550가구가 더 이주할 겁니다. 주택과 차량, 연료, 전기, 수로 등 기반시설 확충 작업이 꾸준히 진행되고 있으며 올해는 약 5만 헥타아르에 밀과 잡곡을 위주로 파종할 것입니다. 내년부터는 5만 헥타아르 단위로 확장해서 중국북부와 러시아에 판매할 예정입니다. 또한 몽골 황소

1,000마리를 시험적으로 사육하기 시작했습니다. 내년엔 10만 마리 수준까지 확장할 계획이며 가격 경쟁력이 괜찮아서 조만간 한국 반입도 가능할 것으로 판단합니다."

"축산 쪽도 확장을 서둘러주세요. 부도덕한 미국 정부에다 우리 국민의 목숨을 내맡길 수는 없지 않겠습니까? 차제에 우리 시장에서 아예 쫓아내야 합니다."

"예. 서두르겠습니다."

이어 인프라건설팀 실무부서장들이 나서서 도로와 철도, 태양열 발전소 건설에 대한 세부적인 사항들을 거론했고 이주민 대표들이 당장 필요한 물자들을 청원하는 순서로 이어졌다. 무려 3시간에 걸친 마라톤 회의, 대한은 그 자리에서 제안을 수용하거나 대안을 제시하면서 일사천리로 마무리를 지어버렸다. 참석자들 대부분이 입을 쩍 벌릴 정도로 신속한 판단과 결정, 저 사람 천재라는 말이 저절로 흘러나오는 분위기였다.

회의를 마친 대한은 실무자들과 함께 광산 식당에서 간단한 저녁식사를 한 뒤 김용석과 단둘이 광산 배후지의 작은 창고로 건너갔다. 분리된 하프늄을 보관한 곳이었다.

자물쇠 몇 개를 따고 들어가 크지 않은 금속 케이스 20여 개를 확인한 그가 말했다.

"전부 얼마나 되죠?"

"4톤 가까워. 원체 위험한 광석이라 보관 케이스에 신경을 썼다. 아마 운송하기엔 편할 거야. 그나저나 언제 가져갈 거냐? 요즘은 주변에 중국아이들까지 가끔 출몰해서 솔직히 신경 쓰인다."

"걱정 마세요. 오늘 치우겠습니다."

"오늘?"

"예. 4.5톤 트럭 있죠? 거기다 전부 올려주세요. 형님하고 저하고 단둘이 끌고 나가죠."

"나간다고?"

"네."

"뭐 하라니까 하긴 한다만. 트럭에 올려서 어쩌겠다는 건지 모르겠구나."

"그냥 하세요. 바로 나가가자고요."

고개를 좌우로 저은 김용석은 곧장 직원들을 시켜 트럭 한대를 가져다 케이스들을 싣도록 지시하고 돌아왔다.

"10분이면 될 거다."

"밤새 양고기 바비큐 어때요? 술 한 잔 하죠? 수송기 출발은 내일 아침이니까 시간은 충분하잖아요."

"좋지. 간만에 한 잔 제대로 꺾어보자. 후후."

술자리 준비를 시킨다고 본부 건물로 들어간 김용석이 돌아올 무렵 작업이 끝났다는 보고도 함께 들어왔다. 두 사람은 곧장 트럭을 끌고 광산구역을 빠져나왔다.

북동쪽 초원지역으로 트럭을 몬 대한은 포장도로가 끝나는 곳에서도 한참을 더 덜컹덜컹 주행하고 나서야 트럭을 세웠다. 인적 자체가 아예 없는 칠흑의 세상, 구름에 가려 흐릿해진 달빛만이 유일한 빛이었다. 등받이에 깊이 기댄 그가 치우비로 아영을 호출하며 말했다.

"한 20분 걸릴 겁니다. 그냥 좀 쉬세요. 형님."

"뭘 기다리는 거냐?"

"예. 지금부터 보는 건 국가기밀 중에서도 최고의 보안을 요구하는 겁니다. 기억에서 완전히 지워주세요."

"응? 응. 알았다."

엉겁결에 튀어나온 김용석의 대답을 들은 그는 그냥 시동을 꺼버리고 트럭 문을 열고 박스 위로 건너가 하프늄 케이스 하나에 털썩 걸터앉았더니 완벽하게 새카만 하늘에다 시선을 던졌다. 시원한 바람이 머리카락을 말아 올렸다. 정말 오랜만에 느껴보는 편안한 시간, 단 1분 1초도 마음을 놓을 수 없는 빡빡한 서울 생활에 익숙한 그에게 조금씩 자신만의 왕국으로 변해가는 할흐골의 아름다운 하늘과 신선한 공기는 더할 나위 없이 편안한 안식처일 수밖에 없었던 것이다.

'자주 와야겠어. 정말 편안하네.'

뒤따라 차에서 내려 박스 뒤로 건너오는 김용석에게 눈길을 주는 순간 갑자기 강력한 풍압이 머리 위로 쏟아졌다. 그리고 낯선 소음.

우우우!

마치 수십 마리 늑대가 한꺼번에 울어대는 소리 같았다. 급히 고개를 돌렸다.

'치우!'

초원 위로 부드럽게 내려앉는 거대한 타원형 실루엣이 눈에 들어왔다. 트럭 바로 옆, 언제나 한밤중에 바다 속에서 타고 내리는 통에 자신조차도 처음 보는 탐사선 치우의 거대한 그림자였다. 워낙 어두운 판이라 오늘도 제대로 보긴 틀렸지만 전장 52m에 전폭 38, 전고 14m의 거대한 실루엣만으로도 보는 사람의 간담을 서늘하게 하고도 남음이 있었다.

기체 하부 측면 일부가 서서히 내려앉고 납작한 무한궤도 차량이 바퀴 달린 넓적한 팔레트 하나를 끌고 날렵하게 내려왔다.

"오래 기다리진 않았지? 오빠? 아! 안녕하세요? 김 사장님!"

무한궤도 차량 위에 선 아영이 밝은 표정으로 두 사람에게 손을 흔들었다. 그가 마주 손을 흔들며 말했다.

"빨리 싣고 떠라. 서울서 보자."

"응."

아영은 손 하나 까딱하지 않았지만 궤도차량에서 빠져나온 기계 팔은 아주 자연스럽고 신속하게 하프늄 케이스들을 집어 팔레트에 옮겨 실었다. 불과 3분여, 케이스들을 옮겨 실은 궤도차량이 치우의 거대한 실루엣 속으로 사라지자 아영이 멍한 표정의 김용석에게 장난스럽게 손을 흔들면서 치우 안으로 들어가버렸다.

우우웅!

다시 강력한 풍압, 내려앉을 때보다 못해도 2배는 더 강해진 것 같았다. 잠깐 달빛을 가린다 싶던 치우는 어느 순간 거짓말처럼 눈앞에서 사라져버렸다. 대한이 아직도 벌어진 입을 다물지 못하고 있는 김용석의 턱을 슬쩍 밀어 올리면서 말했다.

"파리 들어가요. 형님. 후후."

"저…… 저게 뭐냐?"

"기억에서 지우라고 했잖우. 그냥 그림자라고 생각해요. 갑시다. 형님. 술 마셔야죠."

"그⋯⋯그래. 일단 가자."

어렵사리 광산으로 돌아온 두 사람이 잘 구운 양고기 바베큐와 소주로 밤을 지새우는 새벽시간, 미래정밀의 하프늄 제련 라인은 아영이 쥐도 새도 모르게 내려놓은 하프늄 덕분에 정신없이 돌아치기 시작했다. 자체 탄두 제조창은 물론이고 미래소재에서도 하프늄을 목이 빠지게 기다렸고 신설한 상온핵반응로 팀에서도 만만치 않은 물량을 요구하고 있었다. 모두의 요구를 제때 맞추려면 매일 날밤을 새워도 모자랄 지경이었다.

몽골에서 돌아온 대한이 가장 먼저 소집한 것은 상온핵반응로 개발팀이었다. 이제 고온 고압에 견딜 수 있는 순수한 지르코늄을 확보했으니 설계를 실행에 옮길 시점, 그러나 팀을 맡은 박명욱 팀장과 연구원들이 가장 걱정하는 건 하프늄 이성질 핵의 격발이론이었다. 아영의 도면과 스펙은 하프늄 이성질 핵의 단위 폭발과 지속적인 에너지 추출의 타협점을 절묘하게 찾아냈지만 연구원들의 눈으로 보면 위험하긴 마찬가지였다. 그래서 몽골에서 돌아온 대한의 얼굴을 마주하자마자 첫 번째 거론한 단어도 심각한 우려였다.

"이대로 괜찮을까요?"

사실 이성질 핵의 연쇄반응 격발이론은 정확하게 알려진 것이 없었다. 1988년부터 세간에 알려진 탄탈룸-180에 감마선을 쏘는 연쇄붕괴는 붕괴를 위해 필요한 에너지가, 나오는 에너지보다 더 많아서 실용성이 없었다. 결국 스타워즈 계획에 적용됐던 이성질 핵 격발을 이용한 레이저포는 그 핵심인 탄탈룸-180이 실용적이지 못하다는 것이 밝혀지면서 폐기되었고 이후 1995년, NATO가 지원하는 프랑스—러시아 연구팀의 발표로 하프늄-178로 이성질 핵의 격발이 가능하다는 판단을 내렸다. 그러나 결과는 논문으로 발표되지 않았다. 이유는 간단했다. 후폭풍을 우려한 정부가 출판을 불허한 것이었다. 하지만 최근 개발되어 실전 배치된 레이저 포들은 전부 하프늄을 이용한 것이라고 판단해도 틀리지 않았다.

실제로 골프공 크기의 하프늄 이성질 핵폭탄의 파괴력이 다이너마이트 10톤과 맞먹는다는 주장이 설득력을 가진다. 대규모 낙진까지 동반하는 원폭의 살인적인 위력보다는 다소 떨어지지만 파괴력만큼은 타의 추종을 불허하는 셈이다. 더구나 하프늄은 핵 비확산 조약의 적용을 받지 않는다. 새로운 형태의 소형 대량학살 무기가 개발될 수 있다는 뜻.

더불어 에너지 저장기술에 가져올 후폭풍은 가히 살인적이다. 이성질 핵에 저장된 에너지를 조금씩 꺼내 쓸 수 있다면 무한대의 동력공급원을 만들 수 있을 것이며 간단하게 재충전이 가능한 핵건전지도 가능하다. 불과 20년 후, 탄소연료 고갈을 눈앞에 두고 실용화되어 세계 화력발전의 80퍼센트를 대체하게 되지만 아직은 모두에게 꿈같은 이야기일 뿐이었다. 그가 씩 웃으며 말했다.

"아시다시피 설계된 설비는 핵융합로가 아니라 반응로입니다. 기초 이론자체가 핵융합이 아니고 핵붕괴니까요. 제가 원하는 것도 상온핵융합이 아니고 상온핵붕괴를 통한 반무한대의 동력공급원입니다. 그리고 모든 도면과 스펙은 검증된 겁니다. 믿어도 좋아요. 핵심 부품이 스펙대로만 따라와 준다면 걱정할 이유는 없습니다. 오차범위와 재질 특성 확보에 모든 역량을 집중하도록 하세요."

박명욱이 떨떠름한 표정으로 긍정을 표했다.

"소장님께서 그렇게 말씀하신다면야…… 일단 알겠습니다. 최선을 다하죠."

"시제품은 올 연말에 볼 수 있었으면 싶습니다. 다른 프로젝트들과 마찬가지로 자금과 인력은 무한대로 지원됩니다."

일그러진 박명욱의 인상은 지원에 대한 이야기에도 전혀 펴질 줄을 몰랐다.

"휴…… 연말까지면 너무 촉박합니다. 반응로 개발만 해도 시간이 부족합니다. 여유를 좀 더 주십시오."

"얼마나 드릴까요?"

"1년만 더 주십시오. 파동포 개발팀에서 유경험자를 모두 끌어들여도 이건 무립니다."

사실 1년을 더 줘도 20개월 남짓, 일반적인 개발기간이라면 어림 반 푼어치도 없는 이야기였다. 그러나 그간 해온 일들을 생각하면 못할 것도 없는 게 사실이었다. 그가 슬그머니 박명욱의 신경을 자극했다.

"좋습니다. 시제품은 내년 상반기로 연기하죠. 6개월을 더 드리는 겁니다. 대신, 기억해두세요. 작년 말에 출시된 장인숙 팀장의 인터셉터가 CO_2 배출권 시장을 성공적으로 장악하기 시작했습니다. 올해만 1,000억 이상의 매출을 올리게 될 것이고 내년에는 미국과 일본에만 5,000억 이상의 매출이 기대됩니다. 연초에 영국에서도 입질이 왔으니 유럽시장도 곧 진출이 가능할 겁니다."

"……."

사실 박명욱과 장인숙은 곧 약혼할 아주 가까운 사이였다. 2살 차이인 두 사람은 나름 잘 어울리는 커플이지만 일에 있어서만큼은 무서울 정도로 치열하게 경쟁했고 알게 모르게 경쟁심리가 작용하고 있었다. 그래서인지 박명욱은 언제든 장인숙의 이야기가 나오면 움찔 긴장하는 모습이 역력했던 것이다. 잠깐 말을 끊은 그가 웃는 낯으로 박명욱의 염장을 질렀다.

"박 팀장도 장 팀장만큼은 밥값을 하셔야죠. 후후."

"끄응……."

박명욱은 연신 입맛을 다시며 회의실을 떠났다. 엊그제까지 목을 매던 PEP파동포 개발을 끝내자마자 기존 상온핵반응로 팀을 강제로 떠맡겨 놓고는 천연덕스럽게 밥값을 이야기했으니 속이 터지긴 할 터였다. 그러나 욕먹을 걱정은 하지 않았다. 애초에 박명욱은 일거리가 없으면 못 견디는 타입이었고 PEP 이후 새로운 아이템을 찾아다니고 있었다. 투덜거리긴 했지만 내일부터는 또다시 연구실에 파묻혀 한동안 바깥세상에 얼굴을 내밀지 않을 터였다.

'잘 해주겠지. 후후후.'

혼자 킥킥거리면서 회의실을 나선 대한은 자신의 방으로 향하다 말고 바로 옆 아영의 연구실을 찾았다. 미래연구소에서 가장 심각한 보안을 유지하는 장소 중 하나, 언제나처럼 먼지 하나 없이 깔끔한 방은 한 가운데의 반원형 테이블을 중심으로 10여 개의 소형

LCD화면이 병풍처럼 둘러쳐져 있었다. 그가 테이블 건너에 있는 의자에 걸터앉으며 말했다.

"뭐 좀 나온 거 있냐?"

그림처럼 꼿꼿이 앉아 있던 아영이 환하게 웃었다.

"별 거 없어. 그런데 일본이 지난달에 발사한 군사위성이 좀 신경 쓰이네?"

"엥? 군사위성? 일본이 군사위성도 쐈니?"

"응. 작년에 법안이 통과됐고 올해 벌써 세 번째 발사야. 그런데 이번 첩보위성은 서울 상공 고정이네. 평양 상공에는 조기경보위성이고."

"얼씨구? 그런 거야?"

"응. 어차피 우리나라 상공에도 미국, 러시아, 중국, 일본 해서 외국위성만 무려 67개가 마구 뒤섞여 있어 새삼 이야기할 게 없었는데 이번에 발사된 일본 위성은 성능이 너무 좋아. 일주일 정도 후에 정지궤도에 안착해서 본격적으로 가동이 될 거 같은데 좀 위험해 보여."

대한은 미간을 좁히면서 눈을 가늘게 떴다. 불쾌할 때 습관적으로 나오는 표정.

"흠…… 안 그래도 본격적으로 일을 하려면 위성들 손 좀 봐야겠다고 생각하고 있었는데…… 어차피 잘 됐네. 그거 두 대 다 해킹해서 다른 위성들하고 충돌시켜버려라. 짜증난다. 우리나라 상공에 고정된 중국하고 외국 첩보위성들에다 줄줄이 받아버려. 나중에 지랄을 하거나 말거나. 젠장!"

"언제 할까?"

"지금 해. 몇 만 개 위성 중에 몇 개 떨어졌다고 우리한테 시비 걸지는 못하겠지."

무려 30,000개가 넘는 지구궤도의 인공위성 중, 한반도 상공에 떠 있는 외국의 정지위성은 미국 13개, 일본 21개, 중국 18개, 러시아 15개로 총 67개였고 그 중 14개가 순수한 비상업용 첩보위성, 그리고 그 14개 중 8개가 남한상공이었다. 대한은 그 8개를 한꺼번에 충돌시키라고 명령한 것이었다. 잠깐 키보드를 두드린 아영이 말했다.

"궤도 변경했어. 오늘밤 11시를 전후해서 정지위성들하고 연달아 충돌할 거야. 충돌과 동시에 추력을 잃고 추락할 거고."

"밤에 민서랑 불꽃놀이나 나가야겠군. 후후."

"나도 갈까?"

"좋지. 시간되면 같이 가자. 그나저나 예산은 문제없니?"

"미래정밀이 매출을 급격하게 올리고 있어서 제법 해소됐어. 케이먼과 키프러스에 있는 돈은 더 안 건드려도 될 것 같아."

"얼마나 남았니?"

"우수리 털고 114억 달러."

"흠…… 꽤 많이 썼네."

그는 고개를 까딱까딱하면서 아영이 돌려놓은 화면에 시선을 고정했다. 화면에는 업체별 실시간 계좌 잔고와 자산현황이 깔끔하게 정리되어 있었다. 총 평가자산 9조8천억 원, 미래금융을 제외한 1사분기 총매출 8천억, 만 1년만에 거둔 성적표로는 나름대로 괜찮았다. 하반기에 들어서면 매출은 폭발적으로 늘어날 것이고 내년부터는 말 그대로 기하급수적으로 팽창할 터였다. 일단 큰 고비는 넘은 셈이었다.

"남은 건 이 무능한 정계하고 입만 나불대는 매스컴인데…… 이건 어디서부터 손을 대야 할지 도대체 모르겠단 말이야? 쩝…… 뚫린 입이라고 제멋대로 떠드는 거 그냥 듣고만 있으려니 답답해서 못살겠네. 젠장!"

"왜. 정치에 입문이라도 하게?"

"아서라. 정치하는 놈들하고 얼굴 맞대면 내 눈 썩는다. 참. 북한 상황 좀 알아봤어?"

"응. 그런데 생각보다 안 좋아."

"얼마나 안 좋은데?"

"5월에만 20만이 굶어 죽는다는 이야기가 공공연하게 나돌아. 지방 쪽은 위성사진에 시체가 찍힐 정도고 사흘 전엔 식량배급 문제로 지방군과 중앙군의 충돌도 있었어. 제일 큰 문제는 김정일의 건강이 급격하게 나빠지고 있다는 건데 이 상태로 계속 가면 연말부터 사망할 때까지는 컨트롤타워가 없어진다는 계산이 나와."

"쩝…… 벌써냐? 재미없네. 중국은 어때?"

"단동의 선양군구 39집단군이 본격적으로 강화되고 있어. 김정일 유고시에 있을지도 모르는 한미연합군의 북한침공을 대비한다는 명목이야. 특히 기갑세력과 공군의 강화가 두드러져."

선양군구의 주임무는 러시아 극동군과 시베리아군구의 서진을 막고 한미연합군의 북진을 막는 것이지만 실제로는 북한에 영향력을 행사하기 위한 상징적인 의미를 띠고 있었다. 총 병력은 30만, 지상군은 각 집단군 예하에 기갑사단 4개와 보병사단 16개를 보유했고 특히 단둥에 주둔하는 제39집단군은 중국 전체 지상군 전투력 2위의 막강한 부대였다. 중국이 자랑하는 제 2포병대 탄도미사일 기지 10개를 보유했고 예하의 제 1공군은 5개 사단으로 보유 전투기만 1,060대의 무시무시한 전력이었다. 거기에 신형 J-10 전투기 50기가 추가로 배치된다는 이야기였다.

물론 전차나 전투기의 단위 전투력에는 의문이 많지만 숫자만으로 따져도 한국 공군이 보유한 공대공 미사일 전체의 숫자보다 선양군구 전투기의 숫자가 더 많은 우스꽝스러운 꼴이었다. 아무래도 신경이 쓰일 수밖에 없는 대목이었다. 그가 길게 한숨을 내쉬며 중얼거렸다.

"제기랄! 가진 거 몽창 퍼부어도 후년 상반기까지는 어림도 없겠다. 북경, 선양 2개 군구를 합친 전력하고 비슷하게라도 만들어야 되는데 이래서야 원. 에효…… 결국 방법은 큰 거 한방 아니면 북한내전을 지원하는 건가?"

"현실적으로 그거밖에 없을 거야. 그래도 북한 내전에 중국이 개입하지 못하게 하려면 우리가 비슷한 전력을 가지고 있다고 판단하게 해야 돼. 만일이지만 우리와 중국이 붙는다면 확률상 미국은 먼 산 보거나 등 돌릴 가능성이 높아."

"그렇겠지. 15억 시장하고 5천만 시장하고 비교하면 답이 안 나오지. 젠장! 진짜 답이 없네. 개성에 투자한다고 하고 북한이나 좀 다녀와야겠다. 군부 온건파 쪽 명단 좀 뽑아봐. 만날 수 있으면 만나게."

"나쁜 생각은 아니네. 알았어."

"6월이나 7월쯤 다녀오는 걸로 생각하자. 앞뒤 좀 재봐야 되니까 차 중장도 만나고 정치권에도 선을 좀 넣어보…… . 아니다 이거 생각해보니까 상당히 귀찮네. 이참에 아예 이태식 씨를 정치시켜 볼까? 잘 할 것도 같은데."

"신약 때문에 인지도도 높고 시민단체나 변협하고도 손발이 맞으니까 그룹차원에서 받쳐주면 힘을 쓸 수 있을 거야. 마침 보궐선거 일정도 잡혔으니까 의사타진을 해보던지."

"좋아. 괜찮은 생각이네. 병원이야 이제 그냥 둬도 굴러가니까 한번 밀어보자. 출마 가능한 지역 알아보고 소요예산은 병원 쪽에서 확보해라. 다음 총선 때까지는 정치세력화 해야 되니까 향후 3년간의 소요비용과 영입인물 정리해봐. 당선 가능성 확률로 계산해서 보고하고 조선, 중앙, 동아, 한겨레 중에 하나 찍어서 주식매입 들어가라. 이왕 하려면 매스컴 끼고 확실하게 가자."

"알았어. 내일 오후까지 정리해서 보고할게."

"오케이. 그럼 난 건너간다. 민서 오라고 할 테니까 저녁때 같이 나가자."

"응."

방을 나선 대한은 유민서에게 우선 전화를 한 뒤 이태식과 따로 약속을 잡았다. 성격상 마음을 먹었으면 당장 해치워야 했다.

물관리 프로젝트

일본 매스컴은 각국 인공위성들과의 집단 충돌사고 소식으로 시끌벅적했다. 인공위성을 충돌시킨지 정확히 2주일, 쉬쉬하던 사고 소식이 결국 언론에 공개된 것이었다. 신문지상으로 첩보위성인지 상업위성인지의 구분은 불확실했으나 새로 쏘아올린 일본의 인공위성이 중국과 러시아 등의 정지궤도 위성과 연달아 충돌해 무려 11개가 대기권으로 추락했다. 애당초 목표는 8개였는데 충돌과정에서 발생한 파편에 3개가 더 활동불능에 빠져버린 셈이었다.

당황한 일본 우주국은 허둥지둥 대책반을 구성해 충돌 사실을 묻어보려 했지만 역부족, 일본정부는 어느새 추락위성의 손해배상 문제에 시달리기 시작했다. 덕분에 이미 통과된 군사위성 법안의 존폐까지 거론되는 상황으로 치닫는 상황이었다.

'쌈스키들. 고소하네. 흐흐흐.'

스멀스멀 피어오르는 웃음을 억지로 찍어 누른 대한은 옆에 선 유민서의 도톰한 엉덩이를 은근슬쩍 쓰다듬었다. 화들짝 놀란 유민서가 팔꿈치로 그의 옆구리를 쿡 찌르며 속삭였다.

"뭐예요? 이 치한!"

미래 암·에이즈재단 창립기념식장에 올라선 상황이니 유민서가 놀라는 것도 무리는 아니었다. 조만간 정치입문을 결행해야 하는 이태식을 위한 행사로 미래암센터와 미래금융이 공동출자 형식으로 200억을 출자해 두 가지 질병에 대한 예방과 치료에 매년 20억씩을 지출하는 비영리 재단을 설립한 것이었다. 지난해 말부터 꾸준히 준비해왔던 재단설립을 조금 서둘렀고 마침 결원이 생긴 지역구가 미래병원과 암센터 설립예정지인 강북을구여서 이태식의 출마도 자연스럽게 강북을구로 확정되어버렸다. 후보 등록 마감일이 얼마 남지 않아 시간은 촉박했지만 일단 출발은 순조로웠다.

그가 표정을 바꾸지 않은 채 귓속말을 했다.

"어허! 하늘 같은 낭군님이 만지겠다는데. 불만이야?"

"에효…… 누구 탓을 하겠어. 내 탓이지. 어쨌든 안 돼요! 정 만지고 싶으면 내일이라도 결혼식을 올리던가. 그럼 말 안 할게요."

"나 요즘 죽으러 갈 시간도 없는 거 알 텐데? 결혼은 10년 후쯤에 한 번 생각해볼게. 흐흐흐."

"뭐라고요!"

귓속말로 허튼 농담을 주고받는 사이 박수와 함께 공식행사가 모두 끝났다. 대한은 아영과 유민서를 데리고 연단에 선 관계자들을 따라 새로 인수한 암센터 건물 1층에 준비된 파티장으로 자리를 옮겼다. 보궐선거를 목전에 둔 지역유지와 정치인들이 무더기로 참석한 상황이어서 곧장 자리를 뜨고 싶었지만 이태식을 제대로 도와주려면 어떤 방식이든 얼굴을 비쳐야 했다.

파티장 한쪽에 세 사람이 자리를 잡자 출마를 준비하는 정치인들이 가장 먼저 얼굴을 내밀었다. 올해 나이 63세의 제1야당 3선 의원 이우혁, 지난 선거에서 대통령의 측근인 여당후보에게 일방적으로 밀려 낙선했지만 정계에서는 나름 목소리가 큰 중견 정치인으로 오랜 시간 지역구에 공을 들인 노회한 여우였다. 이태식이 선거전에 나서면 가장 큰 적이 될 사람이었다. 이우혁이 환하게 웃으며 손을 내밀었다.

"안녕하십니까? 회장님. 나 이우혁입니다."

"김대한입니다."

"우선 우리 지역구에 크게 투자를 해주셔서 감사를 드리고 싶습니다. 회장님."

내 땅에 투자를 해줘서 고맙다는 식의 다소 거만한 인사말. 굳이 걸고넘어질 이유는 없었지만 건방기는 죽여 놓아야 했다. 그의 말에 순간적으로 가시가 돋쳤다.

"전국의 돈 없는 환자들을 위한 기반시설입니다. 지역구와는 상관없는 것 같은데요?"

"지역 주민들이 기뻐할 겁니다. 허허."

동문서답, 이우혁은 양해도 없이 대한의 맞은편에 걸터앉았다.

"여당 의원들과 그리 사이가 좋지 않으신 것 같은데 이참에 우리와 연대하시는 건 어떻습니까? 내 지금은 그저 힘없는 재야인사에 불과하지만 다음에 만날 때는 힘이 되어드릴 수 있을 겁니다."

"……"

보궐 선거에서의 당선을 확실시하는 분위기, 대한은 그냥 입을 다물어버렸다. 이우혁은 대한의 성향을 판단하려는 듯 몇 가지 의미심장한 이야기를 더 내비치다가 그의 대답이 영 심드렁하자 조금은 당황스런 표정으로 자리를 떠버렸다. 일단 대한에 대한 성향 판단은 야당에도 부정적으로 보고 될 것이었다. 이어 미래병원 의사들과 신약과 관련해서 뇌물을 받아먹은 식약청 관리들이 줄줄이 얼굴을 비쳤고 어렵게 시간을 낸 이태식은 간단히 인사만 하고 서둘러 사람들 틈으로 사라졌다. 유민서가 화장실에 간다고 자리를 비우자 그가 나직이 입을 열었다.

"아영아. 매스컴 쪽은 상황이 어떠냐?"

"아직은 호의적이지 뭐. 그런데 지난번에 이야기됐던 거 말이야. 주식 매입이 쉽지 않아."

"응?"

"3사 모두 사주 일가의 지분률이 엄청나고 우호지분까지 더하면 거의 70퍼센트에 가까워. 그나마 D사가 47퍼센트로 좀 약한데 그것도 매입이 쉽지 않아. 방향을 전환했으면 싶어."

"방법이 있니?"

"태연건설이 우리 컨소시엄에 들어왔는데 재무상태가 그리 좋지 않아."

"태연건설?"

"SBC 최대주주야. SBC홀딩스하고 주식회사 귀미하고 합쳐서

60퍼센트가 좀 넘는데 태연건설 지분이 제일 커서 인수해버리면 자연스럽게 SBC를 챙기는 거야."

"흠. 괜찮은 생각인데? 아예 공중파로 들어가자?"

"응. 현재로서 매스컴에 접근 가능한 방법은 뉴스채널 아니면 태연이야."

"대주주 지분은 얼마냐?"

"사주일가 4명 앞으로 38퍼센트. 외국인 지분은 11퍼센트, 나머지는 펀드와 주식시장에 폭넓게 깔려 있어. 주가는 9,600원 선, 하락국면이야."

"좋아. 나쁘지 않네. 매입 시작해라. 단, 무리할 필요는 없다. 주총에서 영향력을 행사할 수준만 되면 굳이 인수하지 않아도 효과는 충분할 거야. 우호지분으로 분류되면 여타 매스컴에서 함부로 건드리지 못한다. 일단 시간을 두고 태연과 홀딩스 주식을 꾸준히 사들여라."

"오케이. 알았어. 오늘부터 시작할게."

"그리고 저 이우혁이라는 사람 뒷조사 좀 해라. 정치를 오래한 사람이라 여기저기 흠집 많을 거다. 결정적인 걸 찾아봐."

"알았어."

그는 유민서가 돌아오자 서둘러 이야기를 마무리하고 자리를 떴다.

차영태와 만나야 할 시간, 대한은 아영과 유민서를 돌려보내고 곧장 미래병원 원장실로 올라갔다. 대한이 소파에 엉덩이를 붙이기가 무섭게 비서실 여직원이 차영태와 함께 안으로 들어섰다. 차영태가 밝은 표정으로 손을 내밀었다.

"오랜만이오. 김 회장. 무려 다섯 달만이로군."

"벌써 다섯 달이나 됐나요? 시간 참 빨리 갑니다. 오시라고 해서 죄송합니다. 앉으십시오."

"사실 그늘 속에서만 사니 가끔 이런 큼직한 행사 나들이도 괜찮아요. 도리어 김 회장에게 감사를 드려야 할 판이오. 어쨌거나 간만에 대한민국 기업인의 진면목을 봤어요. 우리 기업인들이 전부 김 회장만 같으면 세상 살맛 날 것 같은데 안 그렇소?"

"별 말씀을요. 솔직히 저야 세금 덜 맞으니까 마찬가지입니다. 후후."

"오호. 세금을 200억이나 내야 할 정도로 잘 돌아가는 모양입니다?"

"일이 그런대로 잘 풀리는군요. 사령관님께도 제법 도움이 될 것 같습니다."

편안하게 이야기를 주고받는 사이 여직원이 찻잔을 놓고 사라졌다.

"다행이로군. 그런데 김 회장 당분간 몸을 좀 사려야겠소."

"네?"

"일본하고 중국 정보부 아이들이 달라붙은 것 같더군. 김 회장이 쓱싹 해치운 할흐골 조차 문제로 심기가 많이 거북한 모양이야. 국내에 상주하는 정보원들 상당수가 투입돼서 회사주변 정보수집에 혈안이 되어 있다는 보고요. 보안에 신경을 더 쓰도록 하세요."

이미 예상하고 있던 상황, 당장 특별한 문제는 없을 터였다. 잠시 차영태의 얼굴을 건네다본 대한이 정색을 하며 본론을 꺼냈다.

"사실 오늘 뵙자고 한 이유는 제가 조용히 북한엘 좀 다녀와야 할 것 같아서입니다."

"북한?"

"예. 개성관광단을 따라 들어갔다가 평양에 며칠 머물다 오겠습니다."

"이유를 물어도 되겠소?"

"김정일 위원장의 건강이 좋지 않은 건 아실 겁니다."

차영태는 알고 있다는 듯 말없이 고개만 끄덕였다. 대한은 잠시 갈등했다. 차영태에게 '김정일 사망과 북한 내전'에 대한 언질을 주겠다고 마음은 먹었지만 어떤 식으로 이야기를 꺼내야 차영태가 믿음을 가질지가 고민이었던 것이다. 무조건 김정일이 죽고 북한에 내전이 생기니 한쪽을 지원하자는 식의 주장은 누가 들어도 귀신 씨나락 까먹는 소리일 터였다. 일단 운을 띄우고 상대의 반응을 봐가면서 군부 온건파 장성 중 몇 사람의 이름을 거론하는 정도가 최선이었다. 그가 조심스럽게 말을 이었다.

"제 개인 정보라인의 보고라 말씀드리기 뭣하지만……. 길어야 2년 후면 김정일 위원장이 사망할 거랍니다."

"뭐요?"

차영태의 눈빛이 순식간에 달라졌다.

"김 위원장 사망 직후엔 내전으로 이어질 것 같답니다."

"……"

"그래서 몽골에서 생산한 식량을 군부 온건파를 중심으로 무상

지원하면서 분위기를 봤으면 싶습니다. 아시다시피 최근 북한내부에 식량사정도 극단적으로 좋지 않고 중국의 선양군구 보강도 심상치 않아 보입니다. 밑져야 본전입니다."

"응? 군부에 식량을 내주자는 이야기요?"

"어차피 구호기구에서 내주는 식량도 대부분 군부가 빼돌립니다. 마찬가지죠. 민간인 구호라는 대북지원의 대전제를 깨는 대신 포장에 태극마크와 대한민국이라는 네 글자를 대문짝만하게 찍을 겁니다. 이전 정부처럼 한글 한 글자 쓰지 못하고 식량만 내주는 멍청한 짓은 절대 안 합니다."

"흠……."

"사령관께서도 합참과 상의해서 북한의 내전을 지원할 만반의 준비를 갖추셔야 할 겁니다. 여차하면 북진을 결행해야 할지도 모릅니다."

차영태의 얼굴이 점점 심각해지고 있었다.

"내가 국정원에서 넘겨받은 보고는 김정일 위원장의 건강 문제와 군부간의 알력 정도일 뿐이오. 식량문제야 매년 그래 왔고."

"믿을 만한 증거자료를 가지고 있습니다. 확실히 길어야 2년입니다."

"……."

"그리고 그 2년 동안 남북한의 군사적 긴장은 계속해서 악화일로를 걸을 겁니다. 우리 정부를 압박하는 의미도 있지만 기본적으로 남북한의 긴장이 고조되는 건 북한 군부에겐 꽃놀이패이기 때문이죠. 실제 전쟁이야 군부입장에서도 엄청나게 부담스럽지만 남북의 긴장이 고조될수록 위태로운 정국을 확실히 틀어쥘 수 있고 자원배분에 있어서도 군부가 우선권을 가지게 되니까요."

"그거야 당연히 그렇겠지."

"거기다 중국이 선양군구를 집중적으로 강화하기 시작했습니다. 물론 기본은 한미연합군의 북진과 러시아의 동진을 견제하기 위해서지만 사실 북한내전에 대비한 포석의 성격이 강합니다. 모르긴 몰라도 북한군부의 지원요청을 받으면 즉시 남진해서 일주일 정도면 평양에다 중국군을 주둔시킬 겁니다. 우리로선 최악의 시나리오죠."

따지고 보면 대단히 극단적인 단어들의 나열, 하지만 차영태는 차분하게 고개를 저었다.

"글쎄…… 김정일이 죽는다면 군부가 정권을 잡는 건 기정사실이겠지. 약간의 소요사태가 생기는 것도 가능한 이야기일 테고. 하지만 본격적인 내전은 확신하기 어렵소. 솔직히 비약이 아닐까 하는 느낌이오."

"저도 기우이기를 바랍니다. 하지만 모든 여건이 본격적인 내전을 가리키고 있습니다. 해서 이번에 들어가면 원용해 보위사령관을 만날 생각입니다. 김정일의 측근 중에서 유일하게 온건파에 들어가니까요."

"원용해가 김 회장을 만나겠다고 했소?"

대한은 잠시 뜸을 들인 다음 고개를 끄덕였다. 원용해가 정보출처라고 암시하는 행동, 그러나 원용해가 만나지 않겠다고 하면 강제로라도 잡아다 앉힐 생각이니 완전히 거짓말은 아니었다. 그가 말을 이었다.

"다녀오면 가장 먼저 합참이 신뢰할 만한 정보를 넘겨드리죠. 아니면 무리를 해서라도 중국에서 그를 만나야 합니다."

잠시 그와 눈을 맞춘 차영태가 흔쾌히 긍정을 표시했다.

"좋소. 김 회장이 아니면 누굴 믿겠소. 다녀오시오. 국정원과 개성관리공단에 김 회장이 들어간다고 통보를 해놓지."

"감사합니다. 장군."

"대신 이연수 소령을 대동했으면 좋겠소. 김 회장을 잃는 건 국가적으로도 손실이……."

"아닙니다."

대한은 급히 말을 잘랐다. 차영태의 걱정은 충분히 이해가 되지만 이연수가 달라붙으면 이래저래 행동에 제약이 많을 터, 안전을 위해서도 확실히 해두어야 했다.

"다른 사람이 끼게 되면 저쪽에서 불편해합니다. 동생하고 단둘이 다녀오겠습니다."

까다로운 입국심사에 시달릴 거라는 예상은 도라산 출입국사무소를 빠져나오면서 보기 좋게 깨져버렸다. 북한 측 출입국사무소에 들어서기가 무섭게 일단의 정복 군인들이 두 사람을 따로 안내해 일사천리로 출입국사무소를 통과한 것이었다. 건물 밖에는 인민복 차림의 날카로운 인상을 가진 사내가 10여 명의 군인들을 거느린 채 그를 기다리고 있었다.

"어서 오기요. 김대한 회장. 내레 오형무외다."

'오형무?'

얼결에 목례를 하는 그에게 아영이 나노 라디오로 몇 마디를 전송했다.

— 공산당 대외연락부장이야.

'엥?'

공산당 대외연락부장 오형무, 대남전술공작과 조총련을 총괄하는 북한 해외공작의 실질적인 주력부대가 대외연락부였다. 통일전선부가 대남공작의 두뇌라면 대외연락부는 실전을 담당하는 손발, 그 대외연락부의 수장이 직접 국경에 나타난 것이었다. 그래도 아영의 리스트에는 비교적 온건파로 분류된 사람이었다. 그가 표정관리에 골몰하는 사이 오형무가 옆에 선 정장의 사내를 가리키며 말을 이었다.

"이쪽은 안면이 있갔디요?"

"통일부 개성공단 사업조정관 안병묵이올시다. 반갑소."

이미 국정원과 관리공단에 통보가 갔으니 북한 측에서도 모를 리가 없을 터, 북한의 대응이 예상외로 거창한 셈이었다. 물론 한국 측의 대응도 마찬가지였다. 무급無級인 사업조정관이 직접 나타났다는 건 그의 방문이 그만큼 이슈가 되었다는 뜻. 어쩌면 조용한 방문이 되길 바란 그의 생각은 미래금융의 위상을 과소평가한 착오일 수도 있었다. 그가 안병묵이 내민 손을 맞잡자 오형무가 다시 말했다.

"자자. 일단 들어가기요. 내레 근사하게 한 상 차리라고 했으니 먹으면서 이야기합세. 금강산도 식후경 아니갔소."

국산 자동차 몇 대에 나눠 탄 일행은 공사가 한창인 공단지역을 그냥 지나쳐 다소 외딴 별장 건물로 두 사람을 데려갔다.

별장에는 제법 깔끔한 식탁이 꾸며져 있었다. 일행이 도착하자 여성복무원들이 빠르게 음식을 들어 나르고 사라졌다. 독한 들쭉술 몇 잔이 돌고 안병묵이 잠시 자리를 비우자 오형무가 슬그머니 하고 싶은 이야기를 꺼냈다.

"개성의 투자여건이야 크게 둘러볼 것도 없다. 북남이 합리적으로 결정한 것이니끼니. 평양이 보고 싶다는 뜻 같은데…… 기래 뭘 보고 싶어서 평양까지 간다는 기요?"

"연락부장께 말씀드릴 사안은 아니라고 생각합니다. 오늘은 개성의 투자여건에 대한 이야기만 했으면 좋겠군요."

그의 단호한 부인에도 오형무는 고개를 살래살래 저었다.

"개성의 투자여건은 다들 알고 있는 거디. 많이 좋아지기도 했고. 난 김 회장이 다른 뜻이 있어서 온 것으로 생각하는데? 그기 아닌가? 사실 남조선 기업들은 보통 인건비를 절약하고 싶어서 개성에 투자를 하는데 내 알기로 김 회장은 손이 많이 가는 사업을 안 하디. 거 남조선 아이들 소리대로 선수끼리 이러지 맙세다. 후후."

잠시 오형무와 눈싸움을 한 그가 씩 웃으면서 말했다.

"그럼 이러시죠. 연락부장께서 김정일 위원장과의 면담을 주선해주십쇼. 나름 북측에 선물도 드리고 저도 부가적인 이권을 좀 챙길 생각입니다만."

사실 앓아누운 김정일을 만날 생각은 없었으나 오형무의 이목을 흐리는 효과로는 김정일의 이름만한 것이 없었다. 어차피 이 불여우들과 잔머리 싸움을 하려면 일단 얼러놓고 뺨을 쳐도 쳐야 했다.

물론 가능하지 않겠지만, 만에 하나 김정일을 만날 수 있다면 그것
도 성공일 터였다. 병세도 어느 정도 판단할 수 있을 테고 측근들
의 성향도 나름 알아볼 수 있을 것이라는 판단, 오형무를 난처하게
만드는 미끼로도 제격이었다. 오형무가 미간을 좁혔다.

"선물이라…… 아무래도 어려울 긴데. 아무나 만날 수 있는 분도
아니고…… 요즘 위원장 동지께서 심기가 썩 좋지 않으시거든."

"출발하기 전에 들어서 알고 있습니다. 건강이 많이 안 좋으십니
까?"

"거 또 곤란한 질문이구만 기래. 위원장 동지의 건강에 대해서는
여차하면 말들이 많아져서 대답이 곤란하거든. 꼭 위원장 동지를
뵈어야 하갔소? 정책적인 이야기를 나눌 사람이라면 국방위원회
위원동지들도 괜찮을 거 같은데?"

"흠……."

대한은 나름 생각하는 척하면서 길게 시간을 끌었다. 원하는 건
따로 있지만 답은 저쪽에서 내놓게 해야 했다. 그가 입맛을 다시며
말했다.

"쩝…… 솔직히 국방위원회 여덟 분은 대부분 남쪽과 편안한 관
계가 아닌 것으로 알고 있습니다."

"그렇긴 하디. 그래도 어쩌겠소. 그 동지들이 공화국을 끌고 나
가는 두뇌들인 걸."

"저도 압니다. 하지만 전 가능하면 위원장 동지의 측근 중에서
남쪽에 호의적인 분과 이야기가 됐으면 좋겠습니다. 이야기가 복
잡해지는 건 질색입니다."

"측근 중에서 남쪽에 호의적이라…… 흠…… 누가 있디? 홍철인 통전부장? 아냐. 그 동무 남조선 정책은 너무 극단적이디. 작전부나 35호실도 그렇고. 그 아새끼들이레 둘 다 고집이 있어. 가만있자…… 기래! 보위사령관 원용해 동무는 어떻소? 내레 보기에 남쪽에 가장 호의적인 동무가 보위사령관인데? 가까이 지내는 사이라 연락을 취하기도 쉽소."

기다렸던 이름, 내심 쾌재를 부른 그가 흔쾌히 고개를 끄덕였다.

"그러시다면 좋습니다. 만나 뵙지요. 단, 김영춘 총참모장과 김일철 인민무력부장 두 분 중 한 분을 먼저 만난 뒤에 보위사령관은 비공식으로 만났으면 싶습니다."

김영춘이나 김일철을 만나는 건 아무래도 귀찮은 일이었지만 일이 예상외로 커져버린 이상 상대의 혼선을 위해서라도 꼭 필요했다.

"흠…… 국방위원들을 만난 다음, 보위사령관은 북남 당국이 모르게 조용히 만났으면 좋겠다?"

"터놓고 말하면 그렇습니다."

"총참모장과 인민무력부장도 그리 만만한 동지들이 아니오. 일개 기업가가 만나자고 해서 선뜻 나올 분들이 아니라는 이야기요."

"압니다. 하지만 필요합니다. 말이라도 넣어주시죠."

"생각해보지. 그런데 무슨 이야기를 하려는 건지 알면 안 되겠소? 내레 명색이 대외연락부장인데 선을 대주면서 무슨 이야기가 나올지도 모른다면 면이 깎이지 안소."

"……."

짐짓 고민하는 척하면서 다시 시간을 끈 그가 큰 결심을 했다는 듯 심호흡을 하면서 말했다.

"쉽게 인력수출과 식량문제가 될 겁니다."

"인력수출?"

식량문제야 항상 불거져온 문제지만 인력수출은 오형무의 입장에서 보면 다소 의외의 제안일 터였다. 오형무가 앞뒤 정황을 고민하는 사이 그가 재빨리 말을 이었다.

"자세한 건 원용해 사령관과 이야기를 나누겠습니다. 필요하시면 연락부장께서 함께 참석하셔도 좋습니다."

"뭐 그럽시다."

그의 제안을 승낙한 오형무는 멀찍이 입구에 선 군인에게 손짓을 했다. 안병묵을 외부에 잡아놓으라는 명령이 있었던 듯 잠시 후에야 안병묵이 홀로 들어섰다. 두 사람의 대화 주제가 금방 개성으로 바뀐 건 물론이었다.

대한은 오후 내내 개성을 둘러보면서 시간을 보낸 다음, 다음날 아침 호텔에 대기하던 버스를 이용해 곧장 평양으로 출발했다. 재미있는 건 얼핏 보기에도 남측 기관원인 것 같은 정복의 사내 둘이 따라붙은 것이었다. 차창밖에 시선을 둔 두 사람을 슬쩍 일별한 그가 건너편 의자에 앉은 안내 장교에게 물었다.

"저분들은 북측 인사가 아닌 것 같은데 누구죠?"

"공식적으로는 통일부 직원으로 등록되어 있는데 모르긴 몰라도 국정원 사람일 기요. 당국에선 알고도 모른 체 하는 거디요."

그는 고개만 끄덕였다.

'하긴 우리만 보내 놓고 가만히 있을 사람들이 아니지.'

텅 빈 도로를 빠르게 달린 버스가 평양에 도착한 건 정오 무렵이었다. 불쑥불쑥 솟은 거창한 건물들이 늘어났지만 무겁게 가라앉은 분위기는 지나온 도시와 별 차이가 없었다. 다만 인도를 걷는 사람들의 숫자가 조금 늘어나고 복장이 조금 더 깨끗해졌을 뿐이었다. 숙소를 보통강 호텔로 결정했는지 버스는 곧장 호텔 로비 앞에 세워졌다.

통일교가 건설한 건물답게 보통강 호텔은 제법 깔끔한 모습이었다. 체크인도 없이 그냥 배정된 방으로 올라가 옷가방을 던져놓은 다음 호텔 식당에서 점심을 때웠다. 나름 괜찮은 식단, 이젠 마냥 기다리는 지루한 시간이 이어질 테니 서두를 이유는 없었다.

식사가 끝날 때쯤 항상 가까이 대기하는 안내장교를 불러 평양 관광을 부탁해 오후는 인민대 학습당과 평양지하철, 만수대 등을 돌면서 느긋하게 시간을 보냈다. 신문지상에서 보아온 평양의 활기찬 모습과는 많이 달랐지만 크게 새로울 것도 없는 한가한 도시의 모습이었다.

저녁 무렵 호텔로 돌아오자 오형무에게서 전화가 걸려왔다.

— 김 회장 뜻대로는 잘 안 될 모양이오. 대신 내일 박범기 동지와 오찬 약속을 잡았소. 오늘은 나와 저녁이나 같이 하디.

내각부총리 박범기는 김일철이나 김영춘에 비하면 다소 격이 떨어지지만 그래도 당 서열 15위의 막강한 권력자였다. 첫 번째 제안을 하는 입장이니 그리 빠지는 모양새는 아니었다.

"감사합니다."

— 좋소. 안내하는 군관에게 이야기 해놨으니 같이 건너오기요.

"알겠습니다."

곧장 호텔을 나선 두 사람은 안내장교의 차를 타고 그나마 조금이라도 빛이 있는 시내를 빠져나와 캄캄한 도로를 따라 한참을 서쪽으로 달렸다. 도착한 곳은 군부대 주둔지였다. 워낙 어두워서 부대명칭은 볼 수 없었지만 보안 상태를 봐서는 대외연락부 안가일 가능성이 높았다.

산기슭의 콘크리트 벙커 입구에서 차를 세운 장교는 정복 근무자 두 사람을 통과해 안으로 그들을 안내했다. 비좁고 어둠침침한 복도, 한참을 돌고 돌아 취조실 비슷한 작은 방문 앞에서 안내장교가 부동자세로 돌아서며 말했다.

"여깁네다. 들어가시죠."

역시 취조실로 쓰던 방인 듯 있는 거라곤 회의 테이블 하나에 그리 편할 것 같지 않아 보이는 의자 6개가 전부, 조명까지 흐릿해서 꼭 잡혀와 취조당하는 느낌이었다. 문이 닫히자 아영이 간단히 방 안을 확인하고 음성을 전송했다.

— 도청기 하나. 카메라는 없고.

그는 고개만 끄덕여 보이고 의자에 앉았다.

남한에 대해 잘 아는 오형무는 일단 호의적이다. 잘하면 여기서 원용해를 만날 수도 있다는 뜻, 그리고 오늘 원용해를 만나게 된다면 일이 예상외로 쉽게 풀려나갈 수도 있다. 오형무가 출입국 사무소까지 내려온 이유도 막연하게나마 설명이 된다. 필요한 것이 많다는 의미이자 두 사람이 긴밀하게 연계되어 있다는 뜻. 국정원 보고서에 거론된 젊은 장성들의 모임은 원용해와 오형무가 그 중심일 가능성이 높았다. 일단은 기분 좋은 출발이었다.

몇 분 시간이 흐르자 조금 열린 문 사이로 두런두런 투박한 북한 사투리가 들려왔다. 오형무의 목소리, 뒤따라 들어서는 원용해의 얼굴을 알아보는 것도 시간이 걸리지 않았다. 큼직한 뿔테 안경을 쓴 조금은 푸짐한 인상의 사내, 그가 보아왔던 대부분의 북한 장성들의 날선 눈빛과는 조금 다른 느낌이었다. 그가 자리에서 일어서자 원용해가 먼저 손을 내밀었다.

"내가 원용해요."

"김대한입니다."

가벼운 수인사를 끝낸 뒤 원용해가 건너편에 자리를 잡았다.

"날 보자고 했다면서요?"

"그렇습니다."

긍정을 표한 그가 오형무를 돌아보며 말했다.

"도청기는 치워주시겠습니까?"

오형무는 쓰게 웃으며 탁자 밑에서 도청용 마이크를 떼어내 밖에 서 있는 군인에게 넘겨주었다.

"감히 나를 도청하는 놈은 없어도 없는 기 마음이 편하갔디. 됐소?"

"감사합니다. 부장님."

"이제 이야기를 시작할까요?"

"단도직입적으로 말씀드리죠. 김정일 위원장의 건강이 좋지 않은 걸로 알고 있습니다."

순간적으로 마주앉은 두 사람의 얼굴이 극도로 일그러졌다. 사실 김정일의 건강은 정말 심각했다. 국방위원회에도 알리지 못한 이야기, 최근엔 움직이기는커녕 아예 말을 하지 못할 정도로 쇠약해 있었다. 두 사람이 굳게 입을 다물자 그가 말을 이었다.

"그저 건강이 좋지 않다고 알려져 있지만 제 판단은 다릅니다. 입에 담을 이야기는 아닙니다만 만일 이 상태로 위원장의 유고 상황이 닥치면 두 분의 입지는 엄청나게 위태로우실 겁니다."

"……."

"생각해본 적 없다고 말씀하진 마십쇼. 제가 알기로 요 며칠 사이 보위사령부를 중심으로 젊은 장성들이 자주 모인다는 이야기를 들었으니까요. 아닌가요?"

해킹한 국정원 자료에서 본 몇 가지 자료를 근거로 그냥 넘겨짚은 것이지만 두 사람의 얼굴은 심각하게 변해가고 있었다. 오형무가 차갑게 말했다.

"말조심하기요. 여긴 대외연락부 안가요. 당신 여기서 죽어나갈 수도 있어."

"제가 당신들에게 해를 끼친다면 물론 그렇겠죠. 그러나 돕는다면 이야기가 다를 겁니다."

"도와?"

"지방군 사병들은 가족 대신 굶는다는 이야기를 들었습니다. 일단 예하 부대의 식량문제부터 해결해드리죠."

"이거 보기요. 김 회장. 공화국은 자존심 하나만으로 60년을 버텨왔소. 그리고 공화국 군인은 양곡 따위에 자존심을 팔진 않소. 겨우 그 이야기를 하려고 여기까지 온 건 아니겠디? 본론을 꺼내기요."

노려보는 두 사람의 얼굴을 차례차례 돌아본 그가 차분하게 말을 이었다. 이미 엎질러진 물, 이젠 이판사판이었다.

"이대로라면 내년엔 확실히 내전입니다. 지난달 김일철 인민무력부장이 중국을 방문했고 중국은 선양군구를 강화하고 있습니다. 특히 단동의 39집단군은 신형전차가 집중적으로 배치되고 있죠. 제1공군에는 J-10 50기가 추가로 배치됩니다. 무얼 뜻할까요? 위원장의 건강에 대한 정보가 확실히 차단되었다는 자신이 있으십니까? 철저히 비밀에 붙였다곤 하지만 과연 국방위원회 위원들이 모를까요? 저도 알고 있습니다."

그가 탁자 위에 사진 몇 장을 던져놓으며 말을 이었다.

"그럼 이건 어떻습니까? 두만강변에 널린 아사자들의 위성사진입니다. 두 분의 형제나 자식이 될 수도 있습니다. 당국은 20만이 될지 30만이 될지 감도 없더군요. 자존심? 그깟 자존심 하나 지키려고 처자식을 굶겨 죽여요? 이념? 국가? 자존심? X팔! 개소리 말아요. 나 같으면 자존심 같은 거 당장 걷어치우고 처자식부터 먹여 살립니다."

정색을 한 오형무가 무겁게 말을 받았다.

"생각하기 나름이다. 때론 신념이 목숨보다 더 중요한 거요. 남한에도 굶어죽는 사람이 없다고는 말 못하지 않나?"

"뭐 좋습니다. 신념이 더 중요하다고 치죠. 그럼 그 신념을 지키려고 치른 무수한 희생을 무의미하게 하시렵니까?"

다소 감정적인 마구잡이 질문에 원용해가 갑자기 말을 자르며 끼어들었다.

"사는 게 더 힘들 때도 많은 거이다."

시종일관 듣고만 있던 그가 입을 열자 오형무는 자연스럽게 입을 다물었다.

"영양실조로 죽어나가는 아이들의 얼굴을 보는 건 고통스러운 일이오. 그리고 전력상으로 우리가 이길 가능성도 전무하디. 국방위원장 동지의 근황에 대해 극단적인 보안을 유지하면서 세력을 끌어 모으고 있디만 아직은 역부족이오. 손을 더해준다면 받겠소."

대한은 길게 심호흡을 했다. 분명한 긍정의 의미. 일단 첫발은 성공인 셈이었다. 남은 건 어떻게 힘을 실어주느냐였다.

애당초 보위사령부는 군을 정치적으로 감시, 통제하는 정보기관이고 대외연락부는 해외정보를 총괄하는 기관이니 일단 정보의 흐름은 이 두 사람이 거의 완벽하게 장악했다고 판단하는 것이 옳았다. 문제는 무력, 보위사령부가 국경과 해안 경계부대를 휘하에 두고 있긴 하지만 정면충돌로는 어림없는 전력이었다. 결국 승부는 평양인근에서 얼마나 많은 장성들을 끌어들이고 얼마나 빨리 국방위원회 위원들을 제압하느냐에 따라 갈릴 터였다.

"내일 박범기 내각부총리를 만나는 자리에서 할흐골 조차지로의 대규모 인력송출을 거론할 생각입니다. 첫해에만 최소 1만 명, 이듬해에는 2만을 생각하고 있습니다. 물론 서두를 일은 아닙니다. 할흐골이 안정되려면 아직 시간이 필요하니까요. 일단 내년 하반기를 첫 번째 송출시점으로 잡고 한 사람당 500달러를 북조선 정부에 선납, 숙식은 미래가 제공합니다. 정착 후 각자에게 지불되는 임금은 월 300달러 선의 식량이나 현금으로, 북한에 송금하는 건 저희가 상관하지 않는 조건이 될 겁니다."

"나쁘지 않군."

"아실 것 같긴 합니다만 할흐골 조차지에 고용하는 걸 전제로 몽골정부가 탈북자들의 망명을 받아주고 있습니다. 따라서 국방위원회로서는 탈북자들의 존재를 알면서 인력송출을 결정하긴 어려울 겁니다. 마지막 결정은 국방위원장 동지의 몫입니다."

"기래서?"

"한동안 논란이 될 테니 마지막 순간에 위원장 동지의 이름을 팔아서 다급하게 임시 국방위원회를 소집하세요. 요는 아주 급하게 서둘러서 호위 병력을 동원하지 못하게 해야 한다는 겁니다. 상당한 이권이 걸린 문제이니 전원 참석할 겁니다."

"임시 위원회에 모인 장성들을 한꺼번에 체포하자?"

"최소의 투자로 단번에 쓸어내는 거죠. 구체적인 계획은 두 분의 몫입니다."

"……."

"대신 전 중국군이 개입하는 걸 막을 겁니다. 중국이 개입하지 않는다는 전제가 되면 두 분의 역량만으로도 충분히 승부가 가능하다고 봅니다. 어차피 정보계통은 언제든 장악이 가능하고 위원회 장성들이 한꺼번에 체포되면 거기서 게임 끝입니다. 한국정부는 두 분을 적극적으로 지원할 거고요."

"제일 중요한 이야기는 빠졌소. 중국군을 막는 방법."

"지금 밝힐 수는 없습니다. 따로 방법을 찾아냈다는 이야기만 할 수 있겠습니다. 만에 하나, 막을 방법이 없다고 해도 속전속결에 성공하면 중국은 개입하지 못합니다. 북조선에서 중국군의 개입을 요구하지 않았으니까요. 무조건 남의 나라 국경을 넘을 수 없겠죠."

원용해가 씁쓸하게 입맛을 다시며 말했다.

"어차피 선택의 여지도 없디. 위원장 동지께서 돌아가신다면 우린 무조건 숙청대상 1호니끼니. 아마 그 늙은이들 정신 빠진 김정남이 끼고 노망날 때까지 해먹으려 할 기야."

원용해가 무심결에 내뱉은 자조적인 말은 그의 입장을 정확하게 대변했다. 사실 원용해나 오형무 등 정보계통의 젊은 장성들은 장기간 무소불위의 권력을 휘두르는 군부의 노회한 장성들을 견제하기 위해 존재하는 사람들이었다. 그래서 만일 김정일이 죽고 군부가 정권을 장악한다면 가장 먼저 숙청의 칼날이 날아들 자리였다.

대한이 자신 있는 목소리로 말을 이었다.

"마지막으로 한 가지만 분명히 하겠습니다. 제가 거론할 이야기는 아닙니다만…… 전 북조선과 대한민국의 느슨한 연방 정도가 현재로서는 최선이라고 생각합니다. 쿠데타에 성공한 뒤에도 남측의 통일 분위기에 휩쓸려 혼란스런 상황을 만들지 마십시오. 자칫 역효과가 날 수 있습니다. 미래금융은 북조선이 두 분이 원하는 독자적인 체제로 발전할 수 있도록 최선을 다해 지원할 겁니다. 최소한 굶어죽는 사람은 없애게 될 것이고 차후에 몽골과 동북삼성을 연방의 영향권 안에 넣는다면 지나족의 저 지독한 머리수를 견제할 최선의 방어선도 구축될 겁니다."

"우릴 지원할 방법은?"

"우선은 굶주린 병사들에게 돌아갈 식량, 쿠데타에 필요한 자금,

무기 언제든 지원하지요. 리스트는 두 분의 몫입니다. 다만 중대형 화기만은 사용되지 않기를 바랍니다."

"그건 나도 마찬가지요."

원용해의 차분한 대답에 대한은 작은 위성 전화기 하나를 넘겨 주며 손을 내밀었다.

"긴급 연락용입니다. 필요하시면 즉시 전화 주십시오."

다음날 박범기 부총리에게 제안서 하나를 던져주고 그날로 되짚 어 휴전선을 넘은 대한은 주차해놓은 운전대를 잡자마자 향후 스 케줄을 어떻게 잡느냐에 대해 골몰했다. 선택의 여지가 없는 원용 해와 오형무의 정치적 입지 덕분에 절묘하게 합의를 끌어내긴 했 지만 신뢰는 다른 문제였다. 어쨌거나 상대의 입장에서는 목숨을 걸고 하는 일이니 절대적인 신뢰가 최우선, 일단 약속한 식량을 밀 어 넣어야 했다.

"해주에 도착만 시키면 뒷일은 알아서 처리한다고 했으니까 우 린 보내기만 하면 돼. 중국 암시장에서 구매해서 중국선적 배로 집 어넣자. 벌크선은 배분에 문제가 생기니까 컨테이너선을 쓰고……
40피트 컨테이너에 몇 톤이나 들어가지?"

"도로 상태나 선적 선박 등 고려해야 할 게 많은데 통상 20톤 정 도로 나와."

"흠…… 예하 병력이 대충 5만 정도라고 했으니까…… 성인 한 사람이 얼마나 먹지?"

"우리나라 같은 경우 한 사람이 보통 1년에 쌀 80킬로그램을 먹으니까 북한은 좀 더 먹는다고 보고 군인 5만 명을 기준으로 1년에 5,000톤이 필요해. 중국 쌀가격으로 따져서 약 100만 달러, 컨테이너 200개 분량이야."

"나머지는 기존 배급물량으로 해결한다고 쳐도 가족을 생각 안 할 수 없으니까 일단 6,000톤 잡자. 3,000톤 씩 두 번으로 나누고 다음달에 한 번, 겨울에 한 번 운송하자. 돈은 키프러스에서 익명으로 송금하면 될 거고…… 남은 문제는 누굴 보내냐는 건데……. 미래금융 직원을 보내기는 매입과정이나 뒤처리가 좀 위험해 보이는데…… 천상 직접 가야 되려나?"

고민하는 그에게 아영이 의외의 대안을 내놓았다.

"이연수 씨를 보내는 건 어때?"

"이연수?"

"응. 어차피 차영태 중장 한 번 만나야 한다면서? 이왕 어느 정도 상황을 전해야 한다면 아예 도와달라고 해도 되잖아."

"흠. 괜찮은 생각이네. 당장 급한 것도 아니고 단신으로 몽골까지 따라온 걸 보면 해외활동에도 자신이 있다는 이야기니까."

"가명이지만 기록상 출국기록이 16회야. 해외활동도 많이 한 것 같아."

"좋아. 그럼 기무사로 가자. 전화해서 약속 잡아봐."

"응."

다행히 차영태는 자리에 있었고 흔쾌히 방문을 허락했다. 북한 정보기관의 수장과 만난 직후, 그 결과를 보고하겠다는데 마다할 이유는 없을 터였다.

사령관실에서 만난 차영태의 첫 반응도 괜찮았다.

"곧장 와줘서 고맙소. 김 회장. 솔직히 바로 나타날 줄은 몰랐는데 말이야."

"의도한 일은 아니지만 그렇게 됐습니다. 후후."

"하하. 뭐 어쨌든 좋아요. 그래 갔던 일은 잘 됐소?"

대한은 오형무가 관련되었다는 것과 쿠데타 계획은 빼버리고 나머지를 간단하게 요약해서 전했다. 김정일이 위독하다는 사실과 국방위원회와 보위사령부의 극단적인 알력, 내각부총리 박범기에게 제안한 인력송출, 보위사령부에 대한 식량지원 정도로 이야기를 마무리한 것이었다. 이야기를 모두 듣고 난 차영태가 가볍게 토를 달았다.

"원용해가 어지간히 급했던 모양이군. 일개 기업인이 내민 손을 덥썩 물었으니 말이야. 혹시 한국정부를 대표한다는 이야기라도 하셨나?"

그가 씩 웃었다.

"대놓고 이야기는 절대 안 했죠. 후후. 하지만 저쪽은 비슷하게 알 겁니다."

"허…… 이거야. 원. 닳고 닳은 남북한 정보기관을 아예 가지고 노네그려. 나도 따귀를 맞았지만 저쪽은 더 심하군. 아무리 생각해도 어르고 뺨치는 타이밍이 정말 절묘한데…… 운이 좋은 건가 아니면 준비가 철저한 건가?"

"둘 다겠죠. 후후."

"쩝…… 하여간 재미있는 친구야. 그나저나 할흐골에 북한 노동자를 투입하는 건 저쪽에서 오케이 할 것 같소? 쉽지 않을 거 같은데?"

"당연히 쉽지 않겠죠. 하지만 불가능하다고도 생각하지 않습니다. 당장 급한 건 저쪽입니다. 그리고 진부한 이야기라고 하시겠지만 무작정 먹을 걸 내주는 것보다는 일자리를 주고 개방을 유도하는 쪽이 낫습니다."

"물론 그거야 그렇지. 하지만 할흐골에 있는 탈북자들은 어쩔 생각인가? 임금격차도 그렇고 북한 노동자들과 함께 일하면 이래저래 문제가 될 텐데?"

현재 할흐골에 취업한 탈북자들의 임금은 성인남성 최초 취업자를 기준으로 한화 60만 원, 여성은 45만 원을 지급하고 있었다. 만일 북한에서 새로 투입될 인력에 월 300달러를 지급한다면 차이는 무려 2배였다. 국적이 완전히 다른 걸 고려해도 문제될 소지는 있었다. 나름 알력도 생길 것이고 회사에 대한 저항도 만만치 않을 터였다.

"미래그룹의 관리능력을 만만히 보지 마십쇼. 탈북자들 중 남자는 대형장비 운전을 가르치고 있습니다. 새로 북한 노동력이 투입될 쯤에는 전원이 탈곡기 등 대형 농장장비나 건설장비를 운전하고 있을 겁니다. 여자들의 경우엔 1차 가공 자동화 라인에 투입되어 전문적인 일을 하겠죠. 새로 투입되는 북한 노동자들과는 당연히 격차가 있을 겁니다. 물론 배울 만한 사람은 가르쳐서 임금을 조정해줘야겠죠. 충분히 컨트롤 가능합니다."

"흠. 복안이 있으면 됐지. 그리고 식량도 지원하겠다? 인도적인 차원이 아니라 전략적으로 군대에?"

"상호신뢰를 쌓기 위한 작업입니다. 아무리 입으로 떠들어도 실제 물건을 보는 것과는 이야기가 많이 틀리니까요. 올해 안에 5,000톤만 넘겨줄 생각입니다. 내년에 보낼 물량은 대한민국 넉자를 큼직하게 박겠지만 올해는 조용히 넘겨주겠습니다. 국방위원회의 눈을 피해야 하는 원용해 중장의 입장을 고려했습니다."

"그렇겠지. 알겠소. 다른 건?"

"말씀드렸듯이 원용해 중장도 김정일이 머지않아 사망할 거라는 데 동의했습니다. 사망시점은 내년 말이 거의 맞을 겁니다. 우리 군도 북한의 내전에 대한 대비를 하시도록 다시 한 번 권고합니다."

차영태가 고개를 저었다.

"내년 말이라고 어떻게 확신하지?"

대한은 입맛을 다셨다. 사람이 죽는 날짜를 2년 전에 예언하는 꼴이니 당연히 설득은 쉽지 않을 터였다. 하지만 사실은 사실, 거짓말을 해서라도 믿게 해야 했다.

"미래암센터가 암에 있어서만큼은 세계 최고라는 건 중장님도 아실 겁니다."

"그거야 내가 인정하지. 기적의 신약이라는 소리까지 나오더군."

"우리 의료진이 병세를 확인했습니다. 회생불가능, 길면 2년입니다."

"암인가?"

"전형적인 뇌종양의 증세랍니다. 우리 의료진도 손을 댈 수 없다는 판정입니다."

"쩝…… 엄청난 뉴스를 들은 셈이로군. 지독하게 바빠지겠어."

"기우겠지만…… 보안을 철저히 해주셨으면 합니다. 대통령과 일부 최고위급 장성들만 알아야 합니다. 썩어빠진 국회는 당연히 안 되고요. 미국에도 알려져서는 안 됩니다. 자칫 원용해 중장 등 남한에 우호적인 장성들이 위험에 빠질 수 있고 그럴 경우 우린 손도 못쓰고 중국에 주도권을 넘겨줄 겁니다."

그의 말에 이번엔 차영태가 쓴웃음을 머금었다.

"이런…… 기무사 사령관이 민간인에게 이런 이야기를 들어야 할 상황이라…… 정부기관들이 너무 오래 신뢰를 잃었어. 빌어먹을……."

"……."

욕설 섞인 혼잣말을 한동안 중얼거린 차영태가 크게 심호흡을 한 다음 그에게 말을 건넸다.

"김 회장. 정치인들이야 그렇다 치지만 정부와 군대 전부를 매국노로 몰아가진 마시오. 물론 그런 작자들이 없긴 않지만 묵묵히 나라의 미래를 위해 뛰는 사람들은 더 많소. 그걸 기억해두시오."

대한은 차영태의 굳은 표정을 보면서 괜한 이야기를 꺼냈다싶어졌다. 그러나 모든 것을 혼자 할 수는 없는 노릇, 분명히 짚고 넘어가야 할 이야기였다. 쓸데없이 떠들고 다녀서 좋을 일은 없었다.

"죄송합니다. 그리고 믿겠습니다. 사령관님."

"고맙소. 우리도 많이 반성해야겠지."

"그리고 한 가지만 더 부탁드리겠습니다."

"말씀하시오."

"이연수 소령을 한 열흘 빌려주셨으면 싶습니다."

"이 소령을?"

"예. 중국 암시장에서 쌀을 사야겠는데…… 솔직히 제가 시간이 없습니다. 구매와 선적을 부탁해야겠습니다."

"흠. 그렇게 하시오. 다만 곡물구매는 전문가를 데려가야지 이 소령 혼자서는 안 될 거요. 중국은 사기도 많아서 조심해야 된다고 들었소."

"관련 비용은 전부 부담하겠습니다."

"알겠소. 일간 전화 드리고 찾아가라고 하지."

"감사합니다."

말을 끝낸 대한은 서둘러 자리를 털고 일어섰다. 할 일은 아직도 태산이었다.

집으로 돌아온 두 사람을 반긴 건 당일 유세전이 시작된 보궐선거였다. 사전 여론조사 결과는 야당후보 이우혁이 38퍼센트, 여당 후보가 14퍼센트, 무소속 이태식이 33퍼센트로 팽팽한 접전국면. 오랜만에 거실 TV 앞에 함께 둘러앉은 네 사람은 선거와 북한에 관련된 정보를 주고받으며 늦은 저녁 시간을 보냈다. 유민서가 바짝 붙어 앉은 건 물론이었다.

"오빠. 좀 불리한 거 같은데 이길 수 있을까?"

"그래. 아직 공개 안 한 히든카드가 있거든."

호기심이 동한 유태현이 상체를 일으키며 물었다.

"오호. 그런 게 있나?"

"네. 아영아. 자료 준비됐니?"

"응. 올릴까?"

"주말 밤에 한꺼번에 올리자. 대응할 시간을 주면 안 돼."

아영이 고개를 끄덕이자 유민서가 재빨리 얼굴을 들이댔다.

"뭔데요?"

"이우혁 그 양반 안 한 짓이 별로 없어. 뇌물수수에 땅 투기에 복잡한 여자관계까지 자잘한 게 너무 많아서 뭘 걸고 넘어져야 할지 결정을 못했는데 지난번 E은행 해외매각 관련해서 1,000억 단위 뇌물을 받아먹었더라고. 게다가 그 회사가 이번에 50.1퍼센트의 주식을 국내 은행에 되팔면서 최소 4조원의 수익을 올리는데 국내에 고정사업장이 없는 것으로 인정해주는 통에 세금으로 걷어들일 수 있는 돈 25퍼센트 1조원을 날린 거야. 안 그래도 그것 때문에 검찰수사가 진행 중이고 구체적인 증빙자료들이 있으니까 검찰에 불려다니기 시작하면 제아무리 표적수사라고 우겨도 버티기 어려울 거야."

"허…… 대충 소문은 있었는데 그게 이우혁 후보였군."

"예. 현직 국회의원 두 사람과 은행감독원 고위간부 서너 명이 연루되어 있습니다. 더 시끄러워지겠죠."

"그럼 승부는 이탈표를 누가 가져오느냐에 따라 바뀌겠군."

"여당으로는 가지 않을 겁니다. 투표율은 50퍼센트대로 떨어질 테고 당선은 이태식 변호사가 될 겁니다. 아마 45퍼센트대 득표로 당선되지 않을까 싶습니다."

구체적인 숫자까지 나오자 유태현이 혀를 내두르며 말했다.

"허어……. 자네 혹시 그것까지 계산에 두고 이태식 변호사를 출마시킨 건가?"

대한은 그냥 이빨만 하얗게 내보였다.

"피곤해서 오늘은 좀 쉬어야겠습니다. 죄송합니다."

"그래 피곤하겠구먼. 어서 건너가게. 긴 이야기는 내일 하지. 나도 해야 할 이야기가 많아."

무려 석 달만에 대한과 아영, 유태현, 유민서가 함께 출근한 미래금융 본사는 발칵 뒤집혔다. 유태현을 제외하면 발길조차 뜸하던 그룹 경영자들이 한꺼번에 나타난 셈이니 난리가 날 수밖에 없었다. 굳게 닫혀 있던 각자의 방이 모두 열리고 비서실 직원들은 긴장한 표정으로 부산하게 뛰어다녔다. 특히 미래금융 직원들에게도 완벽하게 베일에 가려져 있던 아영의 출현은 나름 자신을 엘리트라고 생각하는 미혼 남자직원들을 온통 들뜨게 만들고 있었다.

유민서야 쳐다보기도 힘든 임자가 있지만 아영은 노마크, 대단한 미인에다 그룹 회장의 동생이자 실질적인 사주 중 한 사람이니 잡을 수만 있다면 인생역전이 남의 일만은 아니었던 것이다. 때마침 미래정밀 신입사원 연수과정의 하나로 미래금융에 견학을 온 신입사원 1개 팀 20명은 아영의 일거수일투족에 따라 시선이 오락가락했다. 아직 교육시간 이전인데다 교육장소인 대회의실이 회장실과 같은 층이어서 아주 잠깐 그녀의 얼굴을 볼 수 있었던 것이다.

직원들의 호기심 넘친 시선은 깨끗이 무시한 채 자신의 방으로 들어갔던 아영이 재빨리 돌아나와 대한의 방으로 직행했다.

"오빠."

"왜? 무슨 일 있어?"

"어젯밤부터 미래금융 전산망에 해킹 시도가 있었어."

"그게 왜? 매일 있던 일 아니야?"

"응. 그런데 이번엔 1차 방화벽이 뚫렸어."

"엥?"

"걱정 마. 2차는 로직 자체가 현재의 소프트웨어들하고 완전히 달라서 어림도 없어. 3차는 아예 불가능하고. 1차는 크래커들 수준 파악용으로 깔아놓은 거야."

"그래도 뚫린 건 처음이잖아. 대단한 놈인 모양이네? 어디냐?"

"접속서버랑 IP추적 끝냈는데 미래병원 지하주차장에서 병원이 쓰는 무선포트를 뚫었어. 거기서 병원하고 연결된 금융 전산망으로 들어왔더라고."

"얼라리요? 그거 재미있네? 어쨌든 네가 만들어 놓은 방화벽을 뚫었다는 이야기 아니냐?"

"응. 실력은 있는 놈들이야."

대한은 슬그머니 회가 동했다. 겨우 1차 방화벽을 뚫은 것뿐이지만 아영이 만들어 놓은 최강의 방화벽을 뚫은 상황, 누가 뭐래도 제법 쓸 만한 녀석들이었다. 안 그래도 사람이 없어서 고전하는 판국이니 만일 기관에 소속된 해커들이 아니라면 데려다 쓰는 것도 나쁘지 않을 것 같았다.

"당장 보안팀 보내서 체포해라. 기관소속이면 무기도 가지고 있을 거니까 신경 쓰라고 해. 체포 즉시 데려오고. 어떤 놈인지 좀 보자."

"응."

명령과 체포는 금방이었다. 유민서의 방에서 미래정밀 자금 운용에 대해 몇 가지 이야기를 나누는 사이 보안팀의 보고가 들어왔다. 지하 주차장에서 밴에 타고 있는 용의자 둘을 체포해 보안팀 사무실에 감금했다는 것, 두 사람은 즉시 보안팀 사무실로 이동했다.

"이 친구들인가?"

"그렇습니다. 회장님. 저기 깡마른 놈이 최양익이고 옆은 박성렬, 둘이 친구사이랍니다."

보안팀 사무실에는 머리에 까치집을 지은 20대 초반의 새파란 아이들 둘이 무릎을 꿇고 앉아 있었다. 겁먹은 기색이 역력한 얼굴, 얼핏 보기에도 기관과는 상관이 없어 보였다. 그가 의자를 끌어다 앉으며 짧게 말했다.

"주민번호는?"

"신분증 뺏어놨습니다."

"아영아 한번 확인해봐라."

아영이 두 사람의 신분증을 가지고 잠깐 나간 사이 그가 최양익이라는 녀석의 무릎을 발로 툭 건드리면서 말했다.

"어이. 재주 좋은데?"

"죄……죄송합니다. 선생님."

"누가 시켰지?"

"네?"

"누가 시켰냐고! 한국말 몰라?"

"시……시킨 사람 없습니다."

"그럼 어디 소속이야?"

"그…… 그런 거 아닙니다. 저…… 저희 친구들하고 내기를 했습니다."

"내기?"

"예. 미래금융 방화벽을 뚫으면 졸업 때까지 술을 사기로 했거든요."

"오호. 술내기라? 그런데 왜 하필 미래금융이지?"

"저…… 사실 해커들 틈에서는 미래금융 방화벽이 세계최강이라는 이야기가 공공연하게 나돕니다. 그래서 새 해킹 프로그램을 만들면 해커들끼리 수시로 내기를 합니다. 요즘은 일본하고 미국, 중국 해커들까지 내기에 가세하고 있습니다. 저희도 한번 해본 것뿐이에요. 정말입니다. 그리고 자……잡힐 줄은 몰랐습니다. 용서……."

"최양익, 박성렬 23세. S대 전자공학과 4학년. 전문 크래커인 모양인데 잡힌 적은 없네?"

금방 돌아온 아영이 울상이 되어버린 최양익의 말을 끊었다. 박성렬이 다급하게 말했다.

"아닙니다! 저흰 보통 방화벽을 깨트려서 해당 사이트의 약점을 알려주는 일을 합니다. 크래커하곤 틀립니다. 정말입니다!"

대한이 박성렬의 이마를 손가락으로 찌르면서 말했다.

"그래? 그런데 왜 그런 기록이 없지? 만일 너희들이 그런 역할을 하면 도움을 받은 사이트들이 컨설턴트로 고용했을 텐데?"

"그게…… 저희가 해킹을 해서 방화벽의 약점을 통보하면 사이트들은 거꾸로 우릴 고소하겠다고 협박합니다. 입 닥치고 조용히 있으라는 거죠. 쉬쉬하기만 하지 저희들에게 기회를 주진 않습니다. 방화벽을 개선하지도 않아요. 그러니 기록이 없을 밖에요."

"흠…… 그래? 말이 되긴 하네. 실력이 상당한가 봐?"

"네! 장비만 좋으면 NSA도 뚫을 자신 있습니다."

자신있는 대답에 그가 픽 웃으면서 박성렬의 뒤통수를 퍽 쳤다.

"인마. 헛소리 그만해. 아직도 정신 못 차렸냐?"

"죄송합니다."

"자. 그런데 말이야. 오늘은 방위산업체를 해킹하다 잡혔으니 어쩌냐? 한 2, 3년은 감옥에 가야 할 것 같은데?"

"예? 가……감옥이요?"

"그래. 감옥. 아니다. 이거 군사기밀을 유출시키려고 한 거니까 2년으로는 부족하려나?"

"아……안 돼요. 저 아버지한테 맞아 죽습니다. 한번만 봐주세요. 선생님. 아니 회장님. 살려주세요. 네?"

그는 사색이 된 채 손이 발이 되도록 싹싹 비는 두 녀석의 얼굴을 물끄러미 내려다보며 비릿한 미소를 흘렸다.

당연히 어디 쓸 데가 없을까 하는 생각, 각 사의 호스트에는 아영이 깔아놓은 최강의 방화벽이 있고 해킹의 흔적이 있으면 즉시 아영에게 확인이 되니 별도의 관리인은 필요 없었다. 하지만 문제는 사내에서 사용하는 온라인 컴퓨터들이었다. 요즘 같은 세상에 인터넷 사용을 금지할 수는 없는 일이고 일일이 아영이 쫓아다니는 것도 낭비였다. 결국 3차 방화벽과 유사한 보안 프로그램을 CD

로 만들어 보안팀에 관리를 맡겼지만 진짜 전문가가 없다보니 여러모로 불안한 것이 사실이었다. 일단 이 두 녀석의 약점을 잡았으니 교육 좀 시켜서 보안팀에 써먹으면 될 것 같았다.

그가 느릿하게 의자에서 일어나 아영에게 귓속말을 했다.

"이 녀석들 부모님 직업 확인하고 뒷조사 좀 해봐. 쓸 만한 놈들이면 데려다 쓰자."

고개를 끄덕인 아영이 돌아서자 그가 의자에 발을 올려놓으며 말했다.

"좋아. 너희들. 이렇게 하자. 먼저 자술서를 써. 이름과 주민번호 주소, 전화번호를 쓰고 언제부터 방위산업 해킹을 시도했으며 언제 보안팀에 체포되었는지까지 상세히 기록해라. 그리고 나서 다음 순서를 이야기하자."

두 녀석이 반쯤 울먹이며 자술서를 쓰고 지장까지 찍고 나자 아영이 등 뒤에서 손으로 작게 동그라미를 만들어 보였다. 괜찮다는 의미. 그가 음침하게 웃으며 말했다.

"선택은 두 가지다. 미래정밀에 입사해서 IT업계 최고 월급 받으면서 보안팀 일을 할래 아니면 감옥으로 직행할래?"

"예?"

"미래정밀은 방위산업체니까 군대문제는 해결될 거다. 안 가도 된다는 이야기야. 선택해. 입사? 아니면 감옥. 아! 감옥 가도 군대는 안 가겠다. 마찬가지네. 그리고 입사를 해도 5년 이내에 사직하거나 해사행위를 하면 역시 감옥행이다. 빨리 결정해. 나 그렇게 한가한 사람 아니다."

두 녀석은 한숨을 푹 쉬면서 고개를 떨궜다. 선택의 여지가 없었던 것이다.

"입사하겠습니다."

"그래. 잘 생각했다. 나도 쓸 만한 인재를 감옥으로 보내긴 싫다. 보안팀장님."

"예."

"이 녀석들 지금 당장 미래정밀 인사부로 보내세요. 직접 데려가서 미래정밀 입사절차를 밟으시되 활용은 보안팀에서 하시고……두 사람을 붙여서 향후 2달간은 컴퓨터 앞에도 앉지 못하게 하세요. 기본 교육도 보안팀에서 실시하시고 대우는 일단 보안팀 대리 1호봉 수준으로 하세요. 나중에 능력을 봐서 직급을 결정하죠."

보안팀장은 조금 의아한 표정을 지었지만 토를 달지는 않았다.

"알겠습니다."

두 녀석을 보안팀에 맡긴 대한은 곧장 유태현의 사무실로 돌아왔다. 유태현과 따로 할 이야기들이 많았던 것이다. 아니나 다를까 그가 들어서기가 무섭게 유태현이 기다렸다는 듯 현안을 꺼냈다.

"대주조선 말일세."

"대주조선이 왜요? 우리 배에 문제라도 생겼나요?"

"아니. 그런 건 아니고 전부터 매각설이 솔솔 돌았는데 결국 매각 절차를 밟는 것 같네. 어제 주식시장에 공고가 났어."

"곤란하게 됐군요. 우리 배가 마무리 되려면 아직 몇 달 더 걸릴 텐데."

"문제는 중국이 매입을 원한다는 거야. 잠수함하고 구축함을 생산하던 업체라 정부에선 난색을 표하는 것 같은데 우리로서도 MD-1 때문에 정보가 새는 게 달갑지 않아. 그래서 말인데……."

"말씀하세요."

"차라리 우리가 인수하세. 어차피 미래정밀 하나로는 생산 캐파부터 인력에 공간까지 여러 가지로 부족하지 않은가."

"그렇긴 하죠. 인수비용 이야기는 나왔습니까?"

"정부소유 지분 50퍼센트를 일괄매각한다는군. 총 평가자산은 8조 남짓이고 주식 50퍼센트 일괄 인수비용은 대략 9,000억에서 1조 정도가 될 걸세. 조선이 호황이긴 하지만 원자재가격 상승으로 적지 않은 압박을 받는 게 사실이라 인수해도 부채청산이나 강성노조원 선 해고 등 협상과정에서 득을 보지 않으면 손해만 보는 상황이 돼."

"크게 당기지 않는군요."

그는 인상을 잔뜩 찌푸렸다. 안 그래도 대주조선은 유민서가 납치당한 좋지 않은 기억이 있는 곳, 보안에 문제가 있는 업체라는 인상이 워낙 강했다. 유태현이 동의를 표했다.

"그건 나도 동감일세. 하지만 곧 이온엔진이 넘어가야 하는 상황이야. 중국에 회사를 넘겨줄 수는 없네."

"휴…… 이태식 변호사 앞세워서 겨우 물관리 시작했는데 또 일을 벌여야 하는군요."

"어쩔 수 없지."

"다시 차영태 중장을 만나야겠네요."

"그리고 미래금융 본사가 이전하는 문제도 결정해야 되네. 다음

달이면 본사 건물 내장공사가 마무리돼서 입주가 가능해."

　미래금융은 아직도 크지 않은 빌딩 3개 층을 임대해서 사용하고 있었다. 비좁기도 했지만 엘리베이터에서 내리는 외부인 통제 등 보안 문제가 쉽지 않아서 미래소재연구소 바로 옆에다 따로 대지를 구입해서 15층짜리 초현대식 건물을 시공해 완공을 눈앞에 두고 있었다. 어차피 연구소부지부터 강변까지를 모두 매입해서 미래시티를 만들어갈 계획, 본사는 당연히 파주로 합류해야 했다.

　"잘됐군요. 그건 어르신께서 편한 날짜를 잡으시죠. 어차피 본사는 합쳐야 합니다."

　"알겠네. 그러지."

　"문제는 대주조선인데…… 일단 시간을 며칠 주시죠. 제가 한번 알아보겠습니다."

　"그리하게. 난 본사 이전계획에 신경을 쓰도록 하지."

　자리를 털고 일어서는 그의 심중에는 이미 결심이 서 있었다. 경영진은 물론이고 과장급 이상 관리직 전원과 노조간부 및 강성노조원 전원의 선 해고를 대전제로 한 부채 30퍼센트 탕감이나 20년 이상 장기 무이자 상환이 목표였다. 이도저도 안 되면 인수 가격만 왕창 끌어올려서 치우가 진수되는 시점까지 막무가내로 시간을 끌고 중국이 헐값에 주워 먹지 못하게 할 작정이었다.

충돌

보궐선거를 하루 앞둔 6월의 마지막 날, 주식시장은 무섭게 요동쳤다. 한영그룹과 미래그룹이 대주조선 인수전에 뛰어든다는 발표 때문이었다. 특히 10대 그룹 중 하나인 한영의 일부 회사자산과 주식매각 움직임은 주식시장을 요동치게 하고도 남음이 있었다. 실탄 마련을 위한 당연한 조치, 의외라면 미래그룹이 꿈쩍도 하지 않는다는 것뿐이었다. 미래그룹에 그만한 자금이 있다 없다를 놓고 논란이 분분한 와중에 보궐선거 여론조사 결과가 가라앉는 주식시장에 물을 부어버렸다. 14:0, 일방적인 야당의 우세. 14개 선거구에서 여당 후보가 우세한 곳은 단 한 곳도 없었고 당선이 거의 확실시 되는 무소속 후보 8명의 약진이 눈에 띄는 상황이었다. 주식시장의 폭락은 어느 정도 예정된 수순이라고 해야 했다.

선거 당일이자 7월의 첫날, 대한은 대주조선이 임시로 마련해준

숙소에서 유민서가 타다 준 헤이즐넛 커피향을 느긋하게 즐기고 있었다. 선거의 승패가 거의 확실해지자 인수팀 실사작업 지휘를 위해 거제로 내려온 것이었다. 물론 말이 실사지휘지 이온엔진을 넘겨주고 MD-1의 진척상황과 보안점검이 주된 목적이었다.

완전히 밀봉된 6개의 이온엔진은 선체에 고정되는 벨로우즈 타입 링크를 제외하고는 아예 보이지도 않았다. 일단 고정되면 엔진실 자체가 선체 속으로 완전히 들어가 외부와 차단될 터였고 진수하는 날은 물론 연구소에 인접한 선착장에서 마무리 작업을 할 때까지 아무도 보지 못할 것이었다. 작업은 계획보다 조금 더 빨리 진행되고 있었다.

"잘하면 11월에 끝날 것 같은데?"

대한의 혼잣말을 막 거실로 들어선 아영이 자연스럽게 받았다.

"이제 내장재만 들어가면 돼. 가능해."

"어서 와라. 실사는 끝난 거야?"

"실사 할 것도 별로 없어. 사실 산업은행 서류에서 거의 끝이라고 봐야지. 오늘은 엔진 장착 작업 지휘하러 내려온 거나 마찬가지 잖아."

"그거야 그렇지. 조립작업은 잘 돼?"

"오늘밤 안으로 외판 조립에 들어갈 거야. 내일 아침에 조립상태 확인하면 끝이야."

"됐네. 그럼 선거 결과나 확인하자. 앉아라."

그가 TV를 켜면서 소파에 기대자 아영과 유민서가 양쪽으로 나란히 붙어 앉았다. 6시가 막 지난 시간, 뉴스 채널은 방송국에서 별도로 조사한 출구조사 결과발표를 앞세워 뉴스를 시작하고 있었다.

— 먼저 이번 보궐선거 유세기간 내내 논란이 되어오던 강북을 구입니다. 기호 1번 박영래 후보 19.9퍼센트, 기호 2번 이우혁 후보 22.3퍼센트, 기호 5번 이태식 후보 45.4퍼센트로 무소속 이태식 후보의 당선이 확실시됩니다. 표본 오차는 플러스마이너스 3퍼센트……

10여 분에 걸친 출구조사 결과는 일반의 예상과 크게 다르지 않았다. 이태식의 당선을 필두로 총 14개 선거구 중에서 무려 절반인 7개 선거구에서 무소속 후보가 당선된 것이었다. 나머지 7개의 의석은 제1야당이 4개, 나머지 군소정당에서 3개를 나눠가졌다. 그가 양쪽으로 어깨동무를 하며 아영에게 말했다.

"우리가 지원한 후보는 이태식 씨 포함해서 전부 4명이 당선된 건가?"

"응. 안양에서 한 사람 위태로워. 5퍼센트 이상 차이 났어."

"쩝…… 아쉽지만 할 수 없지. 그래도 정부가 계속 삽질해준 덕에 선방하는 거다. 이제 뒷일은 이태식 변호사에게 맡겨놔도 될 것 같다. 이 변호사도 만만한 사람은 아니니까 잘 할 거야. 근데 민서야."

"응?"

"운사하고 풍백은 얼마나 됐어?"

"기체는 거의 마무리됐는데 복합기동 컨트롤유닛이 시간이 걸리나봐. 시뮬레이션만 2달째래요. 그거만 도착하면 동체 트라이얼 해볼 수 있어요."

"빠르네? 미사일은?"

"그건 당연히 문제없죠. 하던 가락이 있는데요 뭐. 생산까지 아주 순조로워요. 장거리 정밀유도에 쓸 군사위성이 문제긴 한데 그건 오빠가 해결한다고 했다면서요?"

"벌써 해결했어. 미국 애들 군사위성에 백도어 만들었으니까 걱정 마라. 나중엔 우리 위성으로 대치해야겠지만 당장은 그걸로 만족하자."

"그럼 됐네요 뭐."

"그런데 아영아."

"응?"

"오늘 아침에 한영그룹 인수팀에서 구자성이란 사람이 우리 실사팀으로 찾아와서는 너한테 관심 있다고 개인적으로 소개 좀 해 달라던데?"

"뭐? 소개?"

황당해하는 아영의 표정과 대한의 웃음이 순간적으로 섞였다.

"큭큭…… 입찰경쟁 중인 회사경영진에다 대고 여자 소개 좀 하라고? 환장하네. 진짜 웃긴 놈일세. 몇 살인데?"

그의 웃음 섞인 반문에 아영이 미소를 보이며 대답했다.

"구자성이라면 29살이야. 대주조선 인수팀장. 한영그룹 회장 막내아들인데 망나니로 소문난 사람이야. 여기 내려온 모양이네."

"어머? 그 사람이 인수팀장이야?"

"응. 여자관계 복잡하고 술에 마약에 정신없는 사람인데 인수팀을 맡겼으니까 아마도 얼굴마담일걸? 원래 일에는 별 관심 없다는 평가야. 여비서는 수도 없이 갈아 치웠고 대마초 때문에 기소도 한

번 됐었어."

"그래? 생긴 것도 이상하더니 역시나 왕 재수네? 그 느끼한 표정이 저를 알아봐달라는 이야기였구나. 호호."

"그래서 뭐라고 했어?"

"바빠서 안 된다고 나중에 연락해보라고 했지 뭐. 그랬더니 나한테 치근거리더라고. 따귀 한 대 제대로 올려붙이려고 했는데 보안팀 직원들이 알아서 보내더라고."

키득거리는 여자들의 이야기를 듣기만 하던 그가 두 사람의 어깨를 동시에 쓰다듬으며 말했다.

"어이. 어이. 뒷담화들 그만하셔. 배고프다. 나가서 회나 먹자. 요 앞 포구에 횟집 있더라. 우리 직원들도 전부 그리 오라고 하지 뭐."

"좋죠. 재롱이도 데려갈래요."

관리를 도맡아하던 노부부가 휴가를 떠나서 재롱이까지 데리고 내려온 상황, 재빨리 숙소를 나선 유민서가 재롱이 목줄을 끌고 앞장섰다. 그러자 유민서를 전담하는 여성 경호팀이 허둥지둥 뒤를 따랐다.

숙소가 포구 가까운 언덕 위여서 횟집까지의 거리는 잘해야 1km, 정도, 바다가 한눈에 내려다보이는 길을 느긋하게 걸어서 포구 초입의 허름한 횟집을 찾아갔다. 조금은 호들갑스런 주인아주머니가 대한과 유민서에게 횟감을 보여주는 동안 아영은 재롱이를 끌고 주변을 한바퀴 돌았다. 문제가 한 번 있었던 지역이니만큼 위험 파악이 우선이었다. 포구를 한바퀴 돌아보고 횟집으로 돌아올 무렵 정장의 사내 몇이 슬그머니 다가섰다.

"우와! 개 멋지군요. 시베리안 허스키인가요?"

아영은 돌아보지도 않고 발길을 돌렸다. 말을 건 사내는 파일에서 확인한 구자성의 얼굴, 알아보는 건 어렵지 않았다. 사진과 다른 건 한쪽 귀에 매단 다섯 줄짜리 다이아몬드 귀걸이뿐이었다. 흔히 볼 수 있는 스타일의 정장이지만 여기저기서 돈 냄새가 풀풀 풍겨 나왔다. 굳이 대꾸할 필요는 없었다. 구자성이 길을 막아서며 다시 말했다.

"어딜 가십니까? 바쁘지 않으시면 잠깐 시간 좀 내시죠?"

아영은 반사적으로 발을 멈췄다. 위험인물이 아닌 사람을 대한의 명령 없이 공격할 수는 없었던 것이다. 횟집 근처에 있던 경호팀이 서둘러 달려오고 있었다.

"오빠 데이트 방해하지 마시고 나하고 시내로 나갑시다. 저런 싸구려 횟집 말고 제대로 된 가든에서 한 끼 멋지게 쏘지요. 어떻습니까?"

"……."

그녀가 말을 삼키자 구자성이 낮게 으르렁거리는 재롱이를 내려다보며 다시 말했다.

"오호. 그놈 나처럼 사내답게 자알 생겼네. 수놈 맞지요?"

"이 녀석 중성화 수술했는데요? 그쪽도 그런가 보죠?"

아영의 쌀쌀맞은 일격에 구자성의 얼굴이 순식간에 구겨졌다.

"더 할 이야기 없으시면 전 실례하겠습니다."

매섭게 말을 자른 아영은 일그러진 표정의 구자성을 슬쩍 피해 횟집으로 향했다. 구자성이 쫓아오려 했지만 이번엔 급히 달려온 경호팀이 앞을 가로막았다.

"그만 하시죠."

"이것들 뭐야! 내가 누군지 알아?! 비켜!"

구자성이 막무가내로 경호원을 밀쳐내는 순간 대한이 횟집 밖으로 나섰다.

"거 식사하러 왔으면 조용히 식사나 합시다. 이게 무슨 추태요?"

"X팔! 넌 또 뭐야?"

거칠게 욕설을 내뱉으며 고개를 돌린 구자성의 얼굴이 다시 한 번 일그러졌다. 대한과 유민서의 얼굴을 알아본 것이었다. 경제인 연합회 등 재계모임에서 가끔 아버지와 얼굴을 마주치는 사람이니 아무래도 불편할 터였다. 그러나 더해진 말은 여전히 거만했다.

"이거 미안하게 됐습니다. 김 회장. 내가 동생 분하고 식사라도 한 끼 하려는데 이 사람들이 마구잡이로 막아서 말이죠. 한 끼 정도야 어떻습니까? 허락하시죠. 한영과 사돈이라도 맺게 되면 사업 하시는데 도움이 많이 될 건데요?"

아영의 평가대로 쓸모없는 재벌2세의 전형. 상대할 가치는 없었다. 대한이 픽 웃으며 말했다.

"아버님 얼굴을 생각해서 묻어두겠소. 괜한 사단 만들지 말고 조용히 돌아가시오."

"뭐요?"

"실사작업이나 잘 하시오. 우린 다 끝났으니까."

"한영은 김 회장 생각처럼 만만한 회사가 아닙니다. 대주조선 인 수도 당연히 우리가 이길 것이고 말이오. 잘 생각하십쇼."

아무리 봐도 쓰레기였다. 대한은 귀찮다는 듯 손을 털어내면서 그냥 등을 돌렸다. 쓰레기는 피하는 게 답. 손을 봐주더라도 나중에 해야 했다.

"아버님께 안부나 전하시오."

대한의 뒤통수를 노려보는 구자성의 눈에서 불똥이 튀었다.

'건방진 놈! 내가 누군지 알면서도 감히 날 무시해? 한영이 우습게 보인다 이거지? 대가를 치르게 될 거다. 이 개자식아! 동생 년은 자진해서 내 앞에 가랑이를 벌리게 될 거다!'

실사팀과 경호팀 전원을 모아 기분 좋게 식사를 한 다음, 숙소로 올라온 대한은 개표 중간집계를 다시 확인하면서 이태식에게 전화를 걸었다. 개표방송은 이미 이태식 후보 앞에다 '당선확실'을 꼬리표처럼 달고 있었다. 예상대로의 결과지만 어쨌거나 힘겨운 레이스를 끝냈으니 축하인사 정도는 나눠야 했다.

"축하합니다. 의원님. 후후."

바싹 갈라졌지만 다소 흥분한 이태식의 목소리가 흘러나왔다.

―감사합니다. 회장님. 말씀대로 정확히 45퍼센트군요. 덕분에 국회의원까지 해봅니다.

"서울 올라가는 대로 한번 뵙지요. 당선자들도 모두 만날 기회를 가져야 합니다. 앞으로 해야 할 일이 많으니까요."

―명심하겠습니다.

"자. 그간 고생하셨으니 최종결과 나오는 대로 사우나라도 가셔서 푹 담그신 다음에 다리 뻗고 주무십쇼. 선거운동본부 사람들 회식비용은 제가 내겠습니다. 계산이야 나중에 해야겠지만요. 후후."

— 감사합니다. 회장님.

"이만 끊습니다. 어서 쉬세요."

전화를 끊은 대한은 아영을 방으로 들여보내고 슬그머니 유민서의 방으로 숨어들어갔다. 아영이야 당연히 자신의 위치를 파악하겠지만 다른 사람들은 모를 것이었다.

"그래서? 오늘 당장 해결하라는 거요?"

"그래. 해결해 놔. 내 가치가 그 정도는 될 텐데?"

구자성은 짜증스럽게 눈앞의 사내에게 명령조로 말했다. 억양이 다소 어눌해 보이는 30대 중반의 사내는 손가락 끝으로 나뭇잎처럼 생긴 이형 단검을 빙빙 돌리면서 그를 노려보고 있었다. 사내가 말했다.

"물론 그 이상이지. 5억이나 되는 돈을 다운페이 한 이유도 그거니까. 하지만 이건 약속에 없어."

"원하는 건 뭐든 처리해준다고 하지 않았나? 싫으면 그만둬. 없던 일로 하지. 대신 넘어갈 정보도 더 없는 거야."

사내가 음울하게 웃었다.

"수습은 자신 있는 거요? 규모는 좀 작지만 그래도 경쟁회사 회장 동생이고 경영진이오. 일이 커질 수도 있소."

"니미. 내가 데리고 살겠다는데 어떤 놈이 감히 뭐라고 해. 당신들 실력이면 쥐도 새도 모르게 끌고 나올 수 있잖아. 일단 데려와서 먹어버리면 끝이지. 미래 따위가 한영 앞에서 힘을 쓸 수 있을 것 같아?"

사실 외형적으로 보면 재계 4위의 한영그룹과 미래의 규모 차이는 하늘과 땅이었다. 지난해, 아직 궤도에 오르지 못했던 미래의 매출은 계열사 모두를 합쳐도 3,000억에 못 미쳤다. 순이익은 아예 없는 상황, 반면 한영의 매출은 40조에 가까웠다. 물론 올해 상반기 실적이 급격하게 팽창해서 상황이 많이 달라졌지만 자료를 보지 못한 구자성의 입장에서는 한마디로 새발의 피였다. 문제가 생긴다 해도 결혼을 전제로 들이대면 얼마든지 힘으로 찍어 누를 수 있다는 판단을 하고 있었다. 상식선에서 생각해도 충분히 가능한 이야기, 사내가 가볍게 고개를 저었다.

'넌 그 아랫도리 때문에 크게 한 번 경칠 날이 있을 거다. 물론 그래서 우리가 접근했지만 말이야. 멍청한 놈.'

"할 거야. 말 거야?"

구자성의 채근에 사내가 몸을 일으키며 말했다.

"하지. 대신 실사자료하고 인수팀 검토보고서는 오늘 줘야겠어. 어제오늘 사내에서 찍은 사진도 전부."

"X팔. 알았어. 어차피 줄 거 시간이 문제냐? 당장 가져오마. 데려오기나 해."

"가서 자료 가지고 돌아오시오. 이리 데려오지."

사내는 회심의 미소를 지으며 등을 돌렸다. 전문 경호원이 몇 붙어 있긴 하지만 그깟 민간인 몇 놈쯤은 일도 아니었다.

건물 외부로 나선 사내의 손짓 한 번에 건물 뒤 숲에서 시커먼 그림자 넷이 유령처럼 빠져나왔다.

"김아영이라는 여자를 데려와라. 다치게 해서는 안 된다. 조용히 데려와."

"알겠습니다. 다른 놈들도 죽이면 안 되겠죠?"

"사람이 죽으면 우리도 곤란해진다."

그림자들은 신속하게 어둠 속으로 사라졌다.

대한이 잠에서 깨어난 것은 새벽 3시가 넘어서였다. 느낌이 좋지 않아서 눈을 떴는데 머리맡에 둔 전화가 요동치고 있었다. 전화기를 귀에 대자 아영의 목소리가 흘러나왔다.

— 오빠. 잠깐 숙소 밖으로 나와 봐.

"끄응…… 일단 알았다. 한밤중에 무슨 일이야."

그는 깊이 잠든 유민서의 이마에 살짝 키스를 한 뒤 이불을 다시 덮어주고는 주섬주섬 반바지에다 야구모자만 쿡 눌러쓴 채 밖으로 나왔다. 외부 경호팀은 모두 일어나 어수선하게 움직이고 있었다.

"여기야. 오빠."

아영의 목소리를 따라 숙소 뒤쪽으로 돌아가자 작은 공터에 나란히 쓰러진 시커먼 덩치들의 모습이 눈에 들어왔다. 팔다리는 든든하게 묶여 있었다.

"이것들은 또 뭐냐?"

"우리 숙소로 침입하려고 하기에 나와 봤더니 갑자기 날 납치하려고 하더라고. 총기로 무장했고 이빨 사이엔 청산가리까지 있어."

아영의 발밑에는 권총과 단검 몇 개, 휴대전화, 유리병 등 놈들에게서 빼앗은 잡동사니가 널려 있었다.

"얼씨구? 납치? 널?"

"응. 아까 그 구자성인가 하는 사람이 시킨 거 아닌가 싶은데 좀 이상해. 이 사람들 흔한 주먹패가 아니야. 지독하게 훈련된 사람들이야. 전부 기절시키는 데 시간 좀 걸렸어."

"신분증은?"

"없어."

"방법은 하나네 한 놈 깨워봐."

"응. 이 사람이 지휘하는 거 같았어."

아영이 하나를 찍어서 뒷목의 혈을 눌러 깨웠다. 놈은 그륵하는 소리와 함께 눈을 떴다. 대한이 발을 툭 걷어차면서 물었다.

"너 누구냐?"

대답은 없었다. 혓바닥을 움직이는 기색이 느껴졌다.

"소속이 어디냐고 인마. 총까지 들고 다니는 놈이 소속은 있을 거 아니냐? 이빨 사이 뒤져봐야 소용없으니까 아는 대로 불어."

잠시 눈빛이 흔들렸지만 곧 놈은 차갑게 말했다.

"죽여라."

대한은 습관적으로 미간을 좁혔다. 분명 유창한 한국어였지만 억양이 어딘지 어색했던 것이었다.

"죽여? 내가 미쳤냐? 아무나 죽이게? 뭐 너 말고도 입 열 놈은 많으니까 조금만 참아라. 소원이라니 아주 산 채로 땅에 묻어주마. 제정신으로 묻으면 좀 그러니까 차라리 기절해 있어라. 잠깐 아픈 게 낫지."

그가 주먹을 휘두르는 시늉을 하자 놈이 움찔 눈을 감았다.

"겁이 나긴 나는 모양이네? 아영아. 다른 놈 깨워봐."

옆에 있는 놈이 깨어나자 먼저 깨어난 놈이 낮게 소리쳤다.

"입 다물…… 컥!"

대한의 주먹이 놈의 안면에 작렬했다. 놈이 쓰러지자 막 깨어난 놈에게 물었다.

"소속이 어디냐?"

대답은 당연히 없었다. 혀를 움직이려 하는 놈의 따귀를 강하게 후려갈긴 그가 다시 말했다.

"이것들 독하네. 확실히 조폭은 아닌 거 같다. 일단 이놈들 전화기 통화기록에서 가장 최근 전화번호들 확인해봐. 나중에 아예 차영태 중장에게 넘기자."

그의 말에 따라 전화번호 몇 개를 확인한 아영이 말했다.

"오늘 통화한 전화기 하나가 거제에 있어. 가까운데?"

"지금 가보자."

경호팀에게 침입한 놈들을 맡겨 놓고 즉시 전화기가 있다는 곳으로 차를 몰았다. 위치는 대주조선 진입로 외곽의 구릉지, 별장처럼 생긴 2층 건물이 구릉 중턱에 앉아 있었다. 멀리 떨어진 외곽도로에 차를 세워놓고 걸어서 구릉 정상 쪽으로 크게 우회했다. 총기로 무장한 놈들이니 안전이 우선이었다.

일단 건물이 내려다보이는 납작한 능선에 자리를 잡고 상황부터 살폈다. 건물 외부에는 사람의 움직임이 보이지 않았다. 그러나 두꺼운 커튼으로 가려진 거실에서는 약한 빛이 흘러나오고 있었다. 누군가 있다는 뜻이었다.

"스캔 해봐. 몇 명이냐?"

"1층에 둘, 무장했어. 2층에 하나, 비무장."

"셋이 전부야?"

"응."

"그럼 그냥 들어가자. 네가 앞장서서 구자성이 만나러 왔다고 해버려. 다음은 우격다짐이고. 알았지?"

두 사람은 곧장 구릉을 내려가 건물 뒤쪽에서 담을 넘어 현관으로 접근했다. 현관문은 열려 있었다. 아영이 불쑥 현관 안으로 들어서며 말했다.

"구자성 씨 만나러 왔는데요?"

거실에서 서류를 뒤적이던 두 놈이 다급하게 일어섰다. 당황한 기색이 역력했지만 아영이 혼자라는 걸 확인하고는 음산한 미소를 머금었다.

"우리 아이들이 모시러 갔는데 못 봤습니까?"

아영이 운동화를 신은 채 그냥 거실로 올라서며 말했다.

"그 사람들 밖에 있어요. 이게 도대체 무슨 짓이죠?"

"잠깐 기다리십쇼. 당사자를 내려오라고 하지요."

말을 마친 키 큰 사내가 그녀의 다리에 시선을 고정했다. 몸에 꽉 끼는 짧은 반바지 차림이어서 늘씬한 다리가 그대로 노출되어 있었다. 누구라도 시선이 갈 수밖에 없는 옷차림이었다.

아영은 무방비 상태로 소파를 돌아나오는 한 놈의 목젖에 순간적인 일격을 가하고 소파 등받이를 짚으며 번개같이 도약했다. 날카로운 발차기가 엉거주춤 선 놈의 안면에 작렬했다.

"커억!"

반사적으로 팔을 들어올렸지만 관자놀이에 꽂히는 아영의 발을 막기는 역부족. 놈은 허공에서 완전히 180°를 돌아 뒤통수를 마룻바닥에 처박았다.

한 발 늦게 안으로 들어선 대한은 목젖을 움켜쥔 채 컥컥대는 놈의 턱을 강하게 차올리고 아영에게 손짓을 했다.

"총부터 뺏어."

놈은 무릎을 꿇은 채 뒤로 넘어가 기괴한 자세로 정신을 잃어버렸다.

곧장 2층으로 뛰어올라갔다. 2층에 발을 올려놓기가 무섭게 낯익은 얼굴이 방에서 튀어나왔다. 아니나 다를까 구자성이었다. 마약이라도 했는지 눈빛도 흐릿했다. 대한은 불문곡직 아랫배부터 걷어차 나뒹굴게 하고는 입을 열었다.

"매를 버는구나. 벌어. 빌어먹을 놈. 아주 겁 대가리를 상실했네."

그는 머리끝부터 발끝까지 무차별로 자근자근 밟았다. 세상에서 그가 가장 혐오하는 종자 중 하나, 여자 납치해서 강간하고 돈으로 막아버리는 놈이 눈앞에 있었다. 5분여를 줄기차게 두들기자 놈은 형체를 알아보기 어려울 정도로 완전히 망가져 길게 뻗어버렸다.

껀껀거리는 놈의 목덜미를 질질 끌고 아래층으로 내려왔다. 아래층은 이미 정리가 끝난 상태, 두 놈은 팔다리가 묶인 채 한쪽 구석에 처박혀 있었고 아영은 탁자 위의 가방에서 꺼낸 서류뭉치를 뒤지는 중이었다. 그가 구자성을 내려놓자 아영이 빠르게 말했다.

"이 사람들 외국인이야. 여권이 몇 개 있는데 전부 중국으로 되어 있어."

"중국?"

"응. 그리고 여기 널린 서류들은 전부 대주조선 실사자료들이야. 이거 넘겨준 거 같은데?"

거실 테이블에 펼쳐진 서류들은 전부 군함 관련 자료들이었다. 현재 한국해군의 주력인 KD-1구축함과 209급 잠수함 관련 자료들은 물론 MD-1 사진까지 몇 장 들어가 있었다.

"얼라리요? 한 술 더 뜨네. 야! 새끼야. 이것들 누구냐?"

이미 반쯤 정신을 놓아버린 구자성이 더듬더듬 어렵게 입을 열었다.

"그……그게…… 대……대주조선 인수에 참여한 중국 기업인 이라고 들었습니다."

"말 안 되는 소리 하지 마. 새끼야! 무슨 놈의 기업인이 총까지 들고 다니냐? 더 맞을래?"

그가 탁자위에 놓인 권총을 가리키며 주먹을 들어올렸다. 구자성이 화들짝 놀라 움츠리며 말했다.

"저…… 사실은 저도 잘 모릅니다. 자료들 넘겨주고 현금으로 20억을 받기로 했습니다. 다 오래된 배들이라 별로 중요하지도 않고…… 이걸 받으면 시안 베이팡광전이 인수를 포기한다고 해서……."

대주조선 인수전에 뛰어든 시안 베이팡광전은 중국의 군용 선박을 생산하는 전형적인 군수업체였다. 최근엔 돈이 되는 민수용 선박생산에 치중하고 있지만 군수업체인 것만은 확실했다. 그가 쩔

격 소리가 나도록 놈의 따귀를 올려붙이며 다시 말했다.

"너 바보냐? 이거 전부 우리나라 해군 주력함들이잖아. 이거 특성들 다 넘겨주면? 그 배 타고 있는 군인들 목숨은 뭐냐? 너 여기서 죽을래?"

"그……그게 아니라……."

"아니긴 뭐가 아냐. 이 개자식아."

"크악!"

놈은 사타구니를 움켜쥔 채 대굴대굴 몸을 굴렸다. 그의 발이 정확하게 사타구니를 걷어찬 것이었다.

"이 쌍놈의 새끼야. 그냥 마약이나 처먹다 뒈질 일이지 나라까지 말아먹냐? 너 같은 놈은 고자에 팔다리 병신을 만들어야 돼. 콱!"

그가 몇 번 더 구자성을 밟는 사이 아영이 가방에다 서류와 총기들을 챙겨 넣으며 말했다.

"이제 어떻게 할 거야?"

"젠장. 할 수 없다. 차 중장한테 전화해라. 당장 만나야겠네."

다음날, 대한은 실사팀 직원들만 대주조선으로 들여보내고 자신과 경호팀은 그냥 숙소에 남았다. 망나니이긴 하지만 입찰 경쟁회사 인수팀장을 떡을 만들었고 중국요원으로 보이는 외국인을 여섯씩이나 억류하고 있으니 일단 뒷수습을 해야 했다.

"제기랄! 안 그래도 바빠 죽겠구만 꼴이 이게 뭐냐?"

답답한 오전시간이 그냥 지나가고 있었다. 새벽에 비상회선을 통해 차영태에게 연락이 됐지만 실무 요원들을 소집해 거제까지 내려오는 건 아무래도 시간이 걸리는 모양이었다. 그나마 다행이라면 한영 측 실사팀에 특별한 움직임이 없다는 것, 하는 일이 없으니 찾을 일도 없을 터였다. 덕분에 얼마간 시간적인 여유는 있었다.

빠르게 떠오른 해가 뒷산 마루에 걸릴 무렵이 되어서야 진입로 초입에 검은색 승합차량 네 대가 모습을 드러냈다. 빠른 속도로 숙소에 접근한 차들은 진입로를 완전히 가로막고 멈춰 섰다. 잠시 긴장, 그러나 조수석에서 내린 사람은 아는 얼굴이었다.

"김 회장님. 또 사고 치셨어요?"

한숨을 폭 내쉬는 그의 면전에 대고 이연수가 밝은 목소리로 손을 흔들었다.

"직접 왔군요. 이 소령. 어서 와요."

"절 빌려달라고 하셨다면서요. 어차피 한번 만나야 되잖아요. 호호."

"그랬죠."

"그런데 오늘은 무슨 일이래요? 구자성이가 제대로 덤볐나보죠?"

"골 아픈 녀석이더군요."

상황을 간단하게 설명하고 나자 이연수는 뒤따라 내린 요원들에게 건물을 장악하도록 명령하고 일부는 중국 요원들이 머물던 별장으로 보낸 다음 그와 함께 숙소 안으로 들어갔다.

엉망으로 망가진 구자성과 중국요원들을 힐끗 쳐다본 그녀가 생글생글 웃으면서 물었다.

"이놈들이에요?"

"저기 얼굴 알아보기 힘든 놈이 구자성, 나머지는 중국아이들 같소."

"얘들 진짜 엉망으로 망가졌네요. 도대체 얼마나 때린 거죠?"

중국인 여섯은 대부분 팔다리 한두 군데 부러지고 그만이었지만 구자성의 경우는 성한 곳이 거의 없었다. 턱뼈가 깨진 것을 비롯해서 갈비뼈도 몇 개가 나갔고 팔다리는 10여 군데가 부러진 데다 근육까지 상해서 완쾌가 된다 해도 정상적인 생활이 가능할지조차 의심스러운 지경이었다.

"총 들고 덤비는데 어쩌겠소. 총기하고 관련 자료는 전부 다 탁자 위에 모아놨소."

"그래요? 그래도 구자성이는 너무 많이 때린 거 같다. 한영 구형석 회장 보통내기가 아니라던데…… 평생 실패한 적도 없고 자존심도 엄청나게 강해서 수틀리면 물불 안 가리는 사람이에요. 뒷일을 어떻게 수습하려고 그래요?"

"나라 팔아먹는 놈이요. 한영 막내아들이 아니라 그 애비라도 팰 거요."

이연수가 낮게 휘파람을 불었다.

"히유~ 하여간 대단한 배짱이네요. 뭐 일단 알았어요. 사령관께서 조용히 처리하신다고 했으니까. 큰 문제는 없겠죠. 김 대위! 이것들 전부 꺼내다 실어라! 병원부터 데려가야겠다."

"네! 소령님!"

아프다고 비명을 지르는 놈들을 대원들이 마구잡이로 들어내는 순간 아영이 그의 어깨를 두드렸다.

"누가 오는데?"

그녀의 손가락을 따라 창밖 진입로로 눈을 돌렸다. 새카만 벤츠

승용차, 뒤에는 승합차 1대가 따라붙어 있었다.

"제기랄! 저건 또 뭐야? 또 올 사람 있소?"

"아뇨. 우리 사람들은 아닙니다."

"그럼 일단 중지. 뭔지 보고 움직입시다."

일단 대원들의 움직임을 중지시킨 그는 천천히 숙소 마당으로 나서서 차량의 도착을 기다렸다. 승용차가 기무사 차량들 뒤에 멈춰서고 정장의 사내들이 줄줄이 차에서 뛰어내렸다. 이어 승용차 문이 열리고 한복을 입은 반백의 노인이 모습을 드러냈다. 노인의 얼굴을 확인한 아영이 귓속말을 했다.

"구형석 회장이야."

"젠장. 머리 아파지는군. 기무사도 믿을 데가 못 되네."

그가 투덜거리자 옆으로 다가선 이연수가 머리를 긁적이며 말했다.

"미안해요. 방산업체들하고는 전부 얽히고설켜 있어서 보안이 쉽지 않아요. 더구나 한영의 정보력은 국정원 뺨치는 수준이에요."

세 사람이 몇 마디 말을 주고받는 사이 몇 발 앞으로 걸어나온 구형석이 천천히 입을 열었다.

"안녕하시오. 김 회장. 지난번 협회모임에서 보고 처음인가요?"

"오랜만입니다. 회장님."

"김 회장은 여전히 활동적이시로군. 젊음이 좋긴 좋아. 허허."

"이 먼 거제도까지 어쩐 일이십니까?"

"김 회장도 내려와 있는데 나라고 서울에만 붙어 있으란 법이 있겠소. 중요한 사안이니 직원들도 격려하고 한 번 내려와 봐야지.

그런데 내가 좀 늦었군."

구형석은 기무사 요원에 업힌 구자성의 얼굴을 일별하고 인상을 구겼다. 형체를 알아볼 수 없을 정도로 얻어터진 얼굴을 확인한 것이었다. 구형석이 다시 말했다.

"그리고 김 회장이 저기 저 내 아들놈을 데리고 있다는 이야기도 들어서 말이오."

대한이 미간을 좁히면서 구형석을 노려보았다.

"범죄자입니다. 물러서시죠."

"쓸모없는 망나니라도 자식은 자식이지. 군인들까지 온 모양인데…… 중국아이들만 데려가고 내 새끼는 여기서 내게 넘겨줬으면 좋겠소."

"……."

그가 입을 다물자 구형석이 재빨리 말을 이었다.

"대신 한영은 이 대목에서 빠지겠소. 이런 상황이면 베이팡광전도 어려울 것 같고…… 남는 건 미래뿐이겠지."

"이미 기무사 요원들이 신병을 인수하고 있습니다. 공권력과 싸우겠다는 뜻이십니까?"

"그건 아니오. 부끄럽지만 내 아침에 대통령께 청원을 넣었소. 대통령이 설립한 결식아동 재단에 현금으로 100억 원을 기탁하기로 했어요. 군에는 별도로 신형 대전차 미사일 80기를 무상 공급하는 선에서 차 장군도 동의했고. 기무사 지휘관께서는 장군과 통화를 해보시오. 그리고 저놈 꼴을 보니 어차피 당분간은 병원에서 지내야 할 것 같고…… 법정에 가더라도 돈 쏟아부어서 일류 변호사들이대면 얼마 지나지 않아 풀려날 게 뻔하지 않소."

"빠르시군요."

그가 퉁명스럽게 말을 받자 구형석이 갑자기 털썩 무릎을 꿇었다. 당황한 그가 얼른 구형석을 부축했다.

"왜 이러십니까?"

"미안합니다. 김 회장. 죄인은 나요. 자식교육을 제대로 시키지 못했어요. 차 장군은 김 회장과 김아영 상무에게 개인적으로 사과를 하고 신병을 넘겨받으라고 하더군. 그러니 내가 빌어야지. 이렇게 빌겠소. 김 회장. 철없는 조무래기 하나 콩밥 먹이는 것보다는 한영과의 전략적 제휴가 낫지 않겠소? 저놈도 저만큼 맞았으면 정신 좀 차렸을 거고 나도 앞으로 저놈 단속을 철저히 하겠소. 또 향후 경영에는 일체 참여하지 못하도록 조치하고 사업적으로 미래그룹의 요구가 있으면 언제든 적극적으로 협조하겠소. 그리고 김아영 상무. 진심으로 사과합니다. 정말 미안합니다. 용서해주시오."

말을 마친 구형석은 고개를 숙인 채 조용히 그의 대답을 기다렸다.

"쩝……."

대한은 아영과 슬쩍 눈을 마주치며 입맛을 다셨다.

사실 큰 부자들은 보통 너그럽고 여유롭다. 하지만 거절당하는 건 잘 견뎌내지 못한다. 그런데 실패 한 번 해보지 않은 자존심 강한 노인이 부하직원들이 보는 앞에서 새파란 젊은이에게 무릎을 꿇었다. 모든 걸 버리고 자식을 위해 머리를 숙인 모양새, 만일 여기서 거절하면 강력한 적을 하나 만드는 셈이 될 터였다. 잠시 갈등했지만 결론은 쉽게 나왔다. 물론 구자성이란 놈은 당장 쳐 죽여야 마땅했지만 구형석 회장 말대로 조무래기 하나 때문에 굳이 적을 만들 이유는 없었다. 더구나 사건이 재판으로 이어져 아영의 이름이 신문지상에 오르내려서 좋을 일도 없었다. 그가 이연수의 얼굴을 돌아보자 이연수가 전화기를 닫으며 고개를 끄덕였다.

"사령관님도 그쪽이 낫겠다고 하시네요. 차후 병원에서 진술 받는 걸 전제로 합니다."

무겁게 고개를 가로저은 그가 구형석을 부축해 일으켜 세우면서 말했다.

"데려가십시오. 회장님. 대신 한 가지만 약속하세요."

"말씀하시오."

"마약전문 병원에 1년 이상 입원시킨다고 약속하십쇼. 팔에 난 주사바늘 자국을 보면 중독이 아주 심각합니다. 그리고 다시는 구자성이라는 이름을 듣지 않으면 좋겠습니다."

"그리하리다. 고맙소. 내 저놈 꼭 사람 만들겠소."

일어선 구형석이 그에게 몇 번이고 감사를 표하는 사이 이연수가 신병인계를 명령했다. 구자성을 받아든 직원들이 재빨리 차로 달리기 시작하자 구형석이 다시 말했다.

"언제든 필요하면 전화 주시오. 내 김 회장 뜻이라면 뭐든 협력하겠소."

"어서 가보십시오."

구형석이 급히 차로 돌아가자 그가 이연수를 돌아보며 짜증스럽게 말했다.

"그 중국놈들 조사결과는 나도 좀 알았으면 좋겠군요. 외국정보원들이 방위산업체 근처에서 총기까지 들고 설치는 걸 도저히 이해할 수가 없어서 말이오. 산업스파이질이야 다들 하는 거니까 그렇다 쳐도 민간인 납치라니 도대체 말이 되질 않아요. 여기가 대체 어느 나라 땅이오? 국정원은 뭐하는 사람들이고 기무사는 뭐하고 다니는 겁니까?"

구자성에 대한 화풀이가 더해진 짜증, 그러나 이연수로서는 입이 열 개라도 할 말이 없었다. 이연수가 머리를 긁적이며 기어들어가는 목소리로 대답했다.

"휴…… 할 말 없네요. 어쨌든 조사결과는 꼭 통보할게요."

"조사 끝나는 대로 출국준비해서 미래소재로 들리시오."

"그러죠. 그럼 이만."

이연수는 신속하게 대원들을 지휘해서 중국인들을 차에 태우고 자료들까지 꼼꼼히 챙긴 다음 바람처럼 사라졌다. 일단 상황 끝, 그가 숙소로 들어가면서 말했다.

"아영아. 저놈들 인적 사항 기억하지?"

"응. 당연히."

"중국 대사관하고 중국 정보부, 베이팡광전 전부 해킹해서 저것들 관련기록 체크해라. 뭐하는 놈들인지 좀 봐야겠다. 느낌상 이걸로 끝난 거 같지 않다. 베이팡 어쩌구 하는 뙤놈 회사가 그냥 포기할 것 같지도 않고 말이야."

"알았어. 챙겨볼게."

아영의 대답을 귓등으로 들으며 숙소로 들어선 그는 즉시 서울로 올라갈 준비를 지시하고는 창가에 서서 차분하게 머릿속을 정리했다. 일단 잇속은 충분히 챙긴 모양새, 구자성을 잡아 처넣지 못한 건 아쉽지만 한영이라는 큼직한 아군을 만든 건 나름 괜찮은 소득이었다. 자식교육은 잘못 시켰지만 구형석 본인의 인간성 하나만큼은 괜찮아 보였다. 거기에 베이팡광전만 확실히 밀어내면 단독 입찰이라는 유리한 입장에서 대주조선 인수를 추진하는 부수적인 효과도 얻게 될 터였다. 간만에 담배를 빼무는 그의 등 뒤에다 유민서가 잔소리를 부었다.

"담배 끊는다면서요!!"

서울로 올라오는 길에 정리된 아영의 결과보고는 무척이나 의외였다. 한마디로 6명 모두 유령이었던 것이다. 푸젠福建성의 유령회사 이름 몇 개와 한국 입국일자가 확인된 전부였고 전원이 따로 입국, 입국 목적도 달랐고 신분 또한 모두 달랐다. 공통점이라고는 전원이 푸젠성 출신이라는 것뿐이었다.

"쩝…… 푸젠성이 어디 매달린 거냐?"

대한의 물음, 아영의 대답은 즉시였다.

"타이완의 중국 측 대안對岸이라고 보면 정확해. 푸저우와 샤먼 사이에 있는 삼각주 형태의 지역이야. 삼면이 강으로 고립되어 있고 과거 트라이어드(삼합회)가 처음 조직을 일으킨 곳으로 알려져 있어. 지금도 트라이어드가 강세를 보이고 대만 공략을 위한 미사일 기지와 해군기지가 집중되어 있는 곳이야."

"얼씨구. 이건 또 뭔 이야기여? 트라이어드가 뭐 어째?"

"푸젠성의 이미지가 군대와 트라이어드일 뿐이야. 일단 대주조선의 잠수함과 구축함 데이터를 원한 걸로 봐서는 중국해군 쪽에 가깝다고 봐야 할 것 같아."

"흠…… 그럼 해군정보대 쪽인가?"

"가능성은 높아. 일단 비슷한 시점에 한국에 입국한 같은 회사 사람과 푸젠성 출신자들을 중심으로 검색을 해봤는데 현재 국내 체류자는 전부 29명이야."

"29명이라…… 많지는 않네?"

"그 중 입국시에 신고된 한국 내 주소지가 이번에 거제에서 잡힌 사람들 중 하나하고 같은 사람이 2명 있어."

"주소지가 같다고?"

"응. 어떻게든 관련 있다는 이야기지 뭐. 파주시 문발."

"우리 동네네?"

"응. 미래소재하고 가까워."

"좋아. 그나마 그거라도 건졌네. 일단 올라가면 거기부터 두들기자. 방법 없다. 그리고 그 뭐냐 마이크로 마스크 그거 챙겨놨지?"

마이크로 마스크는 코와 입, 눈 등 얼굴의 윤곽만 살짝 바꿔 완전히 다른 이미지를 만드는 박피가면이었다. 치우비를 입은 채 몇 번 사고를 치고 나서 이대로는 곤란하다 싶어 동대문 도매상가에서 따로 반제품을 구입해 만들라고 이야기를 해둔 물건, 이제 활용해야 할 시점이었다. 아영이 말했다.

"미래소재 내 방에 있어. 화장만 조금 하면 돼."

"좋아. 오늘부터 그거 쓰자."

대한은 서울에 도착하는 것과 동시에 경호팀과 유민서를 회사로 돌려보내고 곧바로 연구소에 들렀다가 파주에 있다는 중국인들의 주소지를 찾아갔다.

주소지는 가구생산 업체가 밀집된 지역의 낡은 시멘트 건물. 가장 먼저 두 사람을 맞은 건 가죽가공용 화학약품이 내뿜는 지독한 악취였다. 이미 해가 떨어진 시간이어서 침투 시기는 적당했다.

습관적으로 크게 우회해 배후의 개천을 통해 건물로 접근했다. 개천 건너에서 마이크로 마스크로 대충 안면 윤곽을 바꿨다. 화장은 안 했지만 밤 시간이라 문제되지는 않을 터였다. 일단 건물 내부부터 확인했다.

"몇 명이니?"

"11명. 몸에 지닌 총기는 없는데, 책상 서랍 속에 총기가 4정 있어."

"얼씨구. 환장하네. 또 총이냐?"

"그리고 옆 건물에서 강력한 전자파가 감지돼."

"전자파?"

"응. 지향성 고성능 감청기기 같아. 목표가 중국인들이 있는 건물이야."

"얼레? 그럼 뭐야. 우리 쪽 기관원인가? 몇 명이야?"

"2명. 열려 있는 2층 창문이야. 무장했고."

그가 입맛을 다셨다.

"쩝…… 곤란하네. 국정원이나 기무사가 감시하는 중이라면 우리가 사고치는 걸 수도 있는데……."

"감시하는 사람들부터 누군지 확인할까?"

"그래. 그쪽부터 가자."

두 사람은 조용히 옆 건물로 숨어들어갔다. 비슷한 구조에 거리도 좀 멀지만 옆 건물은 2층이어서 중국인들의 건물을 직접 내려다 볼 수 있었다. 2명의 위치 역시 2층의 창문이 열린 어두운 방이었다.

1층의 열린 창문을 통해 조심스럽게 건물 안으로 들어온 대한은 2층으로 올라가는 계단에 기대서서 아영에게 속삭였다.

"너도 감청 좀 해봐라. 저 사람들 무슨 이야기 안 하니?"

아영은 검지손가락을 입술에 댄 채 잠시 움직임을 멈췄다. 몇 십 초 시간이 흐르고 나서 아영이 나직하게 말했다.

"일본어야. 오늘은 중국 아이들이 어수선하다는 식의 이야기를 하고 있어."

"돌아가시겠네. 어떻게 눈에 보이는 건 몽창 외국놈들이냐?"

"어떻게 할 거야?"

"젠장. 어떻게 하긴. 두들겨 잡아놓고 봐야지. 오늘은 얼굴도 가렸겠다 그냥 박살이다. 올라가자. 치우비 온라인!"

나직이 중얼거린 그는 치우비 가동이 끝나기도 전에 계단을 뛰어올라갔다. 캄캄했지만 순식간에 온몸을 감싼 치우비의 시야는 대낮처럼 환했다.

두 사람이 들이닥치자 창가에 서 있던 한 놈이 기겁을 하면서 허리춤으로 손을 가져갔다. 나머지 한 놈은 헤드폰을 쓴 채 기계에 시선을 집중하고 있었다.

"탓!"

번개 같은 도약, 그는 단숨에 거리를 좁혀 권총 쥔 놈의 손목을 꺾어 올리며 턱에다 팔꿈치를 틀어박았다.

"큭!"

놈의 입에서 단발마의 비명이 토해졌다. 뒤로 휘청 넘어가는 놈의 손에서 권총을 빼내면서 가슴팍을 수도로 내리찍었다. 예상외의 거구였지만 놈은 힘 한 번 써보지 못한 채 콘크리트 바닥에다 머리를 처박았다.

몸을 돌리자 아영에게 목젖을 잡힌 채 버둥거리는 다른 놈의 휘둥그레진 눈동자가 눈에 들어왔다. 그에게 맞은 놈은 기절이니 아영에게 잡힌 놈을 두들겨야 했다.

"기절시키지 마. 물어볼 게 좀 있다."

아영이 고개를 끄덕이자 치우비를 해제해버린 그가 손에 쥔 권총을 놈의 이마 한가운데에다 들이대며 말했다.

"소음기까지 달고 다니네? 한국에서 이런 거 들고 다니면 불법인 거 알아? 몰라?"

이마까지 시퍼렇게 핏발이 선 놈은 필사적으로 고개를 가로저었다.

"한국말 몰라?"

놈은 여전히 고개만 가로저었다. 그가 아영과 눈을 마주치며 말했다.

"조금 풀어줘 봐."

아영이 목을 조금 풀어주자 놈이 어눌한 한국어로 허겁지겁 말했다.

"왜 이러시무니까? 우린 일본 외교관이무니다."

그가 총구로 쿡쿡 찌르면서 놈을 윽박질렀다.

"얼씨구? 외교관이 남의 이야기 도청은 왜 해?"

"그……그게 아니고……."

"아니긴 뭐가 아니야? 소속이나 말해봐."

"외……외무성 소속 무관이무니다."

"무관이라…… 외교관이다 이거냐?"

"그렇습니다. 우린 면책 특권이 있스무니다. 풀어주십시오."

"놀고 있네. 죽여서 묻어버리면 그만인데 뭘 풀어줘. 난 그런 거 몰라. 너 저기 중국놈들 뭐하는 놈들인지 알지? 도청까지 했잖아?"

안전장치를 푼 총구를 눈앞에다 몇 번 더 휘두르자 놈은 새파랗게 질린 채 아는 걸 털어놓기 시작했다.

"주……중국해군 정보대로 알고 있스무니다."

"확실해?"

"핫! 그런 거 같스무니다."

"왜 저놈들 쫓아다녔냐?"

"그게…… 저……전 잘 모릅니다. 그냥 대화내용 녹음해서 대사관으로 보내는 게 일입니다."

"흠…… 이 정도만 하자. 시간 없다. 기절시켜."

고개를 끄덕인 아영이 목젖을 쿡 누르자 그륵 소리를 낸 놈은 금방 정신을 잃었다.

"두 놈 다 꽁꽁 묶어버려. 누가 뭐래도 이 정도 장비 가지고 다니면 스파이니까 일단 기무사로 보내주는 게 답이다."

팔다리를 심하게 묶어 아예 움직이지도 못하게 만들어버린 두 사람은 녹음기 근처에 널린 서류들을 대충 뒤져본 다음, 건물을 빠져나왔다. 서류라고 해봐야 생소한 얼굴의 중국인 사진 몇 장과 인적사항이 전부여서 별 도움이 될 것 같지 않았다.

허술한 담장을 간단히 뛰어넘어 건물 뒤편의 쪽문을 향해 달리면서 치우비를 가동했다.

"문 뒤 왼쪽. 하나."

아영의 목소리, 쪽문을 박차고 들어서는 것과 동시에 도약해 크게 몸을 회전시키면서 문 옆에 기대선 놈의 얼굴에 돌려차기를 작렬시켰다.

"컥!"

단 한 방, 놈은 벽에 부딪혔다가 튕겨져 나오면서 그대로 맨바닥에 코를 박았다. 실내는 곳곳에 쌓인 산더미 같은 가죽과 무두질 기구들로 발 디딜 틈 없이 복잡했다. 이게 과연 스파이들이 아지트로 쓰는 장소일까 싶을 정도로 엉망, 아영의 보고가 이어졌다.

"2시 방향 20미터 둘, 1시 방향 30미터 사무실에 둘. 나머지는 10시 방향 40미터."

그는 곧장 가죽더미 사이를 달렸다. 가죽더미와 무두질 용액이 가득찬 콘크리트 용기 사이를 도는 순간 두 놈이 기다렸다는 듯 뛰쳐나왔다. 먼저 쇠파이프가 날아들었지만 그의 몸은 이미 그 자리에 없었다. 급격하게 방향을 틀어 거리를 좁히면서 놈의 아랫배에 정통으로 주먹을 틀어박았다.

"끄허……."

주저앉는 놈의 등을 타고 넘으며 허공에서 180° 회전, 다급하게 달려드는 다른 놈의 어깨죽지를 발등으로 찍었다. 순간적으로 한쪽 어깨가 함몰된 놈은 땅으로 꺼지는 것처럼 시야에서 사라졌다. 이어 허리를 꺾은 채 먹은 걸 토해내는 놈의 등에다 팔꿈치를 꽂아 버렸다.

다시 전진, 가죽 더미 몇 개를 더 지나 무두질 도구들이 쌓인 탁자와 콘크리트 용기 사이로 들어서는 순간, 등어름을 훑어내리는 섬뜩한 기운에 발을 멈췄다. 숨 막힐 듯한 정적, 순간 날카로운 파공음이 귓전을 때렸다.

파박!

번개같이 몸을 눕혔다. 암기, 가슴을 스친 암기는 콘크리트 벽면에 날카롭게 틀어박혔다. 중국영화에서나 보던 회류비도回流飛刀, 비도는 거의 날이 보이지 않도록 콘크리트를 뚫고 들어갔다. 당겼다 놓은 활처럼 반동으로 몸을 일으켜 비도가 날아온 쪽으로 몸을 날렸다.

핑—!

다시 비도, 이번엔 두 개였다. 탁자를 가볍게 찍으면서 크게 도약해 방향을 가늠했다. 흐릿한 조명 사이로 빠르게 움직이는 시커먼 그림자 네 개가 눈에 들어왔다. 다음 순간 유성추가 날아들었다. 반사적으로 허리를 비틀어 추를 흘리면서 착지, 착지와 동시에 전광석화처럼 튀어나가 유성추 회전축과의 거리를 좁혔다. 유성추는 전형적인 원거리 무기, 거리를 주는 건 재미없었다. 크게 선회한 추는 어느새 그의 뒤를 노리고 있었다. 팽이처럼 몸을 회전시키면서 유성추의 회전축을 지나쳤다. 놈의 턱에 손목이 꽂힌 건 물론이었다.

"컥!"

나직한 신음, 바닥을 찍는 그의 어깨로 도가 내리꽂혔다. 순간적으로 반 보 전진하면서 유엽도를 쥔 자의 가슴에다 강력한 슬격膝擊을 박아 넣었다. 허공으로 떠오른 놈의 입에서 피분수가 뿜어져 나왔다. 쓰러지는 놈의 몸을 끼고 돌면서 낮은 자세로 실내를 훑었다. 호흡은 최소한 다섯, 그러나 눈에 보이는 놈은 하나도 없었다.

전문 암살자 집단이라는 생각을 떠올리는 순간 어둠 속에서 누군가 천천히 걸어나왔다.

"이거 의외로군."

조금은 어눌한 한국어. 앞으로 나선 자는 허름한 검은색 특수부대 군복 같은 옷을 입은 중키의 사내였다. 사내가 말을 이었다.

"남조선 정보계통에도 이 정도 무술의 달인이 있는지는 몰랐군. 총을 쓰는 건 재미없으니 수련하는 사람답게 상대해주지."

대단한 자신감, 그가 씩 웃었다.

"어줍잖은 뙤놈 암살자들이 한국까지 사타구니 냄새를 풍기고 다니는지는 몰랐군."

그의 비아냥거리는 반응에 사내가 시뻘건 잇몸을 모두 내보였다.

"건방진 놈. 후회하게 될 거다."

"이름이나 알고 시작할까?

"그림자에겐 이름이 없지. 쓰러트린 다음 알아보는 게 나을걸?"

"그러시던지."

그가 장난스럽게 고개를 끄덕이자 놈은 시선을 그에게 고정한 채 손가락을 튕겼다. 뒤쪽에서 마찬가지로 새카만 군복차림을 한 놈이 튀어나와 놈의 키보다도 긴 창을 사내에게 넘기고 사라졌다. 대략 2m, 조립식으로 만든 창인 듯 중간에 마디가 두 개 보였다.

"우리 아이들은 언제 튀어나올지 몰라. 등을 조심하는 게 좋을 거다."

"그래? 그건 나도 마찬가지야. 다 쓸어버려."

그가 등 뒤의 아영에게 손짓을 하자 사내가 음산한 웃음을 내보이며 창을 머리 위에서 크게 회전시켰다.

"시작할까?"

가라앉은 목소리, 놈은 그림처럼 겨드랑이에 끼워 넣은 창을 강력하게 밀어내는 것으로 공격을 시작했다. 간결하지만 무시무시한 찌르기, 창은 상·하체의 요혈만을 노리며 독사의 혀처럼 숨쉴 틈 없이 쏟아졌다. 그러나 그의 동체시력은 현실적인 위험을 전하지 않았다. 대련할 때 질리도록 겪었던 아영의 눈부신 스피드에 비하면 그저 새 발의 피에 불과했다. 한두 발 물러서면서 서너 번 가볍게 창을 흘린 뒤 순간적으로 거리를 좁혔다. 말 그대로 전광석화, 당황한 놈은 창을 횡으로 그으면서 반동을 이용해 몸을 틀었다. 하지만 속도는 여전히 느렸다. 유령처럼 창대를 타고 접근한 그가 찢어진 것처럼 커진 놈의 눈앞으로 주먹을 뻗어내는 순간, 그의 어깨를 향해 날카로운 섬광이 쏟아졌다.

'젠장!'

제법 틀이 잡힌 암습, 반사적으로 몸을 틀어 칼을 피했다. 치우비의 방호력을 생각하면 그냥 두들겨도 될 터였으나 생각보다 몸이 먼저 반응한 것이다. 창이 빠져나간 자리로 교차하는 놈의 안면에 신경질적으로 팔꿈치를 박아 넣었다.

"컥!"

목이 덜컥 뒤로 넘어간 놈은 속도를 이기지 못한 채 털썩 무릎을 꿇으면서 가죽더미 속으로 처박혔다. 창을 든 사내는 대여섯 발 빠르게 물러서서 자세를 바로잡고 있었다. 처음과는 달리 긴장한 기색이 역력했다. 전력을 다했는데도 옷깃 하나 스치지 못했고 위기의 순간 암습을 가한 수하는 단 한번의 손짓에 주저앉아버렸다. 긴장하는 것이 당연했다.

"놀아줄 시간 없다. 끝내지."

장난치듯 중얼거린 그는 아주 천천히 놈을 향해 걸음을 옮겼다. 여기저기서 비명소리가 터졌다. 아영의 솜씨일 터, 더 시간을 끌 이유는 없었다. 가볍게 바닥을 찍고 낮게 도약했다. 놈이 황급히 창을 내뻗었으나 이미 기세에 눌린 창은 위협적이지 못했다. 순간적으로 창을 흘리면서 사정거리 안으로 파고든 그는 창 잡은 팔을 잡아챔과 동시에 전력을 다해 겨드랑이를 쳐올려버렸다. 상대는 진짜 암살자, 인정사정 볼 이유가 없었다. 그리고 그 결과는 잔혹했다. 놈의 오른팔이 어깨에서부터 뽑혀져 나와 창과 함께 허공으로 날았다. 자욱한 피 보라를 뚫고 그의 손끝이 놈의 목젖 바로 아래를 찍었다.

"헉……."

놈은 믿을 수 없다는 듯한 퀭한 눈으로 슬로우비디오처럼 주춤주춤 뒤로 물러서고 있었다.

"으핫!"

뒤늦게 수하 하나가 튀어나왔다. 놈을 보호하려는 듯 다급하게 휘두르는 칼을 머리 위로 흘리면서 짧은 호미각虎尾脚으로 옆구리를 후렸다. 일격에 갈비뼈가 함몰된 놈은 핏덩이를 뿜어내며 4~5m를 날아가 콘크리트 용기에 머리를 박고 쓰러졌다. 그가 아직도 펄떡이는 팔을 피해 몸을 돌리며 낮게 말했다.

"남은 놈 없냐?"

"끝났어."

"전부 한 군데로 몰아서 묶어 놔라. 무기도 모으고."

"응."

아영이 쓰러진 놈들을 모으는 사이 그는 사무실로 들어가 물건과 서류, 컴퓨터를 대충 훑었다. 중국여권 20여 개에 랩탑 컴퓨터 둘, 초소형 카메라 몇 개, 권총 4자루가 전부였다. 컴퓨터 두 개를 모두 켜놓고 아영을 불렀다.

"컴퓨터 전부 다운 받고 사진도 다운 받아놔라. 저것들 뒤처리는 내가 할게. 서류들도 대충 확인하고. 서둘러. 시간 없다."

말을 마침과 동시에 사무실 밖으로 나온 그는 서둘러 나머지 놈들을 끌어 모았다. 총 11명 중 사망이 셋, 나머지도 기식이 엄엄했다. 그 중 두 놈은 서둘러 병원으로 가지 않으면 생사를 장담하기 어려울 것 같았다. 하지만 애써 시간을 단축해줄 생각은 없었다.

일단 놈들 주머니를 뒤져 휴대전화기 하나를 꺼내 '일본, 중국 산업스파이간 총격전'이라는 문자와 두 건물의 주소를 이연수의 전화에다 보내버렸다. 맨 처음 일본인들이 도청하던 건물로 뛰어든 시점부터 불과 12분, 상황은 깨끗이 정리된 셈이었다.

"가자!"

사무실에서 나온 아영이 곧바로 그의 뒤를 따라 달렸다.

두 사람은 서둘러 가구단지를 빠져나왔다. 차를 자유로에 올려 태우고 나자 반대편 차선에 승합차 위에 달린 하나짜리 붉은 경광등들이 보이기 시작했다. 그가 말했다.

"건진 거 좀 있니?"

"기업별 포섭대상자 리스트. 이미 돈이 건너간 사람들도 몇 명 있고."

"그래? 다른 건?"

"목표 신기술 리스트, 반도체 IT계통 위주로 거의 모든 대기업들이 대상이야. 미래소재, 미래정밀, 제약까지 포함되어 있어."

"우리 쪽 포섭대상은 누구야?"

"미래정밀하고 제약 직원인데…… 우리가 인수하기 전에 근무하던 직원들 중에 돈이 급한 사람들이야. 10여 명 되네. 아직 직접적으로 포섭되거나 돈을 받은 사람은 없는 것 같아. 포섭되더라도 워낙 보안이 철통이라 일반 직원들은 어려울 거야."

실제로 미래그룹의 보안은 철통같았다. 기본적으로 사내에서는 인터넷 사용불가, 터미널마다 감시용 스파이웨어까지 설치되어 있었다. 출퇴근시엔 전화기 이외에는 아무것도 가지고 다닐 수 없었으며 출입구에서는 공항을 방불케 하는 검색대를 통과해야 했다. 서류봉투조차 보안마크로 밀봉되지 않으면 가지고 나갈 수 없었고 USB나 플로피디스크는 검색대를 통과하면 자동으로 삭제되게 만들었다. 퇴근시, 각자의 책상은 모든 서류를 넣고 열쇠를 채워야 하며 보안팀이 수시로 확인해서 잠그지 않은 책상은 서랍속의 모든 물건을 압수해버렸다. 담당 부서장 문책까지 이어지는 건 당연했다.

외부에선 상상조차 힘든 2중, 3중의 강력한 보안체계지만 아예 사람을 빼가는 건 완전히 다른 문제였다.

"대상자들 상황을 알아보고 주변정리를 좀 해줘야겠네. 알았다. 리스트 내 치우비로 보내줘. 다른 건?"

"나머지는 전부 사진이야. 보낸 메일 수신처는 전부 푸저우에 있는 라이만상사라는 무역회사인데…… 베이팡광전의 실질적인 자회사야. 공식적으론 별도의 회사지만 베이팡광전 사장의 사촌 동생이 사주로 있어. 중국 쪽 포털사이트를 통해 전송됐고 더 이상은 온라인으로는 추적 불가야."

"흠…… 결국 베이팡 광전이라……. 뭐 일단 가닥을 잡긴 했는데…… 이상한 건 저놈들이야. 몇 놈 빼놓고는 진짜 훈련받은 히트맨들이거든."

"중국군부가 개입했다는 생각이야?"

"그래. 확실히. 돈만으로는 저 정도 훈련된 정예요원을 투입하지 못해. 뭔가 대책을 세우긴 해야겠네."

"당장 우리가 할 수 있는 일이 없잖아. 전쟁을 할 수도 없는 노릇이고."

그가 고개를 가로저었다.

"아니. 어차피 전쟁이 됐어. 생각해봐라. 미래를 노리다가 중국 요원들 15명 이상이 체포됐어. 죽은 놈도 있고. 일차 기무사나 국정원이 커버를 해주겠지만 중국정부의 눈이 미래로 돌아오는 건 막을 수 없어. 안 그래도 할흐골에서 일격을 당했는데 이번엔 진짜 정보요원들이 행방불명이야. 신경 안 쓸 수가 없겠지."

"그래도 이런 상황이면 베이팡광전은 차영태 중장이 확실히 건 어내 줄 것 같은데?"

"그렇겠지. 일단 인수전은 예쁘장하게 판이 짜인 셈이네. 휴…… 그나저나 이 빌어먹을 중국놈들을 몽창 추방할 수도 없고 정말 환장하겠네."

그가 짜증스럽게 액셀페달을 밟으며 말했다.

"할 수 없지 뭐. 국제화는 피할 수 없으니까. 그리고 일본 애들은 진짜 대사관 무관이야. 노린 건 미래소재 관련 정보 같아."

"놀고들 있네. 좋다고! X팔! 어디 누가 이기나 한번 해보자고!"

무섭게 날카로워진 그의 눈길이 조금씩 늘어나기 시작하는 붉은 브레이크 등의 긴 행렬로 이어졌다.

미래연대

　오전을 직원복지 문제에 전부 투자한 대한은 점심 무렵에 시내로 나왔다. 이태식을 만나기로 한 시간, 약속장소는 시내의 조용한 한식집이었다. 이태식 경호팀 요원의 안내를 받아 들어간 방에는 5명의 초선 국회의원 당선자들이 앉아 있었다. 그가 들어서자 이태식이 재빨리 자리에서 일어섰다.

　"어서 오십쇼. 회장님."

　"앉으십쇼. 정말 오랜만에 뵙는 것 같네요. 의원님."

　"아직 아닙니다. 당선자라고 부르셔야죠. 후후. 인사들 하십시오. 이쪽은 장용일 당선자, 이분은 한태형 당선자, 이문우 당선자, 박상선 당선자⋯⋯."

　애당초 미래가 지원한 4명 이외에 당선자 1명이 더 늘어난 건 사실 조금 의외였다. 맨 처음 소개한 장용일이 달랑 이태식의 전화 한

통으로 여야의 영입시도를 뿌리치게 된 것이었다. 기존 정당에 대한 반감도 크게 작용했고 어디를 가더라도 뭉쳐서 움직여야 한다는 심리, 거기에 지역구가 미래소재연구소의 소재지인 점도 크게 작용했다. 그러나 일단 모임에 들어와 이태식 등 4명의 여건을 파악하고 나서는 기존 당선자들보다도 더 적극적으로 모임에 참여하고 있었다.

인사가 끝나고 대한이 자리를 잡자 이태식이 숟가락으로 컵을 두들겨 주의를 환기시키고는 본론을 꺼냈다.

"여기 5사람의 모임은 가칭 미래연대라는 이름으로 의정활동을 시작합니다. 미래연대라는 이름이 지극히 친 기업적 성향이라서 정경유착으로 매도하는 세력이 생길 거라는 의견도 있었습니다만 굳이 감출 생각은 없습니다. 기업의 건전한 정치인 후원은 꼭 필요한 일이라고 생각하며 따라서 미래연대는 공식적인 정치후원금만으로 정치활동을 할 겁니다. 올해부터 후원금 총액이 연간 3억, 선거가 있는 해는 6억으로 증액되었으니 거기에 맞춰 지원될 겁니다. 모두 공식적으로 후원됩니다. 차후 정식으로 정당의 이름을 걸게 되면 모금액도 늘어날 겁니다. 물론 몇 분은 지역 유지이시니 지원이 필요 없을 수도 있지만 지역구 관리에 도움을 드리는 차원입니다."

"저……."

이태식이 잠시 말을 멈추자 장용일이 쭈뼛거리며 입을 열었다. 대한과 처음 얼굴을 마주한 마당이니 묻고 싶은 게 많았을 터였다.

"말씀하시죠."

"모임의 목적이나 향후 비전에 대해서는 여기 계신 다른 당선자 님들과 많은 이야기를 나눴습니다. 그러나 누구 하나 미래그룹이 여기 당선자님들을 지원하시는 이유를 모르시더군요. 요구하시는 것도 없고 그저 국민을 위한 정치를 해달라는 이야기뿐이라더군요. 회장님이 계신 자리에서 확실히 듣고 싶습니다. 정말 그것뿐입니까?"

모두의 시선이 그에게 돌아오자 대한이 앞에 놓인 물 컵을 살짝 입에 대며 말했다.

"확실히 해두죠. 제가 여러분께 원하는 건 다섯 분이 똘똘 뭉쳐서 소외된 사람들의 입장을 대변해달라는 겁니다. 모든 건 다섯 분이 긴밀하게 상의해서 결정하시되 1퍼센트를 위한 정치가 아니라 나머지 99퍼센트를 위한 정치, 대한민국의 미래를 생각하는 정치를 하시면 됩니다. 미래그룹에 유리한 법안을 만들라든지 국회의 정보를 빼달라는 식의 치졸한 요구는 없습니다. 도리어 의원님들의 의정활동에 필요한 자료를 그룹 정보망을 통해 넘겨드리게 될 겁니다. 아! 가끔 이렇게 식사 한 끼씩 사주시는 건 마다하지 않겠습니다. 후후."

평범한 농담에도 왁자한 웃음이 터졌다. 어쩌면 당연한 반응, 5명의 당선자 중 가장 젊은 이문우가 40대 중반이니 대한과는 최소한 10년 이상 나이차이가 났지만 모두들 그의 손짓 하나하나에 신경을 곤두세우고 있었다. 미래그룹의 수장이라는 거창한 배경도 있지만 세간의 평 자체가 대한민국 최고의 천재로 알려진 사람이다 보니 그냥 입을 다물고 있어도 마주앉은 사람은 압박감을 느꼈고 그의 작은 농담 하나에도 의미를 찾으려 기를 쓰는 모양새였다. 이태식이 웃으며 식사를 권했다.

"자자. 음식 식습니다. 이제 드시죠. 첫 상견례지만 형식을 따지는 자리가 아닙니다."

이태식이 벨을 누르자 준비되었던 접시들이 줄줄이 들어왔다. 식사 분위기가 무르익자 대한이 USB 하나를 이태식에게 건네며 말했다.

"그간 고생하셨는데…… 또 부탁이 있네요."

"말씀하십쇼. 할 일은 해야죠."

"대주조선 인수 작업이 빨라질 겁니다. 단독입찰로 진행될 예정이니 법적인 문제를 검토해주세요. 관련 자료는 그 안에 있습니다."

이태식이 고개를 크게 끄덕였다.

"잘됐네요. 간만에 변호사 사무실로 나가봐야겠습니다."

"그리고 현직 국회의원 중에 끌어들일 만한 분들 명단도 함께 들어가 있습니다. 검증 결과 나름 청렴한 분들이며 대부분 특별한 세력이 없는 분들입니다. 전부 열두 분입니다. 가능하면 친하게 지내시면서 끌어들일 가능성을 검토해보세요."

"감사합니다. 최선을 다하겠습니다."

몇 초 말을 삼킨 채 이태식의 얼굴을 넘겨다본 그가 정색을 하고 나직하게 말을 이었다.

"이 정도에서 안주하실 생각은 버리세요. 이제 이태식 변호사님은 현직 국회의원이자 미래병원 이사장이며 대한민국 최고의 유명 인사입니다. 그리고 다음대 제1야당 대통령후보가 되셔야 합니다. 겨우 2년 반 남았습니다. 그에 맞춰 생각하시고 판단하세요."

사실 지난 대통령 선거와 총선에서 참패한 제1야당은 지리멸렬하고 있었다. 그간 정부의 잇단 실정으로 야당에 대한 여론은 많이 호전되었지만 실제 대통령 경선에 나설 만한 국민적 스타가 전혀 없었다. 한마디로 대통령감이라고 느낄 정도로 대중적 인기가 있거나 정치적 중량감이 보이는 인사가 없다는 의미, 최근 인기가 하늘을 찌르는 이태식이 일정 세력 이상을 확보한 채 야당에 합류하면 당내경선도 충분히 승산 있는 싸움이었다.

"예?"

이태식의 눈이 휘둥그레졌지만 대한은 그저 담담한 표정으로 자리를 털고 일어섰다.

"죄송합니다. 더 이야기를 나누고 싶지만 제가 급한 약속이 있어서 먼저 일어서야 하니 식사들 하시고 이야기 나누십시오. 그럼……."

한식집을 나선 대한은 곧장 북악스카이웨이로 차를 몰았다. 도착한 장소는 산 중턱의 한가한 별장, 말이 별장이지 과거 국정원이 쓰던 안가였다. 지금은 기무사가 일부를 인수해 사용하고 있었다. 평소 굳게 닫혀 있던 진입로의 철문이 오늘은 활짝 열려 있었고 그의 차가 진입하자마자 닫혀버렸다.

"어서 와요. 김 회장. 날 보자고 했다면서요?"

숲으로 깊게 그늘이 드리운 안가 현관에서 차영태가 차에서 내리는 그에게 손을 흔들었다.

"안녕하세요. 사령관님. 드릴 말씀이 많습니다."

"좋아요. 들어가서 이야기하십시다. 국정원장도 먼저 도착해서 기다리고 있소."

"가시죠."

응접실처럼 꾸며진 방에는 50대 초반의 날카로운 인상을 한 사내가 담배를 문 채 창가에 기대서 있었다. 국정원장 박기철, 기획실장을 비롯해 해외담당 1차장 등 국정원에서만 잔뼈가 굵은 진짜 정보통이었다. 박기철이 서둘러 담배를 끄며 손을 내밀었다.

"말로만 듣던 천재 김대한 회장을 드디어 만나는군요. 반갑소. 나 박기철이오."

"김대한입니다."

"앉읍시다."

정복 장교가 신속하게 찻잔을 내려놓고 사라진 다음, 잠시 어색한 침묵이 흐르자 차영태가 먼저 입을 열었다.

"자아…… 이거 어쨌거나 내가 주인이니 좌장을 해야 할 모양입니다. 후후. 일단 정리를 합시다. 사실 오늘 국정원장님까지 모신 건 김 회장이 중대한 이야기를 전하겠다고 해서입니다. 우선 듣지요."

전날 한밤중까지 난리를 치른 대한은 이대로는 곤란하다 판단하고 극단적인 처방을 결정했다. 국정원과 기무사의 전폭적인 지원 없이 계속 일을 추진하는 건 불가능하다는 판단, 두 조직이 간절히 원하는 걸 내주고 반대급부로 자신이 원하는 걸 얻을 생각이었다. 가볍게 목례를 한 대한이 차분하게 이야기를 시작했다.

"감사합니다. 사령관님. 오늘 두 분께 전하는 이야기는 무덤까지 가져가셔야 할 내용입니다. 일개 기업인이 대한민국 정보계의 실질적 수장인 두 분을 모시고 할 이야기는 아닙니다만 사안이 그만큼 중하다는 뜻으로 받아들여 주십시오."

두 사람이 고개를 끄덕여 긍정을 표했다. 그가 준비되어 있는 랩탑 컴퓨터에 USB를 꽂아 파일 몇 개를 올려놓으며 말했다.

"이건 국내에 들어와 있는 일본 내각정보실과 중국 정보부 스파이 리스트입니다. 얼핏 이름만 보면 잘 떠오르지 않으시겠지만 신상정보를 보시면 식은땀이 흐를 정도의 엄청난 이름들입니다."

그가 화면에 띄워놓은 건 밤새도록 아영이 해킹해 뽑아놓은 한국 내에서 활동하는 일본과 중국의 언더커버 스파이 리스트였다. 무려 128명, 산업계는 물론이고 정계와 정부, 정부투자 기관 등 사회 전반의 중견 위치에 있는 사람들의 이름이었다. 중국요원은 16명으로 상대적으로 적은 편이었지만 일본은 112명이라는 엄청난 숫자의 스파이를 한국 사회 곳곳에 깔아놓고 있었다. 구체적인 증빙서류가 보강되어야 하겠지만 이 명단이 발표되게 되면 정계는 대재앙이라고 표현해야만 할 만큼 무시무시한 소용돌이가 휘몰아칠 것이었다. 그만큼 이름 하나하나가 던지는 의미가 강력했다.

쉽게 현직 국회의원 9명, 정부 요직에 26명, 나머지는 정부투자 기관이나 기업체였다. 특히 국회의원과 정부요직에 앉은 일부 고위 공무원들의 경우는 대부분 친일파의 자손으로 분류되는 사람들, 선대로부터 물려받은 재산을 전가의 보도처럼 휘두르는 자들이었다. 그가 말을 이었다.

"이 명단은 다른 몇 가지 자료들과 함께 이 자리에서 넘겨드릴 겁니다. 대신 제게 두 분의 힘을 좀 나눠주십시오."

"힘을 나눠줘?"

"기무사 요원들이 전부 바보가 아닌 한 어젯밤 파주에서 일어난 일이 미래와 관련된 사안이란 걸 모를 리가 없을 겁니다. 당연히 사령관님도 눈치는 채셨을 거고요. 제가 아무리 아니라고 잡아떼도 의심의 눈길은 걷어지지 않겠죠. 알고 계시겠지만 저는 성격상

당하고 앉아 있는 걸 참지 못합니다. 모든 걸 공격적으로 투자하고 공격적으로 운영합니다."

차영태가 슬쩍 맞장구를 쳤다.

"내 그건 잘 알지."

"그래서 두 분과 리스크를 나눴으면 합니다."

"나눈다? 어떻게 말이오."

"전 방위산업체를 경영합니다. 사령관께서 아시다시피 미래정밀은 조만간 다수의 신기술을 적용한 무기들을 생산할 예정입니다. 그리고 미래소재는 더 새로운 기술들을 연구하고 있습니다. 제 입으로 이야기하기는 좀 그렇지만 가치를 따지기 어려운 것들입니다."

"그것도 내가 인정하지."

차영태가 또 다시 크게 고개를 끄덕였다.

"그런데 중국과 일본이 미래의 기술을 노리고 있습니다. 곧 미국도 끼어들겠죠. 어제 일어난 일련의 사건들이 그걸 증명합니다. 그리고 전 그걸 막아야 하는 입장인데 상대에 비해 무력이 턱없이 부족합니다. 그걸 해소해 주십사 하는 겁니다."

"그런 거라면 어렵지 않지. 원하는 걸 이야기해보시오."

"PMC입니다."

"PMC?"

"프라이빗 밀리터리 코퍼레이션.. 아마 사령관님은 아실 겁니다만…… 딕체니가 보유하고 있는 다인코프나 켈로그 같은 사설 군사기업을 생각하시면 됩니다. 쉽게 용병회사입니다."

다인코프는 버지니아 레스턴의 컴퓨터 사이언스코프의 한 사업

부문으로 이라크, 아프간, 에콰도르, 수단에서 활동하는 사설용병 회사였다. 최근 들어 켈로그, 비넬코프, MPRI, 아모그룹 등 상당수의 거대 군사기업들이 급격하게 힘을 키워가고 있었다.

"몽골 조차지 할흐골의 치안유지에도 필수적인 사안입니다. 미래보안시스템이 총기사용 허가를 받았지만 기껏 K2와 45구경 몇 정으로는 국경지역이나 바다에서 횡행하는 강적들을 막아내기 어렵습니다. 해서 미래보안시스템의 정식 군사기업허가를 요청합니다. 아마 최근 수시로 발생하는 해외의 한국인 납치사건에도 군대를 파견하기보다는 용역을 주시는 쪽이 확실하고 빠를 겁니다. 파병에 대한 법적인 문제도 전혀 없을 것이고요. 자칫 범죄의 길로 빠질 위험이 있는 특수부대 전역자들을 긍정적으로 활용하는 부수효과도 거둘 겁니다."

해야 할 이야기를 순식간에 쏟아낸 그는 마치 귀신이라도 본 듯한 표정의 두 사람을 물끄러미 건네다 보았다. 외부에 알려지게 되면 논란이 될 소지가 다분한 사안, 대답이 쉽지 않은 건 당연했다. 잠시 후, 정신을 수습한 박기철이 말했다.

"국내에 용병캠프를 두겠다는 거요?"

"아닙니다. 메인 캠프는 할흐골에 둘 겁니다. 1개 소대 규모, 약 40명의 중무장 정예 타격대를 갖출 예정이며 나머지는 미래보안시스템의 인력을 강화해서 100명 규모의 할흐골 파견대를 구성할 생각입니다. 이들이 국내에 들어올 경우 미래소재연구소 내부의 일급보안구역에 거주하게 될 것이며 신분변경이 있지 않은 한, 국내에서 무기를 사용할 일은 없습니다. 국내는 미래보안시스템의 무장을 강화하는 것만으로 충분합니다."

"가능하겠소? 몽골정부와도 협의를 해야 할 텐데?"

"아침나절에 몽골정부 대통령과 통화를 했습니다. 흔쾌히 승인하셨습니다."

말도 통하지 않는 할흐골의 외국인 통제와 치안에 골머리를 앓고 있던 몽골정부 입장에서는 이미 100년간 조차를 결정한 마당에 길게 생각할 이유가 없는 일이었다. 조용히 듣고만 있던 차영태가 은근하게 지원사격을 했다.

"흠…… 뭐 국내가 아니라면 문제는 없지 않겠습니까? 국정원으로서도 만약의 사태에 대비한 툴이 하나 더 생기는 거고 말이오. 썩 괜찮은 생각인데요?"

박기철이 차영태를 돌아보며 씩 웃었다.

"이거 꼭 사기당하는 느낌인데요? 사령관께서 김 회장과 따로 입을 맞추신 거 아닙니까?"

"어허. 이러지 마십시오. 저도 처음 듣는 이야기입니다. 후후. 솔직히 전 저기 화면에 오락가락하는 산업스파이 명단이 정말 탐이 납니다. 그것만으로도 대만족입니다."

일단 긍정적인 반응, 시작은 괜찮았다. 아마 대한이 넘겨주겠다고 공언한 스파이 명단에 대한 욕심이 상당히 작용했을 터였다. 모르긴 몰라도 거물 언더커버 스파이 명단과 수백이 넘는 산업 스파이 명단을 손에 쥐게 되면 두 사람 모두 죽을 때까지 자리 걱정은 없을 것이었다. 검거실적이야 그 중 왕건이 몇 놈만 감시해서 잡아들여도 최고로 올라갈 테고 인력투입도 효율적으로 관리할 수 있을 터였다. 박기철이 두 사람을 번갈아 쳐다보며 고개를 끄덕였다.

"적극적으로 검토하십시다."

"해외에 주둔한다면 굳이 대통령께 품신하고 국회를 거치면서 골치 아프게 진행할 필요는 없을 것 같습니다. 여기서 결정합시다."

차영태가 한 술 더 뜨며 말을 보태자 대한이 아예 못을 박았다.

"사령관께서는 인력차출에 협조해주셨으면 합니다. 전역을 앞둔 특수부대 요원들을 중심으로 희망자를 받아주십시오."

"그러지. 나야 내 새끼들 써준다는 사람이 있으면 감사해야 할 판이야. 후후후."

회사에서 저녁식사를 한 뒤, 피곤한 다리를 끌고 한밤중에 집으로 돌아온 대한을 맞은 건 전혀 예상치 못한 손님이었다.

"연락도 없이 그냥 들이닥쳐서 미안하오. 김 회장."

한영그룹 구형석 회장. 어제와는 다르게 회색 정장차림이었다. 구형석은 유태현과 마주앉아 화기애애한 분위기에서 차를 마시고 있었다. 그가 건너편에 자리를 잡으며 다소 경직된 목소리로 말했다.

"어쩐 일이십니까? 합의는 끝난 걸로 알고 있는데요?"

"물론이오. 못난 자식놈 이야기를 하러 온 건 아닙니다. 오늘은 사업이야기를 하러 왔습니다."

"사업이야기요?"

"그래요. 미래의 이산화탄소 포집기와 이산화탄소 고압매립 기술 이야기입니다."

"매립기술이라……."

대한은 가벼운 의문을 표했다. 한영 역시 대규모 이산화탄소 배출 사업장을 상당수 보유하고 있는 업체이니 이미 시장에서 검증이 된 인터셉터 구매야 당연한 일. 하지만 매립기술은 아직 실제 필드에서 사용하는 업체가 없었다. 뭔가 다른 구상이 있다는 뜻이었다. 구형석이 다시 말했다.

"어제 일과는 완전히 별개의 사안으로 생각해주세요. 지난달 한영이 매입한 시베리아 유전에 귀사의 이산화탄소 매립기술을 활용하고자 합니다. 아직은 그저 우리 기술진의 의견이긴 합니다만 현재 45퍼센트에 불과한 가채원유를 늘리는 최고의 대안이 이산화탄소 고압매립이라는 판단입니다."

일반적으로 매장량과 가채매장량의 비율은 5:5였다. 새로 개발한 유전에서 실제 빼 쓸 수 있는 양은 매장량의 50퍼센트 선이라는 뜻. 그런데 이산화탄소 고압매립으로 원유를 밀어내면 이론적으로 가채매장량을 최대 95퍼센트까지 크게 상승시킬 수 있었다. 물론 원유의 품질이 떨어질 수는 있지만 앉은자리에서 세계 석유 매장량을 두 배로 늘이는 혁명적인 대안이었다. 때문에 이미 3달 전에 미래투자개발을 통해 헐값에 사들일 수 있는 러시아 중부의 버려진 초대형 폐유전 10여 개를 매입해 놓은 상태. 그런데 한영의 구형석이 먼저 사업계획을 들이댄 모습이었다. 구형석이 말했다.

"우크라이나 유전의 가채매장량이 2억 배럴 남짓이어서 다소 실망스러웠는데…… 미래소재의 매립기술이 합쳐지면 3억 배럴은 쉽게 넘어갈 거라고 하더군요. 탐욕스런 노인네의 욕심일지도 모르지만 미래가 참여해줬으면 좋겠소. 인터셉터 구입은 어차피 필요한 일이니 전량 한영이 부담할 요량이고 매립기술을 지원해준다면 채굴 원유가액의 6퍼센트를 매월 미래에 인도하겠소."

대한은 고개를 가로저었다. 원유가가 배럴당 120달러를 오가는 마당이니 6퍼센트만 해도 배럴당 대략 7달러, 향후 원유가격의 하락을 고려에 넣는다 해도 20억 달러에 가까운 거액이었다. 물론 한꺼번에 들어오는 돈은 아니지만 기본적으로 나쁘지 않은 조건, 향후 본 게임인 심해 하이드레이트 시추작업 이전에 남의 돈으로 연습을 하는 것이니 나쁘지 않았다. 그러나 대한의 입장은 달랐다.

"인터셉터를 오늘 구입한다 해도 매립에 활용할 만큼의 양을 확보하려면 1년 이상의 시간이 걸립니다. 대안은 있으십니까?"

"작년에 미래의 인터셉터를 구입한 대형 회사들과 이야기를 해보니 포집이 끝난 탱크들의 처리도 전부 미래소재가 맡았다고 하더군요. 처리 비용도 거액이고 얼핏 보기에도 연 1,500억 달러 가까운 이산화탄소 배출권 시장의 30퍼센트는 족히 접수한 것 같소만? 아닌가요?"

대한은 씩 웃었다. 역시 만만치 않은 노인, 이전에 포집된 이산화탄소를 한영의 유전에 써달라는 의미였다. 그가 말했다.

"비슷할 겁니다. 그렇지 않으면 인터셉터 판매가 거부되니까요. 어쨌거나 8퍼센트 선으로 인력과 설비를 투입하죠. 설비는 전적으로 미래에 관리를 맡긴다는 전제로 향후 한영이 개발하는 모든 유전에 동일 조건으로 참여하겠습니다. 참고로 석유공사도 8퍼센트에 계약했습니다."

"호오…… 소문이 사실이었군요."

"쉘 같은 해외 메이저들과는 12퍼센트 계약입니다. 9월부터 시베리아에 개발 중인 신규 유전에 본격적으로 투입될 겁니다. 2달 후로 군요."

잠시 머릿속을 정리하며 찻잔을 두들겨본 구형석이 고개를 갸웃하며 말을 이었다.

"설비를 해외에 내준다면 보안에 신경을 써야 하는 거 아닌가요?"

"흉내야 낼 수 있겠죠. 하지만 복사 가능한 설비가 아닙니다. 물론 특허에도 핵심은 빠져 있고 설비관리 역시 저희 직원만 할 수 있습니다. 뿐만 아니라 기존의 멤브레인 타입의 포집설비로는 압축은 고사하고 필요한 포집량도 확보하지 못할 겁니다."

유전 바닥으로 가스나 유압을 밀어 넣는 것이야 얼마든지 가능하지만 저온고압을 유지해야 하는 젤 상태의 이산화탄소는 상황이 많이 달랐다. 지형적으로 정확한 위치에 투입해서 유전이 폐쇄되는 순간까지 계속해서 일정 압력을 유지해야 하는 복잡하고 정교한 공정이었다. 구형석이 두 손을 살짝 들어올리며 말했다.

"항복이오. 8퍼센트로 시작합시다. 정식 계약은 실무자들을 보내 처리하죠."

날이 서늘해지면서 무장 타격대 '미래포스'는 장교 16명을 포함한 특수부대 전역대상자 216명의 신체검사를 시작으로 본격적인 훈련을 시작했다. 장소는 기무사가 내준 포천 서부에 위치한 외부와 차단된 특수부대 훈련장, 216명 중에서 최고의 성적을 낸 40명은 미래포스 요원으로, 낙오자를 제외한 나머지는 미래보안시스템으로 흡수해 보안요원으로 활용할 예정이었다. 위험한 만큼 연봉이

대기업 부장을 훨씬 상회해서 신청자는 500명을 훌쩍 넘었고 덕분에 대상자를 줄이느라 애를 먹어야 했다.

재미있는 건 중국에 다녀온 이연수의 미래포스 합류 요청, 그의 단호한 거절에도 불구하고 끈질기게 이사 준비로 분주한 미래금융 회장실 근처를 배회하고 있었다. 대한이 밖으로 나오자 이연수가 재빨리 따라붙으며 다시 말을 붙였다.

"전체를 통솔할 영관급 장교가 없잖아요. 내가 적임자라고요. 사령관님께 직접 허락도 받았어요. 네?"

"당신이 내 사람이 될 거라는 확신이 없소. 그만합시다."

발길을 멈춘 그가 정색하며 잘라 말했으나 이연수는 막무가내였다.

"생각해보세요. 차영태 중장님이 얼마나 오래 기무사에 계실 거 같아요? 잘해야 앞으로 3년이에요. 새 대통령이 들어서면 교체 순위 1번이니까요. 그런데 계속 필드에서 뛰었기 때문에 군에선 외톨이나 마찬가지고 동기들보다 진급도 빨라요. 야전 부대에 돌아가서 적응하는 건 불가능하죠. 더구나 요즘 너무 얼굴이 팔려서 곧 신문사도 정리해야 돼요. 그럼 전 갈 곳이 없다는 이야기잖아요. 프랑스 외인부대처럼 부대에 충성맹세라도 해야 돼요? 하라면 할게요."

이미 소령인 이연수는 불과 29의 젊은 나이였다. 동기들보다 빠른 진급도 문제지만 활동적인 정보장교가 고지식하고 지루한 야전부대에서 버틴다는 건 제아무리 성격 좋은 이연수라고 해도 쉽지 않은 이야기였다. 더구나 여자, 장기적으로 차영태가 야전부대로 옮겨갈 경우, 갈 곳이 없어진다는 건 결코 틀린 이야기가 아니었다. 이미 미래의 현황에 대해 어느 정도 감이 있는 사람이니 데려다 쓰는 것도 그리 나쁘지 않은 선택이 될 터, 결심은 빨랐다.

잠시 선 굵은 이연수의 눈매를 노려본 대한이 차갑게 말하고 돌아섰다.

"충성맹세는 당연히 해야겠지. 즉시 훈련팀에 합류해서 미래포스 대원들과 똑같은 강도의 훈련을 마쳐라. 직급은 그때 결정하겠다."

느닷없는 반말, 그러나 이연수의 얼굴엔 환한 미소가 번졌다. 미래포스 합류 승인은 당연했고 거기에 수하로 거둔다는 의미가 더해진 반말이었다.

"네! 회장님!"

이연수는 빠르게 걸음을 옮기는 대한의 등 뒤에다 부동자세로 거수경례를 붙이고는 재빨리 주차장으로 달리기 시작했다.

이연수가 사라지자 대한은 곧장 아영을 불러내 연구소로 이동하면서 급한 사안을 점검했다. 우선은 대주조선 인수 작업, 산업은행과의 주식매입 MOU작성은 끝냈지만 부채상환 일정이나 노조문제 등 상세한 협의사항은 아직 남아 있었다. 아영 혼자서 오전의 마지막 미팅에 참석한 뒤였다.

"전체를 정리하면 현금 8,210억 원에 주식 51퍼센트 일괄인수, 발행어음 등 자잘한 부채는 산업은행이 떠안기로 했고 부채상환은 단기 악성부채 20퍼센트 삭감 및 15년 무이자로 확정, 노조는 강성노조원 82명을 해고하는 선으로 끝냈어. 군사기밀 유출을 근거로 다음주까지 과, 부장급 전원의 일괄 사표를 받아놓기로 했고."

"그런대로 단기간에 깔끔하게 끝난 셈이네."

"응. 은행이 생각보다 양보를 많이 했어."

"그나저나 대주조선은 누구에게 맡기냐? 싸그리 개혁을 하려면 기존 중역들로는 곤란한데."

"미래정밀에서 중역 한 사람을 승진 발령하는 건 어때?"

"미래정밀에서? 쓸 만한 사람 있어?"

"안상일이라고 기획이사야."

"에효…… 그 사람 나도 안다. 그 사람 빼내면 민서가 죽는 소리 할 건데……."

대한은 난처한 표정을 떠올렸다. 미래정밀 역시 줄기차게 확장 일로를 걷는 입장이라 주요 경영진이 빠져나가면 당분간 힘이 들긴 할 터였다.

"젊은 부장들 승진시켜서 쓰라고 하는 수밖에 없지 뭐. 어차피 우리도 당분간은 대주조선에 손을 대야 되잖아."

"그래. 할 수 없다. 이번 화력시범 끝나면 안상일 이사하고 기획 쪽 인력 몇 명을 조선으로 발령 내자."

"알았어. 대상자 뽑아볼게."

"그럼 그건 됐고…… 화력시범 준비는 잘돼?"

"거의 마무리 됐어. MPEP-1 파동에너지포는 시험발사까지 끝났고 MAV-1 미사일은 바이러스 탑재작업 중, 크루즈 미사일 MCM-1, MCM-2는 대량생산체제까지 끝나가. MSM-1 대공미사일은 사이즈가 너무 작아서 기존 항공기 발사 파일런과의 호환성 문제로 논란이 있었는데 어제 어댑터 방식으로 확정해줬어. 앞으로 2주일이면 작업 끝날 거야."

"수고들 했네. 화력시범 끝나고 보너스라도 좀 줘야겠다."

"그리고 10월 5일 날 운사하고 풍백 동체실험에 참석해야 돼. 기억해둬요."

"오케이. 알았다. 참! 타격대용 방호복하고 무장은 어떻게 됐어?"

"방호복은 1차 훈련 끝나는 시점에 맞출 수 있을 거 같은데 스캐너헬멧은 시간이 좀 걸려. 레일건도 연말은 돼야 할 것 같아."

"그 정도면 됐다. 더 늦지만 않으면 돼."

그는 막히는 도로로 시선을 가져가며 마른 입술에 침을 발랐다. 준비는 나름대로 차곡차곡 진행되고 있지만 남은 시간에 비해 부족한 것이 너무 많았다.

연구소에 도착한 두 사람은 연구소 본관에는 들리지도 않고 지반 다지기 공사가 한창인 강변까지의 땅을 죽 둘러본 다음 강변 선착장으로 직행했다. 선착장은 위그선 MD-1의 마무리 작업과 무장 장착, 정비까지 겸한 공간이어서 선착장치고는 규모가 상당히 컸다. 지붕 높이만 50m, 폭은 200m가 넘었다. 바다와 한강이 만나는 지점이지만 수위차 때문에 갑문까지 갖춘 최신식 시설이었다. 현장 소장이 급히 달려 나와 머리를 숙이자 그가 내부를 쭉 둘러보며 물었다.

"진척상황은 어떻습니까?"

"현재 설비투입 등 마무리작업이 진행 중이며 10월 말이면 보안 설비 공사가 시작됩니다. 11월 첫 주면 모든 작업이 끝납니다."

"11월 초…… 시점은 괜찮군요. 하지만 서둘지 마세요. 열흘 정도는 여유가 있습니다. 무슨 이유를 달더라도 마무리가 부실하게 되는 건 용납하지 않겠습니다."

"명심하겠습니다. 회장님. 지붕 개방 상태를 보시겠습니까?"

"그래요. 지금 보십시다."

"지붕 개방해라! 개방!"

현장소장이 무전기에 대고 소리치자 묵직한 진동과 함께 격납고 중앙의 타원형 지붕이 좌우로 갈라지기 시작했다. 개방 폭은 대략 150m, 좌우 설비부분과 건물 본체는 지붕으로 가려졌으나 위그선 형태에 맞춘 중앙의 요철 구간은 환하게 햇빛을 받기 시작했다. 건물 좌우 옥상에 설치할 대공미사일 발사대는 재 장전설비 보강 때문에 아직 올려놓지 못하고 있었다.

"괜찮군요. 수고하셨습니다. 일정이 늦어져도 마무리는 완벽하게 하세요."

"알겠습니다. 회장님."

"자. 그럼 계속 수고해주세요."

몇 마디 더 치하를 한 그는 서둘러 공사장 초입에 세워놓은 자동차로 발길을 돌렸다. 몸이 열 개라도 모자랄 지경이라 한군데 눌러 앉아 보낼 시간 따위는 없었다.

차에 올라앉아 시동을 거는 순간, 아영이 백 안에서 위성전화기를 꺼내며 말했다. 전화기는 위성신호를 받고 있었다.

"원용해 중장에게 준 위성전화인데? 받을 거지?"

그는 고개를 끄덕이며 전화기를 받아들었다. 식량이 넘어간지도 제법 됐으니 뭔가 이야기가 있을 시간이었다.

"여보세요. 김대한입니다."

— 원용해요. 김 회장.

"오랜만입니다. 사령관님. 건강은 괜찮으시지요?"

— 고맙소. 덕분에 우리 아이들 굶지는 않갔소.

"별말씀을요. 약속을 지킨 것뿐입니다. 두 번째 물량은 다음달에 선적될 겁니다."

— 잘 쓰갔소. 그런데…….

"움직여야 할 시점이십니까?"

— 그런 셈이디. 국방위원회의 횡포가 극심해지고 있소.

"그분은요?"

— 이제 아예 기동을 못하시디. 말도 알아듣디 못하십네다. 이대로는 내년 상반기도 어려울 것 같소.

아영의 보고와 큰 차이는 없다. 다만 아영은 김정일의 정확한 사망 일자를 모른다고 했다. 공식적으론 내년 10월이지만 상반기에 김정일이 사망하고 사망사실을 정보계통의 장성들이 은폐했을 가능성도 배제할 수 없었다. 결국 앞으로 7, 8개월이 고비라는 이야기, 일은 더 급해진 셈이었다.

"필요한 건?"

— 전방부대에서 실탄과 대전차무기를 빼내야겠소. 미화 200만 달러. 다음 선적될 화물에 실어주기요.

"알겠습니다. 다시 연락하지요."

— 고맙소. 수고하기요.

간단히 용건을 전달한 원용해가 전화를 끊자 아영이 물었다.

"상황이 안 좋은 모양이지?"

"그래. 전방부대 지휘관을 매수해서 실탄이랑 무기를 빼낼 모양이다. 200만 달러만 보내달라네."

"보내줄 거야?"

"그래야지. 시간 여유는 있다. 상황을 보자. 자…… 그나저나 이제 포천 훈련장에 가야 되나?"

"응. 저녁식사 직전에 집합시켜 놓으라고 했어."

"그럼 가자. 가서 저녁이나 얻어먹지 뭐."

군사기업의 최정예 직할 부대 부대장으로서 충성을 맹세 받는 자리로, 필히 얼굴을 비쳐야 했지만 다른 이유도 있었다. 워낙에 강도 높은 훈련을 소화하다보니 하나둘씩 불만을 토로하는 대원이 나오는 상황, 이참에 아예 몸으로 부딪혀 확실하게 불만을 잠재워 놓을 생각이었다.

기무사가 내준 자체 훈련장은 제법 규모가 컸다. 야산 한쪽을 깎아 연병장과 숙소를 만들고 야산 전체를 훈련장으로 활용하고 있었다. 두 사람이 도착하자 연병장에 정렬한 216명의 선두에 선 장교가 재빨리 돌아서며 소리쳤다.

"부대! 차려!!"

일사분란한 부대의 움직임 뒤에 장교가 다시 소리쳤다.

"부대장께 경례!"

"충!!"

그가 가벼운 거수경례로 답례를 하고 말했다.

"쉬어."

"쉬어!"

장교의 복창이 끝난 뒤 새카맣게 그을린 대원들의 면면을 훑어본 그가 천천히 입을 열었다.

"오늘은! 내가 부대장으로서 충성맹세를 받는 날이다! 그런데 몇몇 대원들의 입에서 훈련 강도에 대한 불만이 나왔다고 들었다! 산전수전 다 겪은 특수부대 전역예정자들에게 이런 식의 강도 높은 훈련은 필요 없다는 논조의 이야기더군. 그런가?"

"그렇습니다! 우린 대한민국 최고의 정예부대원입니다! 훈련은 더 필요 없습니다!"

뒷줄에서 몇몇 대원이 목소리를 높였다. 그가 씩 웃으며 말했다.

"좋아! 그건 인정하지. 어쨌든 제군들의 충성맹세를 받기 전에 이 문제를 해결하자! 부대장이 한 가지 제안을 하겠다! 이러면 어떨까? 제군들 중에서 격투기에 가장 뛰어난 부대원 세 사람을 뽑아라. 지금 이 자리에서 여기 선 부대장과 손발을 섞는다. 만일 그 세 사람이 맨손으로 나를 제압할 수 있다면 모든 훈련을 취소하고 즉시 현장에 배치하겠다! 이의 있나!?"

잠시 가소롭다는 느낌의 비웃음과 웅성거리는 소리가 났지만 곧 잠잠해졌다. 중사 계급장을 단 거구의 대원이 앞으로 나서며 대원들을 제지한 것이었다. 이어 온몸이 칼날처럼 벼려진 부사관 한 명과 날카로운 눈매의 병장 한 사람이 앞으로 나섰다. 이미 자체로 어느 정도 검증이 된 상황인지 다른 대원들은 별다른 이의를 달지 않았다.

"특전사 특무중사 조인호. 부대장과 손을 섞어보겠습니다."

"좋군."

자켓을 벗어 아영에게 넘겨준 대한이 단상에서 가볍게 뛰어내리자 조인호가 다시 말했다.

"다치시지 않게 살살하겠습니다."

승리를 확신하는 자신감 넘치는 목소리, 모르긴 몰라도 특전사에서도 최고의 무력을 자랑하던 대원일 터였다. 대한이 고개를 끄덕이며 나머지 두 사람에게 시선을 던졌다.

"그쪽 두 사람은?"

"하사 김명후입니다."

"병장 안상택입니다."

"좋아. 시작할까?"

조인호가 앞으로 나서는 두 사람을 제지하며 말했다.

"제가 먼저 하지요. 조심하십시오."

조인호의 말에 씩 웃음을 보인 대한이 세 사람을 번갈아 돌아보면서 말을 이었다.

"조 중사 한 사람이 아니야. 세 사람이 동시에 공격해서 나를 제압하는 거다."

"예?"

조인호가 인상을 구기며 반문했지만 대한은 아랑곳하지 않고 손가락을 까딱였다. 이왕 마음을 먹었으니 확실하게 찍어 눌러서 제대로 된 충성맹세를 받아야 했다.

"한국말 모르나? 세 사람이 동시에 공격해라. 그래야 공평해."

조인호의 얼굴에 은은한 분노가 번지고 다음 순간, 강렬한 기합이 터져나왔다.

"탓!"

5m쯤을 단숨에 격하고 무시무시한 발차기가 날아왔다. 상당한 스피드, 전투화까지 신은 상황이어서 제대로 맞으면 고생 좀 할 것 같았다. 거의 반사적으로 자세를 낮추며 날아든 발을 어깨로 툭 밀어냈다. 휘청 물러선 조인호가 서둘러 자세를 바로잡자 그가 묵직한 목소리로 말했다.

　"이제 제대로 할 생각이 드나? 나는 셋 다라고 했다. 이제 더 이상의 경고는 없다."

　"휘익! 멋집니다!!"

　대원들의 고함 소리가 왁자하게 터지고 나머지 둘이 재빨리 좌우로 갈라지며 자세를 잡았다. 순간, 조인호의 입에서 다시 기합이 터졌다. 격한 발차기와 절묘한 각도에서 튀어나오는 주먹, 그러나 속도는 느렸다. 가볍게 허리를 틀어 발차기를 피한 그는 왼팔로 슬쩍 주먹을 걷어대면서 가볍게 조인호의 턱을 쳐올렸다.

　"큭!"

　나직한 비명, 물러서는 조인호의 가슴에 호미각을 작렬시키면서 반동을 이용해 접근하는 김명후를 향해 도약했다. 놀란 김명후가 기겁을 하며 물러섰지만 극명한 속도의 차이가 승부를 결정했다. 관자놀이에 의외의 일격을 당한 김명후는 그대로 정신을 잃고 비스듬히 쓰러져버렸다. 남은 건 안상택 하나, 안상택은 주춤주춤 물러섰다가 이를 악물며 달려들었다.

　"으핫!"

　제법 빠른 몸놀림, 파괴력은 몰라도 스피드는 가장 빠른 것 같았다. 날카롭게 날아드는 주먹을 몇 차례 흘린 그는 안상택의 무릎

안쪽을 툭 건드려 중심을 잃게 하고는 웅크린 양팔 사이로 강력한 어퍼컷을 꽂아 넣었다. 간결한 동작에 무시무시한 파괴력이었다. 안상택은 움찔 허공에 떴다 주저앉으며 헉헉대기 시작했다.

"크게 다치지는 않았을 거다. 응급실로 데려가 눕혀라."

앞줄의 대원 몇 사람이 뛰어나와 세 사람을 숙소로 데리고 들어가자 그는 손을 탁탁 털며 가슴 높이의 단상 위로 가볍게 뛰어올랐다.

"다음 대면할 때는 전 대원이 3인 1조로 나와 대등하게 겨룰 수 있기를 바란다. 이연수 소령 있으면 앞으로 나서라!"

"예! 소령 이연수!"

대열 뒤쪽에 묻혀 있던 이연수가 재빨리 앞으로 뛰어나왔다.

"이연수 소령을 부대 작전참모로 임명한다. 하지만 훈련기간 동안은 동등하게 훈련을 마쳐야 할 것이다. 이상! 발대식을 시작하겠다. 부대 차려!"

"부대 차려!"

지휘 장교의 복창 소리와 함께 대원들이 일사분란하게 대오를 정비했다. 그가 아랫배에서부터 끌어낸 고함을 힘차게 내질렀다.

"내가 대원들에게 원하는 건 단 한 가지다! 회사에 대한 무조건 충성! 이유는 없다!"

"충!!"

"자부심을 가져도 좋다! 미래포스는 장비와 전투력에서 명실공히 세계 최강의 전투부대가 될 거다!"

"충!!"

"이상! 해산!"

"해산!!"

돌아선 장교의 복창에 그가 말을 더했다.

"방호복 및 개인화기, 공용화기는 훈련의 마지막 주에 보직에 따라 지급될 것이다. 오늘 식사 한 끼는 얻어먹어야겠다. 괜찮은가?"

"하하. 예! 대장!"

왁자하는 웃음이 터지고 대원들 사이에서 자연스럽게 대장 소리가 흘러나왔다.

잠시 후, 부대원들 틈에서 식사를 끝낸 그가 자리에서 일어서자 이연수가 뒤따라 나오며 의뭉스럽게 물었다.

"개인화기는 OICW라면서요? 그거 어디서 났어요?"

OICW은 기존 5.56mm 소총에 공중폭발 유탄발사기를 결합한 미국의 차세대 소총이었다. 레이저 거리측정기를 비롯해 사격통제, 야간 조준경 및 열영상 장비까지 갖췄고 공중폭발유탄의 비행시간까지 자동적으로 입력되는 1정당 천만 원을 호가하는 고가의 소총이었다. 미래포스에 지급할 예정인 개인화기도 크게 다르지 않아서 대원들 틈에서는 미국에서 밀수입한 것 아니냐는 이야기가 공공연히 나돌고 있었다. 그가 픽 웃으며 이연수의 어깨를 픽 두들겼다.

"그놈의 스파이 기질은 이제 버려라. 너무 많이 알려고 하면 다쳐. 좋은 총기를 주면 그저 고맙게 쓰면 되는 거다."

"넵! 알겠습니다! 대장!"

장난스럽게 말을 받는 이연수와 슬쩍 눈을 맞춰준 그는 장교들의 거수경례를 받으며 곧장 식당을 나섰다. 이제 분대화기로 지급할 레일건과 산악차량을 확인하러 가야 했다.

화력시범

발가락에 물집이 잡히도록 뛰어다닌 10월 한달은 그야말로 눈 깜짝할 사이에 지나갔다. 일주일에 거의 두 번씩 신무기와 신기술 실험 이벤트가 연달아 이어졌고 11월 첫날로 계획된 '합동참모본부 화력시범' 준비까지 코앞으로 닥쳐 정신없는 시간을 보내야 했다. 사실 아영이라는 막강한 원군이 없었다면 엄두도 내지 못할 엄청난 강행군이었다.

화력시범을 불과 사흘 앞둔 10월 29일 오후, 이전을 마친 본사 대회의실에서 진행된 미래정밀과 미래소재 핵심부서의 마지막 합동점검에 참석한 대한은 회의 도중 들어온 비서실의 메시지에 미간을 좁혔다.

─박지웅 총재 본사 방문. 응접실.

그는 메시지를 가져온 비서실 직원에게 그냥 기다리게 하라는 말만 전하고 회의를 주관하는 한명석의 목소리에 귀를 기울였다. 어제 이태식을 통해 만나자는 연락이 있었지만 시간이 없다는 이유로 거절했고 방문도 마찬가지 거절한 상황. 직접 찾아온 건 뭔가 아쉬운 것이 있다는 의미였다. 이쪽이 서두를 이유는 없었다. 일순 비서실 직원의 얼굴에 당혹한 기색이 흘렀지만 그냥 무시했다.

"정리하면…… MPEP-1 파동에너지포는 내일 아침 06:00 합참 시범장으로 이동될 것이며 합참의 협조로 야포 4문을 화력시범장에 배치했습니다. 발사와 동시에 요격하는 장면을 보시게 될 겁니다. 다음, 크루즈 미사일들은 현지의 발사명령이 떨어지면 당사 시험사격장에서 발사될 것입니다. 물론 현지에 설치된 대형 스크린으로 발사 장면과 탄두 카메라 화면을 보실 수 있도록 조치했습니다. 과도한 바이러스 확산이 우려되어 재검토에 들어간 MAV-1은 이번 화력시범에 쓸 미사일의 탑재 바이러스의 양을 축소해서 반경 30미터 정도만 영향을 받도록 조정했습니다. 그리고 MSM-1 대공미사일의 경우는 내일 MPEP-1과 같이 발사대 차량이 이동합니다. 현지에서 직접 발사하며 상공에 무인 경비행기를 띄우고 요격할 예정입니다. 마지막으로 MRG-1 레일건과 MH-1, MF-1의 다운그레이드형 기체를 공개할 것이냐만 문제로 남아 있습니다. 이는 회장님의 결정이 필요한 부분입니다. 관련 영상과 자료는 준비가 끝났습니다. 이상입니다."

"기획실. 가격대는?"

안상일이 앉은 자리에서 재빨리 답했다.

"미사일 류의 경우 미국에서 도입하는 가격을 기준으로 70퍼센트 선으로 가결정했습니다. 기존의 사거리 500Km짜리 천룡이나 해룡에 비해 5퍼센트 정도 저렴한 가격입니다. 리베이트는 고려하지 않았으며 오늘 공개 범위와 가격이 결정되면 즉시 브로셔 제작에 들어갑니다. MPEP-1은 대당 1억2천만 달러, MF-1은 8천만 달러, MH-1은 5천만 달러를 상정하고 있습니다."

"흠…… 일단 미사일들은 적당한 것 같고…… MF-1하고 MH-1이 문제인데…… 둘 다 F-35하고 아파치롱보우 가격수준이라는 이야기네요?"

"그렇습니다."

"수익률은?"

"개발비 30대 판매 감가상각 전제로 62퍼센트입니다."

"나쁘지 않네요. 그런데…… MH-1이 아파치롱보우보다 싼데 성능으로는 비교도 안 되잖소?"

"그렇습니다만…… 군의 국산에 대한 신뢰도 저항을 고려했습니다."

"그건 곤란합니다. 스펙은 다운 그레이드지만 그 상태로도 랩터나 코만치에 우위를 점하는 기체들입니다. 시뮬레이션 결과도 그렇잖소?"

MF-1의 경우 플라즈마 스텔스와 신형 위상배열레이더, 사거리 300km짜리 파이어&포겟 공대공 미사일 MSM-1를 장착한 것만으로도 F-22 랩터보다 한 수 위의 전투력. 작은 기체와 이온엔진 덕분에 최고속도 마하 5에 애프터버너 없이 순항속도 마하2.5를 주파했고 전진익 기체의 최대 강점인 단거리 기동력도 F-22와 대

등 또는 우월한 수준이었다. 거기다 3차원 추력편향노즐 장착으로 수직 이착륙까지 가능하게 한 가공할 기체였다. 물론 다운그레이드 MF-1의 경우 플라스마 스텔스 장치만큼은 제외하고 F-22와 같은 종류의 스텔스 재질 코팅으로 마감했지만 분명히 F-22보다도 한 수 위였다.

MH-1은 더했다. RAH-66 코만치와 마찬가지로 2인승이었지만 MF-1과 대등한 대공무장과 통제시스템, 위상배열 레이더를 장착했고 최고속도 시속 520Km에다 순항속도 450Km, 항속거리 3,000Km를 자랑했다. 10발짜리 대전차 미사일 포드와 개틀링건, 거기에 사거리 50Km짜리 레일건을 장착해 공격력 역시 상상을 초월했다. 물론 효율을 고려해 상황에 따라 대공, 대지 무장을 교체해야 했지만 대전차 미사일 등 미사일 사이즈가 획기적으로 작아져서 미사일 포드 장착이 쉬워진 점 덕분에 레일건과 캐틀링건을 제외한 모든 무장이 기체 안으로 들어가 단거리 기동력은 거의 전투기 수준이었다. 쉽게 아파치롱보우 정도는 적수로 생각하지도 않았고 웬만한 전투기로는 대적 자체가 불가능한 기체, 비싼 가격 때문에 실전배치가 어려운 미국의 코만치보다도 비교우위에 올라가는 무시무시한 놈이었다.

문제라면 전장 전체를 통제하는 군사위성이나 조기경보기 등 통제체계가 갖춰지지 않은 점, 당장은 치우의 탐사기체로 그 부분을 채워줄 생각이었다. 미래정밀에서 신중하게 검토 중인 조기경보기와 인공위성은 다음단계였다. 안상일이 입술을 깨물며 조심스럽게 대답했다.

"당연히 그렇습니다."

"자존심이 용납을 안 해요. 둘 다 올리세요. MF-1 9천9백만 달러, MH-1 5천9백만 달러. 여전히 리베이트는 없습니다."

"알겠습니다. 회장님."

"일단 이번 화력시범엔 레일건까지만 공개합시다. MH-1, MF-1은 별도로 날짜를 잡아서 사내에서 시행하겠습니다. 각 부서는 화력시범 준비에 만전을 기하세요 특히 보안팀은 한 치의 착오도 있어서는 안 됩니다. 참석자 명단에 있는 고위 장성들을 제외하면 참모들도 참석할 수 없습니다. 명심하세요."

"알겠습니다."

"오늘은 이만 하죠. 고생스럽더라도 며칠만 더 노력합시다. 화력시범이 끝나면 그룹 전체에 보너스를 내보낼 생각입니다. 핵심 실무부서는 조금 더 나갈 겁니다. 그리 알고 예하 직원들을 독려해주세요."

다들 지친 기색이 역력한 실무진의 얼굴에 한 가닥 미소가 떠올랐다. 대한의 입에서 보너스라는 말이 나오면 기본이 수령액의 100퍼센트 이상이었으니 한 달 가까이 집에 못 들어간 보답은 받는 셈이었다.

회의실을 나선 대한은 의도적으로 몇 군데 부서를 돌면서 시간을 끈 뒤 응접실로 올라갔다.

"안녕하십니까. 박지웅 총재님."

"안녕하시오. 김 회장."

한 시간 이상 기다리면서 상당히 불쾌했을 터였으나 험한 정계에서 수십 년간 버텨온 노회한 여우답게 불쾌한 기색은 전혀 없었다. 대한이 자리를 잡자 비서실 여직원이 찻잔을 내려놓고 사라졌다. 대한이 말했다.

"제가 먼저 찾아뵈었어야 하는데 직접 오셨군요. 죄송합니다."

"바쁘면 어쩔 수 없지요. 합참과 큼직한 일을 준비하신다면서요?"

시작부터 잽. 합참 장성들 상당수를 화력시범에 참석시키면서 국방부에 알려지지 않으리라고는 생각하지 않았으니 박지웅이 어느 정도 내막을 아는 건 크게 어색하지 않았다. 직접 찾아까지 와서 그걸 거론하는 의도가 뭐냐가 문제일 뿐이었다.

"그렇습니다. 국방부에서 당 총재실에 보고를 드린 모양이군요."

"아아. 당 총재가 국방부에서 보고를 받는 자리는 아니지. 그저 주워들은 이야기일 뿐이오. 그래서 이야기인데…… 솔직히 김 회장에게 도움을 청할 일이 있어서 왔어요."

"말씀하십쇼."

"사실 지난 미국방문 때 F-35 판매를 다시 건의했는데…… 이 국방성 친구들이 여기저기 저울질을 하고 있어서 구매가 쉽지 않아요. 구닥다리 F-15나 계속 사가라는 이야기더군. 그런데…… 그 인터셉터라는 물건 말이오. 그거 전세계에 센세이션을 일으킬 만큼 굉장한 물건이라던데…… 국무성에 있는 내 친구가 인터셉터에 관심을 보이더란 말이오."

'친구? 웃기고 자빠졌네. 그래서 뭐?'

내심 코웃음을 쳤지만 표정만은 애써 다잡았다. 박지웅이 말을 이었다.

"내 터놓고 이야기를 하겠소. 인터셉터의 기술이전과 라이센스 생산을 승인해주면 F-35 판매를 성사시키겠다고 운을 띄우더군요. 가격도 10퍼센트 정도 깎아주겠다는 이야기요. 그래서 미래의 협조를 구하러 왔어요. 어떻소?"

"예?"

"대한민국의 국방력을 크게 신장시키는데 일조를 해달라는 이야기에요. 내 미래의 협조는 절대 잊지는 않겠어요. 경영진이 관련된 일도 조용히 무마하는 쪽으로 가닥을 잡을 테니 말이오."

대한은 순간적으로 구역질이 올라오는 걸 필사적으로 찍어 눌렀다. 박지웅의 의도는 간단했다. 유태현의 전력을 무기삼아 인터셉터 기술을 넘겨받고 F-35구매를 성사시켜 생색도 내면서 리베이트 역시 챙기겠다는 의미, 물론 '인터셉터 기술이전'의 의미를 전혀 모르니 이런 뻔뻔한 제안을 내놓을 수 있을 터였다.

미국이 이야기하는 인터셉터 기술이전의 의미는 '상온 플라즈마 발생기' 제작공정을 내놓으라는 뜻이었다. 사실 상온 플라즈마 발생기를 제외한 다른 부품들은 미국이 현재 보유한 기술력으로도 얼마든지 모방이 가능했다. 만일 국무성의 의도대로 F-35 구매를 위해 제작공정을 넘긴다면 미국으로서는 어차피 팔아야 할 F-35의 판매로 이득을 챙기면서 상온 플라즈마 발생기까지 챙기는 일석이조의 효과를 거두는 셈이었다. 그가 고개를 가로저으며 말했다.

"일을 너무 쉽게 생각하시는군요."

"쉽다니?"

"이산화탄소 배출시장은 내년엔 연 2,500억 달러입니다. 최소한 40퍼센트는 미래가 확보하게 될 겁니다. 쉽게 말해서 총재님의 제안은 1,100억 달러를 포기하라는 의미입니다. 한화로 110조원입니다. 총재님 같으면 하시겠습니까?"

당황한 듯 잠시 대답을 삼킨 박지웅이 찻잔을 들어올리며 대한의 눈을 물끄러미 건네다 보았다. 닳고 닳은 정객다운 노련한 대응, 애써 당황한 기색을 지우고 있었다.

"그래서 용단을 내려달라는 이야기 아닙니까. 라이센스 생산이니 거기서도 충분히 수익을 창출할 수 있을 겁니다. 국가가 없으면 미래그룹도 없어요. 잘 생각해보시오."

대한은 짜증스럽게 머리를 긁적였다.

'이 멍청한 노인네야! 그렇게 단순하면 미국이 뒷구멍으로 손을 벌리겠냐? 에효……'

한동안 머릿속을 정리한 그는 몇 초 박지웅과 눈싸움을 한 다음에서야 비로소 입을 열었다. 어차피 조만간 야당과 연합해야 하는 마당에 대통령도 아닌 여당 내 소수파에게 휘둘리는 상황은 절대 사양이었다.

"총재께서는 '인터셉터 기술이전'이라는 두 단어의 의미를 전혀 모르고 계십니다. 산업전반에 미치는 파급력의 크기도 이해를 못하고 계시고요. 공부 좀 하신 다음에 찾아오십쇼. 돌아가세요."

"뭐……뭐라고?"

명백한 축객령, 한마디로 폭탄선언이었다. 일개 기업인이 여당 총재 앞에서 내놓을 수 있는 최악의 단어들의 조합. 박지웅의 눈빛이 심하게 흔들렸다.

"다……당신 지금 뭐라고 한 거요? 노인네를 1시간씩이나 기다

리게 해놓고 10분도 안 돼서 공부 좀 하고 다시 오라? 이런 무례가
어디 있소?"

박지웅의 언성이 높아졌지만 그의 어조는 변함이 없었다.

"무례는 총재께서 먼저 하셨습니다. 남의 집에 무조건 들이닥쳐
서 남의 재산을 내놓으라고 협박을 하셨으니까요. 이야기 끝났습
니다. 돌아가세요."

매섭게 말을 자른 그는 불쑥 자리에서 일어나 비서실 직원을 불
렀다.

"손님 나가신다. 모셔라."

그는 그대로 응접실을 나서 떠나는 박지웅을 쳐다보지도 않고
자신의 사무실로 직행, 책상에 앉자마자 아영을 호출했다. 근근이
찍어 누르고 있던 분노가 폭발하고 있었다. 아영은 금방 그의 방으
로 건너왔다. 아영이 책상 건너에 앉기가 무섭게 그가 말했다.

"이번 화력시험에 운사, 풍백 모조리 공개해야겠다. 민서하고 한
명석 실장에게 통보하고 준비시켜."

"응?"

"상황이 바뀌어버렸다. 준비해줘."

아직 준비는 부족하지만 이왕 미국과 얽힌 마당이라면 아예 대
놓고 일을 벌여버릴 생각, 자리에서 일어난 그가 얼떨떨한 표정으
로 바라보는 아영의 어깨를 두드렸다.

"박지웅 씨 계파 비리 좀 파봐라. 미국 쪽하고 어떻게 얽혀 있는
지도 알아보고. 버릇을 가르쳐놔야 분이 풀릴 것 같다."

"응. 알았어. 근데 민서 내 방에서 기다리는데 데리고 나가. 오빠

랑 퇴근 같이 할 생각인가 보던데?"

대한은 미소 짓는 아영의 발그레한 뺨을 톡톡 건드려주고는 함께 방을 나섰다. 로봇인 건 알지만 미안한 감정은 어쩔 수 없었다.

기무사 병력과 미래보안시스템 요원들을 겹겹이 둘러쳐 외부의 접근을 차단한 포천 소재 승진화력시범훈련장 뷰잉스탠드는 가벼운 흥분에 휩싸여 있었다. 합참 소속 중장급 이상의 고위 장성 19명만 참석한 자리지만 분위기는 대통령과 국방부 장관이 참석한 대규모 화력시범보다도 훨씬 더 고조된 분위기였다. 이유는 하나, 차영태 중장의 입김이 크게 작용한 때문이었다. 장성들이 뷰잉스탠드에 들어서자마자 차영태가 미래의 기술력에 대해 입에 거품을 물고 홍보를 한 것이었다. 최근 미래가 잇달아 내놓는 신기술 적용 제품들의 엄청난 가격과 수익을 생각하면 믿지 않을 수도 없었기에 장성들의 호기심은 시간이 갈수록 커져가고 있었다.

장성들의 호기심과 흥분이 정점에 달했다 싶을 즈음 뷰잉스탠드 내부에 둘러쳐진 대형 스크린들이 일제히 켜지면서 미래그룹 로고 치우천왕이 화려하게 모습을 드러냈다. 이어 유민서의 목소리가 스피커로 흘러나왔다.

"미래그룹의 화력시범에 참석해주셔서 감사합니다. 그리고 환영합니다. 대한민국의 자주국방을 위해 불철주야 노력하시는 여러분을 모시고 화력시범을 하게 된 걸 영광으로 생각합니다. 먼저 승진화력시범장을 내주시고 타겟으로 쓰일 폐 탱크와 벙커 등을 준비해주신 기무사 차영태 중장님께 감사를 드립니다. 오늘 보여드릴 무기들은 수년간 미래그룹이 극비로 추진해온 군수프로젝트의 결실로서 최고의 자료보안이 이루어져야 함을 알려드립니다. 모든 자료는 회수용이며 필요한 자료는 합참의장님과 기무사령관님을 통해 다시 배포될 것입니다. 그럼 지금부터 화력시범을 시작하겠습니다."

망원경을 꺼내든 장성들이 재빨리 일어나 창가로 몰려서자 유민서가 다시 말했다.

"먼저 보실 것은 MPEP-1 파동에너지 포의 대공요격 장면입니다. 대기중인 자주포 4문이 20발의 포탄을 연사할 것이며 발사와 동시에 이를 감지한 파동에너지포가 이를 요격할 것입니다. 최대 250개의 목표까지 동시에 요격이 가능하며 분당 1,000개의 목표를 동시에 제거합니다. 파동에너지포 개방."

유민서의 명령에 따라 뷰잉스탠드 바로 아래에 배치된 대형 직사각형 캐빈이 열리면서 위장색으로 덧칠이 된 파동포 포탑이 떠오르는 새벽의 붉은 태양 아래 최초로 모습을 드러냈다. 동시에 실내의 스크린에 파동 포탑 개방 장면이 떠올랐다. 해군 전투함에 채용된 일반적인 골키퍼와 유사한 형태, 그러나 포신이 상하 두 개였고 사이즈 역시 2배 이상이었다. 포탑이 올라탄 직사각형 형태의 플라즈마 발생기 사이즈 역시 포탑 길이의 두 배가 훨씬 넘었다. 다만 포신의 형태가 영화에서 보던 코일이나 구형의 발사구가 아니라는 것이 의외일 뿐이었다. 외부에 드러난 건 두툼해 보이는 포신 두 개가 전부였다. 유민서가 다시 말했다.

"시작합니다. 사격개시!"

투두둥!

유민서의 명령과 동시에 묵직한 폭음이 터졌다. 뷰잉스탠드 우측 산기슭에서 자주포가 발사된 것이었다. 이어 '위잉' 하는 모터소음과 함께 포신에서 터진 크지 않은 섬광이 모두의 눈길을 한꺼번에 끌어당겼다. 섬광에 눈을 주는 순간, 허공에서 4개의 화염이 동시에 터졌다. 다시 야포의 폭음과 섬광이 이어지고 계속해서 검붉은 화염이 새파란 하늘을 수놓았다. 입을 떡 벌린 차영태의 옆구리를 대한이 쿡 찔렀다.

"턱 빠집니다. 닫으세요. 후후."

"이……이게 정말 되는 건가?"

"벌써 이러시면 곤란합니다. 아직 멀었습니다."

"아……알겠네."

그러나 차영태의 입은 아직도 제대로 닫히지 않았다. 유민서의 말이 이어졌다.

"파동포의 구체적인 스펙은 각자의 책상 위에 놓은 회수용 자료들에 기록되어 있습니다. 참고하시길 바랍니다. 다음은 MSM-2 크루즈 미사일입니다. 목표는 뷰잉스탠드에서 가장 먼 산등성이에 있는 2번 에어리어 콘크리트 벙커입니다. 발사는 150킬로미터 떨어진 당사 시험장에서 시행됩니다. 화면을 봐주십시오."

화면에는 MLRS 다연장로켓 형태의 4발짜리 사각형 미사일 발사대가 떠올랐다.

"발사합니다. 헤드폰을 착용해주십시오."

장성들이 난간에 걸린 헤드폰을 쓰는 사이 미사일은 발사대 후미로 하얀 연기를 내뿜으며 일직선으로 허공으로 솟구쳤다가 곧장 가라앉아 지상 30m쯤에서 고도를 고정한 채 빠르게 순항하기 시작했다.

"동 크루즈 미사일의 기본 사거리는 2,000Km, 연료교체로 3500Km까지 연장이 가능합니다. 해수면으로부터 10미터 이내, 산악지형은 지상 50미터를 마하 2의 속도로 순항하며 관성항법과 지형영상대조 방식으로 목표물을 공격합니다. 탄두 크기는 2Kg에 불과하지만 파괴력은 기존의 TNT 2톤의 파괴력입니다. 이번 화력 시범에서는 탄두 크기를 1/20로 줄여 벙커와 그 지하 구조물들만을 파괴합니다. 오차는 반경 1미터입니다."

잠시 스크린에 나타난 화면과 3차원 컴퓨터 영상을 대조해보는 사이 포천 일대의 산지지형이 눈에 들어왔다. 그리고 눈 한번 깜빡이는 사이 벙커에서 날카로운 섬광과 시뻘건 불기둥이 동시에 솟구쳤다. 발밑을 뒤흔드는 묵직한 진동도 함께였다. 잠시 후, 연기와 먼지가 가라앉은 산등성이는 완전히 초토화되어 있었다. 콘크리트 벙커가 흔적도 없이 사라진 것은 물론이고 벙커 자리는 반경 20m 가까운 크레이터가 만들어져 있었다.

"우와……."

장성들의 입에서 터지는 탄성이 끝나기도 전에 유민서의 목소리가 다시 이어졌다.

"MCM-1 크루즈 미사일입니다. 발사과정은 동일하며 목표는 1번 에어리어에 있는 폐전차, 원격조정으로 움직이는 목표입니다. 동 미사일은 함대함, 공대함 미사일로 사거리는 200Km이나

400Km까지 연장할 수 있습니다. 유도방식은 하푼과 동일하나 종말유도에 영상대조 유도가 추가되어 명중률을 극대화했습니다."

유민서의 목소리가 끝나기가 무섭게 능선에서 빠르게 움직이던 전차가 불기둥과 함께 허공으로 불쑥 솟구쳤다. 다시 탄성, 유민서의 목소리가 이어졌다.

"이번 미사일은 MAV-1입니다. 목표는 2번 에어리어에 있는 아스팔트와 콘크리트 도로입니다. 동 미사일은⋯⋯."

유민서가 바이러스의 위력을 설명하는 사이 날아든 소형 미사일이 허공에서 폭발하면서 무수히 많은 자탄이 반경 30여 미터의 넓이로 조밀하게 쏟아졌다.

"효과를 바로 보시긴 어려울 것입니다. 미사일이 폭발한 직후 96시간 동안 아스팔트와 콘크리트가 젤화되어 뭉개지며 100시간 이후에는 굳어집니다. 96시간 이내에 유효지역 내의 아스팔트를 사용을 시도했다면 크게 망가진 형태로 굳어집니다. 유효 반경은 반경 10킬로미터, 단 오늘 사용한 미사일은 폭발 고도를 극도로 낮춰 자탄비산 범위를 좁혔고 바이러스의 분량도 기준치의 1/300로 줄여 반경 30미터만 영향권에 들어가게 조절했습니다. 이제 망원경으로 아스팔트 도로에 들어서는 우리 연구원의 발밑을 봐주십시오."

불과 몇 분 지나지 않았는데도 아스팔트 위로 올라선 연구원은 발목까지 빠지는 아스팔트에서 벗어나기 위해 한참 기를 쓰더니 종국엔 장화를 벗어놓고 겨우 빠져나왔다. 어수선해진 장내의 분위기가 채 가라앉기도 전에 유민서가 다시 말했다.

"다음은 MSM-1 대공미사일입니다. 고고도와 중고도 2개 스펙으로 제작되었으며 기본 사거리는 300Km, 속도는 마하 5입니다. 정면의 야산 정상 상공 500m에 무인 경비행기를 띄웠습니다. 요격 시작합니다. 발사."

부드러운 명령이었지만 발사대가 토해낸 섬뜩한 섬광은 하얀 연기기둥을 끌고 일직선으로 솟구쳤다. 미사일은 놀란 장성들이 들이킨 숨을 채 내뱉기도 전에 야산 정상을 가로지르던 경비행기의 궤적을 날카롭게 잘라먹었다.

"이번엔 MRG-1 레일건입니다. 차량이나 헬기에 탑재해 사용할 수 있도록 최소화한 기종으로 기본적으로 탄두의 폭발력이 아니라 운동 에너지로 목표를 타격합니다. 동 레일건은 포구 초속 1.0Km, 종속 마하 7, 30킬로미터 떨어진 목표를 반경 0.5미터 이내로 타격합니다. 분당 500발까지 연사가 가능하며 500발 연사 뒤에는 1분의 충전시간이 필요합니다. 동 화력시범의 목표는 야산 정상의 1번 벙커에 그려진 붉은색 원형 표적지입니다. 시범사격은 1발만 하겠습니다. 발사."

퉁!

대형트럭에 올라앉은 골키퍼와 동일한 사이즈의 납작한 포탑에서 낮은 파공음이 터졌다. 그리고 거의 동시에 산 정상의 콘크리트 벙커가 말 그대로 산산조각으로 터져나갔다. 완전히 박살이 난 벙커는 원래의 형상을 찾아보기조차 어려웠다.

"이제 제4 에어리어에 있는 폐전차 10대를 보아주십시오. 미래의 야심작! 공격헬기 MH-1 운사를 기꺼운 마음으로 소개합니다!"

유민서의 목소리는 조금 들떠 있었다. 운사와 풍백을 개발하기 위해 노심초사하며 고생했던 1년 반이 주마등처럼 눈앞을 스치고 있을 터였다.

짧은 침묵, 아무런 소리도 들리지 않았고 아무런 변화도 느껴지지 않았다. 모두의 얼굴에 의아한 표정이 떠오르는 순간, 강력한 흙바람이 뷰잉스탠드 우측을 훑고 지나갔다. 다음 순간, 첫 번째 전차가 시뻘건 섬광을 내뿜으며 순간적으로 허공으로 솟구쳤다. 레일건과 대전차 미사일 연사, 눈 깜짝할 사이에 쏟아진 5발의 탄두와 5발의 대전차 미사일은 단 한 치의 오차도 없이 순식간에 10대의 전차를 박살내버렸다. 불과 2, 3초, 사격을 마치고 빠르게 선회한 운사는 뷰잉스탠드 앞에서 낮게 호버링하며 검은색의 강렬한 카리스마를 뿜어냈다.

운사는 제자리에서 느릿하게 한바퀴 선회하면서 잔뜩 찌푸린 흑표범을 연상케 하는 정면의 섬뜩한 이미지와 날렵한 사이드뷰, 후미익에 들어가버린 후미회전익을 차례차례 보여주고 있었다.

"이……이게 도대체……."

차영태의 더듬거리는 질문에 대한이 답했다.

"사실 오늘 공개할 생각은 아니었는데…… 며칠 전에 박지웅 총재가 찾아와서는 제대로 염장을 지르는 바람에 공개해버리기로 했습니다. F-35 사오게 인터셉터 기술을 미국에 넘기라더군요."

"그……그랬나?"

"아파치롱보우 정도는 간단히 찜 쪄 먹을 기체입니다. 자세한 스펙은 스크린에 올라온 자료를 보세요. 다음달부터 양산이 가능합니다."

대한이 머리 위에서 손을 한바퀴 휘젓자 운사는 소리 없이 기수를 들어올리더니 순식간에 시야 밖으로 사라졌다. 그가 다시 말했다.

"아직 진짜가 남았습니다. 유 상무. 시작하세요."

"네. 회장님! 이제 마지막으로 오늘의 하이라이트를 보시겠습니다! 미래그룹 기술력의 자존심! 차세대 초음속 전투기 MF-1 풍백을 소개합니다! 최고 속도 마하5의 스텔스 기체로 위상배열레이더와 3차원 추력편향노즐 장착, 그리고 수직 이착륙 기체입니다. 객관적인 스펙은 화면을 참고하시고 오늘은 기체의 스텔스 능력과 초저공 선회능력 및 기동력만 확인하십시오. 시작합니다! 풍백입니다!"

유민서의 소개가 끝나는 순간, 야산 너머에서 새카만 기체 하나가 불쑥 솟아오르더니 미끄러지듯 산허리를 가로질러 뷰잉스탠드 앞에서 거짓말처럼 멈춰 섰다. 이어 호버링으로 20여 미터를 후진해서 지면으로 가라앉았다가 다시 떠올라 스탠드 바로 앞에서 횡으로 선회하기 시작했다. F-35보다도 다소 작아 보이는 기체였지만 이미지는 엄청나게 강력했다. 마치 싸움을 시작하기 직전의 웅크린 호랑이 같은 강력한 느낌이었다.

이미 달아오를 대로 달아오른 장내는 걷잡을 수 없이 시끄러워져버렸다. 전투기에 대해 잘 아는 군인에게 가장 인상적인 부분은 뭐니뭐니 해도 추력편향노즐과 생소한 전진익. 감탄사에 뒤섞인 전진익이라는 단어가 여기저기서 어지럽게 튀어나왔다.

대한의 차분한 목소리가 웅성거리는 장내의 분위기를 단숨에 잘라냈다.

"긴 이야기는 하지 않겠습니다. 공군에 확인하시면 한미연합사 대공 레이더에 풍백과 운사가 잡히지 않았다는 걸 아실 겁니다. 믿기 어려우시겠지만 풍백은 F-35 정도로는 대적이 불가능하고 랩터나 되어야 겨우 도전장을 내밀 수 있을 겁니다. 랩터라고 해도 조종사의 스킬이 비슷한 동등한 입장의 일대일 전투라면 80퍼센트 이상의 승률을 올릴 겁니다. 물론 조기경보기 등 전장 통제가 동일한 조건이어야겠죠. 현재 우리 군에 조기경보기가 없으니 만일의 경우 당사의 고공무인경보기를 이용해 전장통제를 돕도록 하겠습니다. 조기경보기의 경우 합참이 원하신다는 전제로 내년 12월에 완제품 3기를 납품할 수 있도록 조치하겠습니다. 조기경보기의 특성상 3기는 보유해야 제대로 기능을 발휘하게 될 겁니다. 차세대 위상배열 레이더의 개발이 끝났으니 장시간 체공할 수 있는 대형 기체만 입수하면 공군과 직접 링크할 수 있는 시스템을 구축해드릴 겁니다."

말을 마친 대한이 다시 머리 위에서 손을 한 번 휘젓자 거짓말처럼 서서히 떠오른 풍백이 순식간에 가속하면서 산정 너머로 사라졌다. 그가 말을 이었다.

"오늘 보신 자료들은 회수용입니다. 가격과 상세 스펙은 차영태 중장을 경유해 전달할 예정이며 운사와 풍백의 경우 당사 시험장에서 공군 실무진들이 시험비행에 참여할 수 있도록 조치하겠습니다. 이상 화력시범을 마치겠습니다. 질문은 실무진들이 받도록 하겠습니다. 가시죠."

유민서와 실무진에게 질문이 쏟아지는 동안 대한은 합참의장 최문식과 차영태 중장만 대동하고 별도로 분리된 회의실로 자리를 옮겼다. 자리에 앉자마자 최문식이 먼저 입을 열었다.

"내 오늘처럼 흥분한 건 평생 처음인 것 같아요. 신문지상에서 김 회장 이름을 많이 들었고 차 중장에게서도 귀가 따갑게 이야기를 들었지만 솔직히 이 정도인 줄은 몰랐소. 정말 대단한 일들을 해내셨소. 귀사 연구진에 심심한 감사를 드립니다."

"별말씀을요. 이제 겨우 시작입니다."

"그래요. 앞으로도 해야 할 일이 많겠지. 정식 계약이 성사되려면 우리 실무진과 많은 협의를 거쳐야 할 겁니다. 자…… 인사치례는 이 정도로 치워버리고…… 우리 단도직입적으로 이야기하십시다."

"말씀하십쇼."

"어제그제 따로 시간을 내서 차 중장과 예산 이야기를 길게 했는데…… 올해 합참이 전용 가능한 예산은 6천억이 전부요. 내년은 2조 1천억. 차세대전투기에서 남은 예산 1조 2천억과 육군 9천억이 전부지. 따라서 올해와 내년 예산 2조 7천억으로 최대한 효율적인 구매를 할 수밖에 없어요. 내년에 별도로 추경예산을 따게 되면 본격적인 구매가 가능하겠지만 내년에 더 이상의 구매는 어렵지. 그런데 두 사람도 알다시피 북한의 정세가 좋지 않으니까 북한에서 일이 터지면 긴급예산이 투입될 겁니다. 불행하게도 지금 당장 필요한 게 너무 많다는 게 문제지. 그래서…… 가격 네고도 좀 하고 외상도 좀 했으면 좋겠어요."

"외상이요?"

"쉽게 계산해서 당장 필요한 미사일 류 300여 기를 구매하고 나면 남는 예산이 2조 3천억, 그 걸로는 잘해야 풍백 20기, 운사 10기 정도면 끝이오. 다른 건 엄두도 못 낸다는 이야기에요."

"그런 셈이네요."

"그래서…… 올해 수익이 엄청나게 많이 나는 걸로 알고 있는데…… 면세를 조건으로 그 돈을 무기로 전용하는 방법을 생각해 봤어요."

"흠……."

대한은 턱을 고인 채 잠시 생각에 잠겼다. 올해 미래정밀과 소재가 낸 수익이 워낙 커서 대주조선 인수비용을 투자자금으로 빼내고 판매대금의 30퍼센트 이상을 해외 계좌에 남겨둔 상태로 정산을 해도 1조 이상을 세금으로 내야 하는 판이었다. 어차피 세금을 내야 한다면 차라리 무기로 내는 편이 훨씬 부담이 적었다. 그가 조심스럽게 고개를 끄덕였다.

"가능한 이야기로군요."

"내 대통령께 제안을 해서 합의를 끌어내겠소. 어차피 외부에 알려져서 좋을 일 없는 사안이니 대통령께서도 크게 토를 달지 않으실 거요."

"하지만 무기구매가 전면적으로 중단되면 외교적으로 곤란한 부분이 생길 텐데…… 대통령께서 반대하시지 않을까요?"

"글쎄? 그 양반 워낙 친미 인사라고 소문이 났고 외교적으로 실정도 많이 했지만 눈에 보이는 손익을 뒤집어 생각하는 사람은 아니에요. 게다가 요즘은 손발이 많이 묶인 마당이라 큰 걱정 안 해도 될 거요. 물론 미국 입장에서야 당장 시비를 걸겠지. 그렇지만 어차피 내년이면 전시작전권도 넘어오는 마당이니 더 끌려다닐 필요 없어요. 그리고 이런 상황이면 내가 그 꼴 더 못 봐. 내 목을 걸고라도 할 거요. 내년이면 임기도 얼마 남지 않아서 대통령도 마음대로 못해. 수틀리면 언론에 공포해버리고 사표 던지면 그만이야."

의외의 강경한 대답, 잠시 최문식의 단호한 표정을 마주한 대한이 가볍게 목례를 했다.

"감사합니다. 의장님. 솔직히 이렇게 강경한 이야기가 나올 줄은 몰랐습니다."

"그런가? 뭐 그렇게 생각하는 것도 무리는 아니지. 하지만 보통 사람들은 시커멓게 타들어간 우리 군인들의 속내를 몰라요. 외국인에게 항공기 하나 띄우는 것까지 일일이 참견당하는 게 어떤 심정인 줄 알아요? 사실 난 자존심 같은 거 버린 지 오래됐어요. 김회장 덕분에 내다버린 쓸개 되찾아오는 거지."

"……."

"자아…… 그럼 내가 결론을 내는 대로 미래 쪽에서 긍정적으로 처리해주는 것으로 믿고 일어나겠소. 나도 나가서 불건 구경 좀 해야겠어요. 신기한 게 워낙 많아서 말이오. 허허."

"감사합니다. 의장님."

대한은 환하게 웃으며 자리를 털고 일어서는 최문식의 등에 깊이 머리를 숙였다. 가슴 깊숙한 곳에서부터 우러러 나오는 진심을 담아서였다.

'당신 같은 군인이 진짜 대한민국의 힘입니다. 저는 저대로 도와드릴 방법을 생각해보겠습니다.'

MDD-1 치우

정식 인수절차가 끝난 미래조선은 신임 사장의 부임으로 묘한 긴장감 속에 갇혀 있었다. 강성노조원 상당수가 이미 해고 조치되고 과장급 이상 간부들의 일괄사표가 제출된 마당에 인수자인 신임 사장이 부임했으니 긴장이 될 수밖에 없는 분위기였다. 하지만 전반적인 사내의 분위기는 크게 나쁘지 않았다. 인수회사인 미래금융 산하 기업들의 연봉수준이 대주조선 임금수준의 150퍼센트를 상회하고 있었기 때문이었다. 특히 도산 직전까지 몰렸던 미래정밀의 눈부신 변신은 사원들의 사기를 올리기에 충분하고도 남음이 있었다. 문제라면 미래정밀과 다름없이 토요일 일요일이 없는 강행군을 해야 한다는 점뿐이었다.

화력시범이 끝난 휴일 아침, 대한은 일찌감치 유민서와 함께 거제로 내려와 안상일 신임 사장과 얼굴을 마주했다. 안상일을 대주조선으로 발령 내면서 유민서도 미래정밀 사장으로 승차시킨 상태, 덕분에 유민서의 입이 댓발은 나왔으나 방법은 없었다. 조금은 미안한 표정이 된 안상일이 얼른 유민서에게 자리를 권했다.

"어서 오십시오. 회장님, 그리고 유 사장님."

"저 버려 놓고 사장되니까 좋아요?"

유민서가 장난스럽게 안상일의 인사말을 받았다.

"아이고. 이러지 마십쇼. 사장님. 안 그래도 저 죽을 맛입니다. 여기 시스템이 워낙 엉망이어서 최소한 석 달 열흘은 헤매야 할 것 같습니다. 후후."

거제도가 좋은 점 몇 가지를 거론하면서 잠시 신변잡기를 나눈 세 사람은 찻잔을 들여놓은 비서실 직원이 나가자 정색을 하고 본론을 꺼내기 시작했다.

"김아영 전무님의 지적대로 관리직 숫자가 너무 많았습니다. 정규직 인력만 9,514명인데 연구직은 1,016명, 현장 3,419명, 나머지 5,000여 명이 전부 일반관리직입니다. 특히 일반관리직 과장급 이상의 인력이 1,201명으로 너무 많고요. 역삼각형까지는 아니지만 비슷한 수준의 인력구성입니다. 필수 인력만 남긴다고 보면 관리직은 당장 2,000명 이상 감원을 해야 합니다. 게다가 장시간 인수합병설이 오가는 통에 상당수 고급 인력이 이직을 했고, 때문에 쓸 만한 인재도 많지 않습니다. 이래서는 정말로 대대적인 조직개편과 통폐합이 동시에 이루어져야 할 것 같습니다."

대한이 느릿하게 고개를 끄덕였다.

"그럴 겁니다. 계획은요?"

"김아영 상무님의 조직개편 지시서가 내려와 있습니다. 하지만……."

"하지만 뭡니까?"

"회장님과 상무님의 개혁의지도 있고 저도 인력구성을 바꾸지 않으면 경영이 불가능하겠다는 생각은 합니다. 하지만 일부는 재고해주셨으면 합니다."

"구체적으로 말씀을 하세요."

"지시서대로라면 사실상 차장이상 80퍼센트에 과장급 30퍼센트 퇴출입니다. 자칫 집단적인 저항을 불러올 수도 있고 거제 일원의 경제문제도 고려해야 하니…… 규모는 다소 조정을 했으면 합니다."

"그렇게 하세요."

"네?"

의외의 대답에 당황한 안상일은 서둘러 대한의 안색을 살폈다. 그러나 대한의 얼굴은 완벽하게 무표정이었다. 안상일이 말을 삼키자 대한이 말을 받았다.

"거제 일원의 경제문제는 한동안 심각할 겁니다. 어차피 피할 수 없어요. 그러나 장기적으로 보면 임금인상과 외부인 출입의 증가로 충분히 회복이 가능할 겁니다. 다만 퇴출 인력이 문제인데…… 일단 안 사장께서 원하는 만큼만 시행하시고 그룹에 남기를 원하는 사람들은 미래투자개발과 보안시스템으로 발령을 내리세요."

"투자개발로요?"

"미래투자개발에 따로 오더를 내렸어요. 거제를 관광지화 하는 방법을 찾으라고요. 해양역사박물관이나 해양연구소 쪽을 적극적으로 검토할 겁니다. 우리나라는 삼면이 바다면서도 해양연구는 초보수준을 벗어나지 못하는 상황이어서 해양연구 분야는 장기적인 투자가 필요한 부분입니다. 이참에 본격적인 연구소를 만들어 볼 생각이에요. 공사가 시작되면 거제 일원의 경제는 자연스럽게 살아날 것이고 인력도 많이 필요하니까 퇴출 인력의 상당수를 흡수할 수 있을 겁니다. 조직개편 발표 전에 관련 홍보만 좀 하면 자진해서 나가는 사람들도 제법 나올 거고요. 뒷일은 투자개발에 맡기세요. 어차피 이곳 보안시스템도 강화해야 하니까 인력은 턱없이 많이 필요할 겁니다."

"……."

"솔직히 다들 한 가족의 가장들인데 무조건 쳐낼 수가 없어서 길을 만드는 겁니다. 솔직히 그분들 미덥지는 않습니다. 대부분 잡생각이 많은 사람들이라 건설과정에서 뒷주머니를 찰 가능성이 높습니다. 신경 쓰이는 일이죠. 그래도 아주 죽으라고 할 수는 없으니 다른 길을 열어주는 겁니다. 거기서도 그 모양이면 그때는 완전히 잘라내는 수밖에 업겠죠."

"알겠습니다. 감사합니다. 회장님."

"자…… 그럼 MDD-1 치우 이야기 좀 하십시다. 아까 보니까 작업은 거의 마무리된 것처럼 보이던데?"

"예. 인수 작업 때문에 일정상 문제는 좀 있었습니다만 필요한 작업은 완전히 끝났답니다. 일단 제가 점검해보고 관련 도면과 자료들까지 치우에 실어 올려보낼 생각입니다. 2, 3일만 시간을 주십쇼."

"좋습니다. 마무리 깔끔하게 해주시고 자료가 유출되거나 남지 않도록 신경 써주세요. 우린 포구로 나가서 회나 한 접시 하고 서울로 올라가겠습니다."

"괜찮으시겠습니까? 식당에서 같이 하셔도 될 텐데."

"괜한 소란 만들지 말죠. 다른 스케줄 때문에 급히 서울로 가야 합니다. 그럼 이만."

대한은 붙잡는 안상일을 뿌리치고 포구의 작은 횟집에서 간단하게 저녁을 때운 다음 곧장 거제를 떠났다.

서울로 올라가는 비행기 안에서 대한은 갑자기 시간이 아깝다는 생각이 떠올라 한탄하듯 유민서에게 말했다.

"쩝…… 이거 조선에 한 번 내려오면 길바닥에다 시간을 너무 깔아버리는데?"

"할 수 없지 뭐. 거리가 있으니까."

"아냐. 뭔가 대책을 세우자."

"흠…… 그럼 이거 어때요? 어차피 운사 공개해버렸으니까 개인 항공 허가내서 보안시스템에다 맡기죠? 외부에 보이는 무장만 떼어버리고 운사 한두 대 넘기지 뭐. 회사 사장이나 경영진들 타고 다니게 하면 좋잖아요. 시간도 절약하고 훨씬 안전하잖아."

"오호…… 그거 괜찮은 생각이네. 전역하는 조종사 몇 명 더 확보해봐라."

"좋아요. 솔직히 내가 오빠 보러 갈 때도 시간 너무 걸려. 정밀에서 본사까지 3시간 넘게 걸린다니까?"

"이 녀석 흑심이 먼저네. 후후. 어쨌든 그렇게 하자. 이런 시간은 너무 아깝다."

"알았어요. 두 대 더 생산하도록 조치할게."

"좋아. 그럼 그건 됐고…… 그런데 생각보다 미국이 조용하네?"

"왜요? 또 무슨 일 있어요?"

"아니. 우리가 화력시범을 한 게 월요일이니까 벌써 닷새가 지났는데…… 조용한 게 이상해서 말이야. NSA나 CIA가 우리 화력시범 상황을 모를 리가 없잖아. 떠버리 장성들도 몇 참석했으니까 대충이라도 이야기가 넘어갔을 거야. 타이밍만 잘 맞았으면 위성사진도 찍었을 거고…… 평소 미국 아이들 스타일상, 무작정 들이대기라도 할 건데. 이상해."

"들이대?"

"사실 미국 방위산업체 입장에서 우리 군은 엄청나게 큰 고객이야. 일본 빼면 쓸데없이 비싸기만 한 미국무기를 대규모로 살 수 있는 유일한 아시아 국가거든. 장비 링크 때문에 바가지 씌우기도 만만하잖아. 그런데 우리가 지들보다 한 발 앞서가는 무기를 발표하면 가만히 있겠냐?"

"가만 안 있으면 어쩔 건데?"

"어쩌긴. 맘에 안 들면 주한미군철수 하겠다고 떠들어대면서 압박하면 정부는 또 두 손 들 거야. 미군이 빠져나가면 중국하고 일본 사이에서 또 총질 당할 거라고 생각하니까. 이상스런 이념 논리에 묶여서 캐스팅보드가 되겠다고는 전혀 생각 못하거든."

"그래서 뭐?"

"통합 데이터 링크 어쩌고 하면서 관련 자료들 빼서 자기들 군산복합체에 내주겠지. 발상전환 아이디어와 정확한 스펙만 있으면 아무리 거창한 무기라도 생산은 크게 어려운 게 아니니까 말이야."

"아휴…… 모르겠다. 난 정치 이야기 나오면 머리 아파. 난 시키는 거나 열심히 개발할 테니까 그런 건 오빠가 다아~ 알아서 해. 지금은 그냥 이렇게 쉬고 싶어."

유민서는 대한의 어깨에 뺨을 기댄 채 그냥 눈을 감아버렸다.

김포에 대기하던 경호팀 차량에 유민서를 태워 정밀로 내려 보낸 대한은 즉시 아영에게 전화를 걸어 미국대사관과 NSA, CIA를 뒤져 미래 관련 보고가 있었는지 확인하라는 지시를 내리고 차 안에서 잠시 눈을 붙였다. 뒤늦게 피곤이 몰려오고 있었다.

회사에 도착하자 곧바로 아영이 건너왔다. 첫마디 역시 예상대로였다.

"미국 대사관하고 NSA에 비상 걸렸어."

"쩝…… 당연하겠지. 대놓고 소문을 내버렸으니까."

"구형 SSL 터널링 암호화 지시문이 대사관과 CIA 동아시아 지부로 내려왔어. 전투기나 공격헬기는 우려할 수준이 아니라고 애써 무시하는 어조였지만 기체에 사용된 스텔스 물질의 종류와 파동포, 레일건의 스펙과 성공여부는 무슨 수를 쓰던 정확히 확인하라는 지시야."

"흠…… 그 정도로 생각해준다면 다행이네. 당분간 시간은 벌수 있겠다. 일단 보안 레벨만 D2로 올리자."

미래보안시스템에서 사용하는 보안수준 등급은 S, D1, 2, 3 등 4개 등급으로 나누어져 있었다. D3는 평소, D2는 가시적인 위협이 있을 경우, D1은 실질적인 침투 기도가 있을 경우, S는 전시에 준하는 요원 총동원령이었다. 아영이 고개를 끄덕였다.

"알았어. 그리고 오늘 부로 미래금융이 보유한 태연건설 지분이 6퍼센트를 넘었어."

그간 꾸준히 사 모으던 공중파 방송국 SBC의 최대주주 태연건설의 주식, 6개월 넘는 집요한 매수를 계속했지만 아직도 6퍼센트가 전부였다.

"그래도 제법 많이 모았네?"

"응. 그런데 사주일가의 주식이 계속 시장에 나오고 있어서 상황을 알아봤더니 전처하고 둘째아들이 자신의 명의로 된 주식을 몰래 팔고 있어."

"얼마나 되는데?"

"두 사람 합쳐서 8.2퍼센트."

"호오. 많네?"

"응. 가족에게 무슨 일이 있는지 주식값이 많이 오르니까 조금씩 내놓는 거 같아. 아예 한꺼번에 사들여버리면 일이 쉬울 거 같은데…… 정식으로 지분매입 신고하고 인수해버리면 어때?"

"가능하면 그렇게 하는 게 좋지. 일단 관련자료 수합해서 어르신에게 부탁해라. 접촉이 가능하다면 조용히 처리해주실 거다."

"응. 알았어. 그리고 미래정밀 태양열 발전소 완공됐어. 이제 미래정밀에 들어가는 전력은 자체로 공급하게 될 거야. 모레 완공식엔 오빠도 참석해야 돼."

"잘됐네. 다른 건?"

"특별한 건 없어. 핵반응로는 예정대로 내년 상반기 목표로 시제품 제작에 들어갔고 양자컴퓨터는 레이저트랩과 초전도체 문제 때문에 시간이 좀 걸릴 것 같아."

"그렇겠지. 젠장! 할 일은 태산인데 매일 제자리 걸음이네."

"왜? 또 할 일이 남았어?"

아영의 반문에 그가 한숨을 길게 내쉬었다.

"휴…… 그래. 아직도 인공위성하고 해상세력이 남았다. 해상세력이야 미래조선 잠수함, 구축함 기술자들 데리고 차분하게 시작하면 되는데 인공위성이 문제야. 개뿔 손에 쥔 게 아무것도 없잖아. 지금까지처럼 우격다짐으로 끌어간다고 해서 해결될 문제도 아니고 말이야. 솔직히 돈도 너무 많이 들어. 내년에 당장 북한 문제가 터지면 여력도 없을 거고. 그래서 말인데……."

"이야기해."

"그 머시냐 보잉아이들 '하이퍼소아' 어쩌고 하는 스페이스 셔틀 비슷한 거 하나 설계해봐라. 어차피 사이즈 때문에 치우로는 곤란하니까 우리도 미국 아이들처럼 거기다 발사대 만들고 인공위성 쏴버리자. 어때?"

이미 마무리 단계에 들어간 미국의 '하이퍼 소아Hyper Soar'는 마하10.0의 속도로 출격 2시간 이내에 전세계 어디든 폭격이 가능한 다목적 기체였다. 또한 비행고도 35km에서 인공위성을 발사해서 발사 비용을 획기적으로 절감하는 다목적 용도로도 활용하고 있었다. 아영이 고개를 갸웃하며 말했다.

"뭐 설계야 얼마든지 가능하긴 한데…… 소형기체하고는 많이
달라서 엔진제작에 시간이 많이 걸릴 거야. 인력, 자금 턱없이 많
이 들어가고."

"그래도 일단 해보자. 멍청한 백인들도 만드는데 우리가 못 만들
이유 없다. 시간을 두고 천천히 가더라도 시작은 해야지. 도면 나
오면 벌써 반은 한 거잖아. 후후."

"호호. 알았어. 최대한 쉬운 방법을 찾아볼게."

그는 마주 웃음을 보이는 아영을 가볍게 안아주고는 곧장 자리
를 떴다. 출국준비가 끝난 미래포스 발대식에 참석하려면 서둘러
움직여야 했다.

대한이 44명의 미래포스 대원과 146명의 미래보안시스템 할호
골 파견대의 출국신고를 받는 사이, 미국대사관은 새로운 문제로
골머리를 앓고 있었다. 동경의 CIA 동아시아 지부장 하켄이 날아
온 건 둘째치고, 연달아 NSA 공작국의 아시아 담당 B그룹 수석인
에드워드가 직접 서울로 날아온 것이었다. 이유는 하나. NSA가 서
울, 경기 일원에 깔아놓은 46개 감청타워가 하루만에 모조리 작동
불능에 빠진 것이었다. 일단 외부에서 침투한 바이러스로 추정했
지만 근본원인은 파악이 불가능했다.

대사관 지하에 마련된 반도청 회의실, 모인 사람은 캐슬린 대사,
하켄, 에드워드 그리고 NSA와 CIA 필드요원 6명이었다. 에드워드
가 짜증스럽게 말했다.

"그래서? 데이터베이스는 물론 CPU까지 한꺼번에 날아가버렸다는 이야긴가?"

"안타깝지만 그렇습니다."

"복구 가능성은?"

"현재로선 방법이 없습니다. 리부팅 자체가 먹지 않고 CPU를 교체해도 데이터를 읽지 못합니다. CPU와 하드를 모두 교체해야 할 것 같습니다."

"제기랄! 46개 타워를 모두 교체하려면 예산이 얼마인지나 알아! 감청범위를 넓히라는 명령이 내려오자마자 이게 무슨 꼴이야!"

"미안합니다. 에디."

"욕 나오는군. 빌어먹을! 최대한 빨리 물건을 공수하게. 유타에 있는 예비물품 목록에 10대 분이 있어. 지급으로 가져와서 미래그룹을 감청할 수 있는 곳을 최우선으로 복구하게."

"알겠습니다."

"그리고 하켄. CIA쪽은 뭐 좀 나온 거 있나?"

"별거 없습니다. 미래그룹의 보안체계가 워낙 막강해서 해킹은 불가능합니다. 본사 건물에 근접해서 지향성도청기를 사용해보려 했는데…… 전부 작동불능이 되더군요. 아무래도 회사주변에서 강한 지향성 전자파가 발생하면 무작위로 공격하는 것 같습니다. ECM으로 외부를 감시하는 것으로 판단합니다."

"ECM? 전투기에나 사용하는 것 말인가?"

"예. 어쩌면 이번 NSA감청타워 사고도 이들의 소행일 수도 있습니다."

"빌어먹을. 말 안 되는 소린 하지 말게. 그건 아냐. NSA 감청타워가 뉘 집 개 이름인 줄 아나? 그만한 방화벽도 없이 무슨 일을해. 어딘가 심각한 오류가 생겼다는 이야기인데…… 문제해결은일단 젖혀놓고 우선 미래그룹 감청에 집중하세."

"요즘은 미래그룹에 대한 이야기가 신문지상을 뒤덮고 있어서일반적인 정보는 많이 얻을 수 있습니다."

"그래? 종합된 게 있나?"

"종합까지는 아니라도 일반적인 건 제법 있습니다."

"좀 보지."

하켄이 따로 가지고 있던 서류케이스에서 두툼한 파일 뭉치를꺼내 넘겨주며 말을 이었다.

"일단 미래그룹은 인터셉터라는 이산화탄소 포집기부터 기적의신약이라고 떠들어대는 안티캔서, 안티에이즈, 신형 솔라셀, 솔라페인트, 수소연료, 최신 나노섬유까지 정말 정신없이 신기술들을쏟아내고 있습니다. 아닌 말로 어디 UFO에 납치됐다 돌아왔나 싶을 정도입니다. 거기다 몽골 오지 일부를 조차해서 대규모 식량과지하자원 소스까지 확보했습니다."

"젠장! 인터셉터 때문에 고민하게 만들더니 결국 걸림돌이 되는군. 우리 거라고 생각했던 이산화탄소 배출권 조약이 우리 발목을잡을 줄 누가 알았나. 이래가지고는 한국시장 예속은 물 건너 가버린 셈이야. 이것들 도대체 어디서 튀어나온 것들이지? 배경조사는좀 해봤나?"

"예. 지난 며칠 화력시범 이후 미래금융 경영진의 뒷조사를 좀 해봤는데 재미있는 것이 있더군요."

"이야기해보게."

"일단 김대한과 김아영은 사촌간이고 유태현과 유민서는 조손간입니다. 김대한과 유민서는 깊은 사이로 보이고요. 김대한과 김아영 둘 다 미국에서 공부를 했고 김아영 상무는 시민권을 가진 재미교포였습니다. 2세인데…… 부모는 모두 사망했습니다."

"였다? 과거시제로군. 지금은?"

"2년 전에 한국에 입국하면서 미국국적을 포기하고 한국국적을 정식으로 취득했습니다. 미국 내에서의 행적은 모호합니다."

"흠…… 남들은 얻으려고 기를 쓰는 미국국적을 그냥 포기했다?"

"돈이 많으니까요. 돈만 많으면 어디든 살 만하죠. 어쨌든 두 사람은 유럽과 일본, 동남아시아 등지의 주식시장에 투자해서 큰 돈을 번 것으로 보입니다. 본격적으로 한국에 투자를 시작한 것은 김아영 상무가 한국국적을 취득한 3년 전부터로 판단합니다. 지금도 두 사람의 재산이 얼마인지는 아무도 모른답니다."

"젠장! 결국 우리 재산이 될 수도 있던 엄청난 돈줄을 손 놓고 있다가 놓쳤다는 이야기로군. 국무성은 도대체 뭐하고 자빠진 거야. 이런 친구들이면 제때 잡았어야지. 나머지 둘은?"

"유태현 사장은 사채업으로 돈을 번 거부입니다. 손녀인 유민서는 카이스트라는 한국 내 과학기술대학원에서 박사학위를 밟던 재원이고요."

"만난 계기는?"

"유태현이 조폭들과의 충돌로 난처할 때 김대한이 도와줬다는 설이 유력합니다. 그때부터 김대한과 유민서가 사귀기 시작한 것으로 보입니다. 그리고 김대한, 김아영 두 사람은 동양무술에도 일가견이 있는 것으로 판단합니다."

"머리 아픈 친구들이로군. 지난 화력시범에는 어떤 무기들이 나왔는지 알고 있나?"

"정확하지는 않습니다. 일단 단거리 미사일 몇 종류와, 장사정 야포는 확실한 것 같고……. 전투기와 공격헬기가 나왔다는데 한미연합사의 방공망에는 잡히지 않았습니다."

"그래? 위성으로도 흐릿하게 나오기는 했는데 그 지역만 이상하게 화질이 좋지 않았네. 일단 따로 끌고 가서 전시한 것 아닌가 싶어. 가격대는 어떤가?"

"마찬가지 정확한 데이터는 없습니다. 다만 개인적으로 친하게 지내던 합참장성 하나가 회의석상에서 장황하게 떠든 이야기로 유추하면 전투기는 F-35 가격과 유사하고 공격헬기는 롱보우하고 유사한 수준일 것 같습니다. 크루즈 미사일 가격은 차이가 좀 있고요."

"F-35와 유사하다? 헬기는 롱보우? 말이 돼?"

"얼핏 이상하다고 느낄 수 있지만 개발비를 조기에 상계한다고 생각하면 말은 됩니다. 한국정부가 큰 바이어는 아니니까요. 아마 20대든 30대든 개발비 상각이 끝나고 나면 가격을 대폭 떨어트릴 겁니다. 아시다시피 아직은 한국이 F-35에 필적할 기체를 만들 수 없습니다. T-50훈련기도 핵심은 우리 부품이고 어쩌다 우수한 기체를 만들었다고 해도 레이더나 주변부품들이 따라와주지 못하면 전력상 차이는 없습니다. 제 판단이지만 잘해야 F-16 수준일 겁니다. 국방성이 우려하실 정도는 아니라고 봅니다."

"흠……."

에드워드는 양손으로 얼굴을 부비며 몇 번 심호흡을 했다. 생각할 일이 생길 때마다 습관적으로 하는 행동, 잠시 파일 안에서 나온 대한 등 네 사람의 사진을 훑어본 그가 다시 말했다.

"CIA 고위층의 반응은 어떤지 모르겠지만 국방성과 NSA는 이번 사건을 매우 심각하게 받아들이고 있네. 사실 올해 하반기 발주를 예상했던 F-15 10기와 중고 아파치롱보우 매입이 중지돼서 촉각을 곤두세우는 중이야. 만일 그것이 미래그룹의 화력시범에 나온 것들 때문이라면 일이 커져. 민감한 부분이라 확실하게 해둘 필요가 있네. 우리도 B그룹 현지 요원을 풀가동할 생각이니 CIA도 미래그룹과 관련된 정보를 최대한 끌어 모아주게. 이 네 사람과 관련된 일이라면 화장실 가는 시간까지도 알아야겠어. 극단적인 이야기까지 나오는 판이니까 정신들 바짝 차리게."

"알겠습니다. 안 그래도 동아시아 지부는 비상입니다."

에드워드가 책상을 툭툭 두들겨보고는 캐슬린 대사에게로 시선을 돌렸다.

"그리고 대사께서는 일차 한국정부와 합참에 슬쩍 압력을 넣어주세요. 예정된 구매가 중단될 경우 향후 유지보수에 심각한 문제가 발생할 거라고 말입니다. 그렇지는 않겠지만 만에 하나 미래그룹 물건들이 가격 경쟁력이 있고 품질도 쓸 만하다면 제안 자체가 거부될 가능성이 높습니다. 그럴 경우엔 F-35와 아파치롱보우 신형기체의 가격을 다운시켜서 서둘러 다시 오퍼를 넣어야 합니다. 연습기 정도라면 몰라도 실전에 배치될 전투기가 자체 개발이 되기 시작하면 걷잡을 수 없습니다. 싹은 애초에 잘라야죠."

"설마 그럴까?"

"미사일 사거리 제한 풀리자마자 1,500킬로미터짜리까지 단숨에 국산화하는 걸 보십시오. 모르는 일입니다."

"일단 업계에서 밀어내자는 이야기로군."

"그렇습니다."

"알겠소. 약속을 잡아보지."

"전 김대한이라는 자를 직접 만나보겠습니다. 옆구리 한 번 찔러놓고 반응을 봐야겠어요. 조만간 쫄딱 망하게 될 거라는 걸 알면 어떤 반응일지 궁금합니다. 후후."

요원들을 그냥 남겨둔 채 서둘러 회의실을 나선 에드워드는 대사관 정문에서 대기하던 캐딜락을 타고 곧장 국방부를 찾았다. 방문 대상은 국방부 차관 고성철, 군 출신이 아닌 행정관리로 유창한 영어덕분에 새 정부 들어 고속으로 승진한 전형적인 관료였다. 에드워드의 공식 직함이 국방성 동아시아담당 부수석이니 모양새에 문제는 전혀 없었다. 고성철은 현관까지 나와 있었다.

"어서 오세요. 에드워드 부수석."

F-15 전투기 도입 건으로 몇 번 얼굴을 맞댄데다 거액의 리베이트 문제까지 마주앉아 처리한 사이라 어색한 점은 없었다. 반갑게 악수를 나눈 두 사람은 사무실로 들어가지 않고 에드워드의 차를 이용해 근처의 조용한 이탈리아 음식점을 찾았다. 간단한 식사가

들어오고 와인을 따른 웨이터가 사라지자 에드워드가 먼저 입을 열었다.

"그간 훤해지셨습니다. 고 차관."

"훤해지긴요. 주름살만 늘었지요. 그래 무슨 바람이 불어서 여기까지 날아오셨소?"

"솔직히 만나볼 사람이 있어서요. 고 차관께서 줄을 대주셨으면 합니다."

"오. 그래요? 누굽니까? 에드워드 부수석이 줄까지 대서 만나고 싶은 사람이."

"그게…… 미래그룹 김대한 회장을 좀 만났으면 합니다."

의외의 인물인 셈, 고성철이 입가를 비틀었다.

"김대한 회장? 그 친구 요즘 유명세를 타서인지 건방이 하늘을 찌르던데? 아마 어려울 겁니다. 새파랗게 젊은 친구가 국방부 차관인 내 호출도 무시해버리는 판이오."

"허…… 그래요? 방위산업체를 경영하는 사람이 국방부 차관의 호출을 무시한다? 정말 웃기는 친구로군. 그럼 그냥 전화나 한 통 해주십시오. 내가 찾아갈 거라고 말입니다."

"흠…… 워낙 콧대가 센 친구라 가능성은 희박하지만 전화는 해볼 수 있소."

"그냥 어디 있는지만 확인하고 내가 그리 찾아간다고 해주십시오. 그 정도면 됩니다."

"뭐 그 정도야 뭐 어렵겠소. 언제가 좋소? 전화를 넣어두겠소."

"오늘밤에 만났으면 싶습니다. 시간이 없어서요."

"아! 그럼 지금 전화하지. 잠깐만 기다리시오."

"감사합니다. 고 차관."

"별말씀을. 작년에 미국에서 신세진 일을 생각하면 이 정도는 아무것도 아니죠."

지난 F-15 추가발주 때 고급 콜걸까지 붙인 거창한 접대를 받았던 기억이 아직도 생생한 상황, 사람을 만나게 해달라는 정도는 아무것도 아니었다. 그가 물었다.

"용건은 뭐라고 할까요?"

"국방성의 중요한 메시지를 전달하러 왔다고 하시면 거절은 못할 겁니다."

"알겠소. 잠시만 기다리시오."

자신있게 전화를 꺼낸 고성철은 잠시 후, 몇 군데 전화를 걸어보고는 고개를 설레설레 저으며 말했다.

"참나. 이거 정말 앞뒤 없는 친구일세."

"왜요?"

"본인과는 통화도 못했고 비서실은 스케줄 때문에 곤란하다고 딱 자르네요. 10시 넘으면 회사로 돌아온다니까 본사로 찾아가면 될 겁니다. 남매가 아예 본사 20층 꼭대기에 숙소를 만들었다더군요. 웬만해서는 외부로 나오지 않는다고 들었어요. 일단 간다고 이야기를 해버렸으니까 밀어붙여 보시오."

"그럼 됐습니다. 모양새는 영 빠지지만 젊었을 때 영업하던 생각하면 아무것도 아닙니다. 감사합니다. 고 차관. 대신 내일 밤에 시간을 좀 내주십시오. 서울엔 괜찮은 호스티스 바들이 많은 것 같던데…… 제가 제대로 한 번 대접하고 싶습니다."

"뭐 그거야 그러십시다. 하하."

"워싱턴에선 백마를 타보셨으니 서울에선 다른 시도를 해야겠지요? 하하."

음담패설을 섞어가며 자연스럽게 공통주제인 워싱턴에서 있었던 파티에 대한 이야기를 꺼낸 에드워드는 기분 좋게 대화를 이끌며 식사를 마쳤다.

시간은 8시, 아직은 좀 이른 시간이지만 에드워드는 즉시 고성철과 헤어져 미래그룹 본사가 있는 파주로 직행했다. 얼마나 잘난 놈인지 당장 얼굴을 보고 싶었다.

대한은 불쾌한 표정으로 본사 현관을 통과했다. 한밤중 10시가 넘어서 찾아온 불청객, 하지만 화력시범 이후 미국의 첫 번째 반응이니 만나볼 가치는 있었다. 50분 이상 기다렸다고 했으니 약속도 없이 멋대로 찾아온 대가도 약간은 치른 셈이었다.

2층 응접실로 들어서자 창가에 서 있던 에드워드가 느릿하게 돌아섰다. 무표정한 얼굴, 기분이나 생각을 읽기는 어려워 보였다. 그가 한국어로 말했다.

"내가 김대한이오."

"만나서 반갑소. 국방성 아시아담당 부수석 에드워드요. 에디라고 부르시오."

예상외로 유창한 한국어, 에드워드는 갸웃하는 그의 얼굴을 빤히 건네다 보았다. 대한의 표정도 변화가 없기는 마찬가지였다. 그가 소파에 걸터앉으며 말했다.

"앉으시죠."

"고맙소. 소문이 자자한 김대한 회장을 드디어 만나는군요. 사업이 잘 되시는 모양입니다?"

"시간이 늦어서 차는 대접을 못하겠군요. 왜 찾아오셨죠? 국방성과 할 이야기는 없는데요?"

동문서답에 가까운 적의가 느껴지는 목소리, 에드워드가 정색을 하며 말을 받았다.

"다른 건 아니고…… 미래그룹에 한 가지 제안을 하러 왔습니다."

"제안이요?"

"국방성과 미래그룹 둘 다 윈윈이 될 수 있는 제안입니다. 동생 분도 그렇고 두 분 다 미국에서 공부를 하셨던데…… 그렇다면 두 분과 미국과의 인연도 많은 편이고…… 알다시피 미국과 한국도 오랜 동맹관계입니다."

"그래서요?"

"국방성과 미래그룹도 전략적인 동맹을 맺자는 거죠. 우리 군산복합체들과 동등한 조건을 제시하죠. 가령 국방성의 직접 투자로 1억 달러 정도를 미래에 투자하고 대신 미래는 국방성이 원하는 제품을 개발하는 겁니다. 물론 개발비는 그때그때 별도로 지급될 것이며 한국정부처럼 작은 바이어가 아니라 미군을 상대하는 일이니 귀사의 매출 규모도 그만큼 커지게 될 겁니다. 어떻습니까?"

대한은 잠깐 에드워드의 눈동자를 노려보았다. 무심해 보이는 에드워드의 엷은 갈색 눈은 철저하게 가라앉아 있었다. 그가 고개를 갸웃하며 말했다.

"갑자기 동맹과 투자를 거론하는 이유를 모르겠군요. 제 뒷조사까지 상세히 하셨으니 잘 아시리라 생각합니다만 미래는 외부 차입금이 거의 없는 회사입니다. 물론 미국정부도 원하시는 상품은 언제나 구매하실 수 있고요. 굳이 미래에 투자를 하실 이유는 없습니다."

"거절인가요?"

"아. 그건 아닙니다. 거절이라기보다는 빚이 싫다는 겁니다. 남의 돈으로 쫓기면서 사업을 하고 싶지가 않아서요."

"자신만만하군요. 하지만 세상일은 김 회장 생각처럼 그렇게 만만한 것이 아닙니다."

"글쎄요. 전 만만하게 생각한 적 없습니다."

한 치의 양보도 없는 팽팽한 설전, 이야기는 제자리를 맴돌고 있었다. 에드워드가 슬쩍 말을 돌렸다.

"그런데…… 얼마 전에 거창한 이벤트를 했다고 들었습니다. 반응은 괜찮던가요?"

"남의 나라 극비 사안입니다. 부수석께서 꺼낼 이야기가 아닌 것 같습니다만?"

"아! 그런가요? 난 그저 미래그룹의 미래가 걱정이 돼서 한 이야기입니다."

"왜요? 또 덤핑이라도 하시고 싶으신가요?"

연달아 몇 마디 독설이 더 오가자 에드워드가 정색을 하면서 말했다.

"이거 싸우러 온 것도 아닌데 꼴이 우습게 됐군. 하지만 이건 꼭 기억해두시오. 그 인터셉터인가 뭔가로 이산화탄소 배출권 시장을 선점했다고 큰소리를 치는 모양인데…… 수틀리면 미국이 이산화탄소배출 축소조약 참여를 철회해버릴 수도 있소. F-35를 아예 반값에 덤핑해버릴 수도 있고."

대한은 피식 웃었다. 상대는 막말을 하고 있었다. 기분이 상했다는 의미이거나 의도적인 협박일 터, 기죽을 이유는 없었다.

"아. 그런가요? 그럼 덤핑하세요. 저하곤 상관없는 일이니까요. 한국정부에서는 좋아하겠네요. 뭐 이산화탄소 배출권 문제도 필요 없다고 우기시던지. 환경문제에서야 항상 거꾸로 가는 미국이니 별 이상할 것도 없겠지요. 대신 나도 미국엔 인터셉터 판매를 중지하고 미국 국적자들은 암이든 에이즈든 미래병원에서 진료하지 않겠소. 신경이 좀 쓰일 겁니다. 당장 줄 서 있는 인원이 꽤 되니까요."

"그런 쓰레기들 몇 놈 더 죽는다고 미국이 무서워할 것 같소? 대를 위한 희생은 언제나 필요한 거요."

"글쎄요. 암센터에 등록된 대기자 명단에 현직 상원의원이 세 명이나 들어가 있던데…… 미국도 정치인은 쓰레기인가 봅니다?"

"……"

에드워드가 일순 말을 잃고 움찔하자 그가 재빨리 말을 이었다.

"저도 오랜 동맹국을 폄하할 생각은 없습니다. 다만 한국을 미국의 쓰레기장이나 봉쯤으로 생각하는 건 곤란하다는 뜻입니다."

"그럴 리가 있겠소. 중고무기 매각 건 때문에 그러는 모양인데…… 그건 한국이 필요한 무기가 재래식일 뿐이지 우리의 의도와는 상관없소. 사실이 그렇고 말이오."

예상했던 대답, 대한의 얼굴에 비릿한 미소가 맴 돌았다.

"뭐 당연히 그렇게 이야기하겠죠. 하지만 그런 생각을 계속 유지하게 되면 미국도 그만한 대가를 치르게 될 겁니다."

명백한 경고성 멘트에 에드워드의 눈매가 날카롭게 치켜떠졌다.

"뭐요? 대가? 이거 말이 좀 과하군. 그 말에 대해 책임질 수 있소?"

"확실히 해두죠. 난 부수석이 우려하는 것처럼 반미주의자가 아닙니다. 당신들이 제멋대로 38선을 그었고 때문에 나라가 분단된 것까지는 탓하지 않겠소. 당시 최고의 이슈였던 이데올로기로 인해 한국전에 참전했겠지만 어쨌거나 나라가 어려웠던 시절 미국의 도움을 받았던 건 사실이니까요. 물론 난 친미주의자도 아닙니다. 그저 '대한민국의 국익'이 모든 것에 우선할 뿐입니다. 어쩌면 국수주의라고 손가락질 당할 일일지도 모르지요. 그러나 세계평화니 인류공영이니 하는 어줍지 않은 개똥철학은 내 앞에 꺼내놓지 말아주십시오. 미국이 세계평화를 위해 노력한다는 헛소리도 빼주시고요. 아무도 믿지 않으니까."

"국익이라……."

에드워드의 눈가에 불쾌한 기색이 스쳤지만 담담한 어조는 유지되는 편이었다. 가볍게 고개를 가로저은 에드워드가 말을 이었다.

"물론 미국도 국익이 우선입니다. 그러니 미국 젊은이들이 한국의 방위를 분담해주는 만큼 반대급부를 받아야겠지요. 안 그런가요?"

"후후. 반대급부라…… 재미있군요. 말은 5:5라고 하지만 사실상 주둔 비용의 70퍼센트 이상을 한국정부가 부담하고, 비싸기만 한 미국무기 사주고, 폐각비용 때문에 고민하는 중고무기들 처리해주고, 아무짝에도 쓸모없는 미사일디펜스 참여해서 퍼주고, 첨단이라고 떠드는 같잖은 잡동사니 보충부품 구입하고…… 예문이 더 필요하십니까?"

"그건 또 무슨 소리요? 미군은 한국정부가 원해서 주둔한 것이고 나머지 사안도 한국의 요구에 의거해 한국군의 수준에 적합한 무장을 지원하는 것뿐이오."

에드워드의 뻔뻔한 반문에 대한의 입가에서 웃음기가 사라졌다.

"그럼 내일이라도 한국에서 미군을 철수시켜달라고 하면 하시겠습니까? 모르긴 몰라도 아마 국방성은 펄쩍 뛸 걸요? 중국의 태평양 진출을 대만과 필리핀, 일본열도로 절묘하게 틀어막았지만 한 가지 빠진 게 있죠. 만일의 사태에 대비한 지상군의 상륙 교두보, 한국은 중국과 러시아 동부를 공략하는데 없어서는 안 되는 전략적 교두보입니다. 거기다 비용까지 100퍼센트 다 뽑아먹는 만만한 교두보인데 포기할까요? 절대 아닐 겁니다. 그리고 내가 미군을 한국에 주둔시켜달라고 이야기한 적 없습니다. 그런 이야기는 정부와 하시지요."

"웃기는 궤변이로군. 좋소. 거절로 받아들이지. 하지만 명심하시오. 이대로 가면 차제에 사업자체를 접어야 할 날이 올 거요. 다시 말해 미국을 적대시하지 말라는 이야기에요."

"이야기 끝났군요. 난 미국을 적대시하는 것이 아니라 미래그룹

의 기업비밀을 지키려 하는 것뿐입니다. 오해는 하지 마십쇼. 안녕
히 돌아가세요."

대한은 가볍게 목례를 하고 자리에서 일어섰다. 생각 같아서는
괌까지 와 있는 랩터와 풍백의 공중전을 유도해서 아예 코를 부러
트려 놓고 싶었지만 잽 정도 날리러 온 똘마니에게 공중 돌려차기
를 안길 생각은 없었다. 따지고 보면 애증이 겹쳐진, 딱히 적국이
라고 할 수도 없는 나라, 언젠가 진짜 적으로 돌아설지도 모르지만
아직은 시기가 한참 이른 셈이었다. 북한 문제를 정리한 이후에나
마음을 결정해야 했다.

에드워드가 울그락푸르락 하며 회사를 떠난 뒤 이십여 일이 지
났지만 한미 양국 정부로부터 특별한 압박은 가해지지 않았다. 무
기의 실체를 정확히 모르니 막연한 압박은 어렵다고 판단한 모양
이었다. 대신 조각조각 시간을 잘라 정신없이 뛰어다니는 대한에
게 희소식이 먼저 날아들었다. 때 이른 눈발 휘날리는 11월 24일,
마침내 위그선 MDD-1치우가 검푸른 남해의 수면 위에 처음으로
그 위용을 드러낸 것이었다. 대한과 아영이 직접 거제로 내려와 배
를 인수한 것은 물론이었다.

해상으로 나온 치우는 거의 완벽해진 모습이었다. 애당초 견인
선으로 한강까지 끌고 갈 계획이었으나 대주조선을 인수하면서 계
획을 대폭 수정해버렸다. 좌우 날개 끝에 올라갈 레일건 2기 등 중
량물 장착작업은 조선사 도크를 개조해서 외부와 차단한 뒤 마무
리하고, 파주에서는 미사일과 항공기 등 일반무장을 탑재하는 작

업만 시행하기로 결정한 것이었다. 물론 원반형 위상배열 레이더가 올라갈 자리가 간이 커버로 마감되고 탐사선이 올라앉을 선수의 움푹 파인 타원형 요철도 어딘지 허전한 상태였다. 그러나 카멜레온 도료로 휩싸인 전장 120m에, 날개길이를 포함한 전폭 150m, 전고 32m짜리 거대한 유선형 동체만으로도 보는 사람 모두의 심장을 격렬하게 두들겨 깨우고 있었다.

"부상!"

대한의 명령과 동시에 아영이 메인스위치를 가동했다.

위잉……잘 들리지도 않는 나직한 모터 소음, 두 사람이 기대앉은 함교는 탐사선 치우와 거의 유사한 디자인으로 마감되어 모든 것이 낯익은 편안한 기분이었다. 서해상에서 탐사선을 탑재시키게 되면 모든 것이 완벽하게 자동으로 전환이 되겠지만 당장은 일부 기능을 수동으로 조작해야 했다.

우릉!

낮게 으르렁거린 동체가 수면 위로 완전히 떠오르자 도크에 늘어선 작업자들의 입에서 일제히 환호성이 디져나왔다.

"우와! 진짜 뜬다!!"

장장 1년 5개월에 걸친 기나긴 작업을 끝내는 기분 좋은 환호였다. 그가 나직하게 말했다.

"가속! 시속 100Km!"

"가속. 시속 100."

아영이 함교 컨트롤 패널 몇 곳을 두들기자 가벼운 진동과 함께 기체가 전진하기 시작했다. 순간적인 가속, 의자 속으로 몸이 끌려

들어간다는 느낌이 들 정도로 가속은 무시무시했지만 소음은 거의 느껴지지 않았다. 엔진 소음도 60데시벨 이하로 대단히 작았지만 실내의 차음遮音 작업까지 완벽해서 바람소리조차 함교로 스며들지 않았다.

"서해상으로 나가자. 치우부터 태워야지. 시속 300까지 올려라."

"응. 시속 300."

빠르게 남해를 돌아나온 위그선은 태안 인근까지 직행해 만리포 서쪽 20Km해상에서 정지했다.

"치우는?"

"부상시켰어. 1분 후 도킹이야."

"나가보자."

"응."

대한은 아영을 데리고 서둘러 함교 위로 올라갔다. 난간을 잡지 않으면 단숨에 날려갈 것 같은 강풍에다 칠흑의 하늘, 제법 악천후였지만 6개의 엔진이 통제하는 위그선은 미동조차 거의 느껴지지 않았다.

잠시 후, 수면을 스치듯 빠르게 접근한 치우가 부드럽게 상공을 선회하더니 슬로우비디오처럼 느릿하게 위그선 선수 위로 내려앉았다. 무려 1년 넘게 바다 속에 가라앉아 있던 물건답지 않게 탐사선의 외관은 깔끔한 모습 그대로였다. 그르륵하는 쇠 긁는 소리가 한두 번 선체를 울리고 나자 아영이 말했다.

"선체통제를 인수하기 위한 준비작업에 10분 정도가 필요해. 문제없이 마무리 될 거야. 우린 들어가."

"그래. 들어가자."

함교로 내려오자 아영이 재빨리 컨트롤패널을 점검하면서 말했다.

"풍백하고 운사 탑재예정 기체 출격시켰어."

군에 납품할 기체와는 달리 치우에 탑재할 풍백과 운사는 모두 무인기체였다. 치우 본체의 컴퓨터가 직접 기체를 통제할 예정, 4,000만 개 이상의 고등연산을 동시에 수행하는 멀티태스킹 양자컴퓨터이니 전투기 4대의 통제쯤은 아무것도 아니었다. 그가 고개를 끄덕였다.

"2대씩 4대던가?"

"응. 탑재 마무리하고 격납고로 들어갈 거야. 앞으로 30분 정도 시간 걸려."

"그럼 난 좀 쉴게. 오늘은 정말 피곤하다."

"응. 쉬어. 난 충전하면서 선체 통제로직들만 다시 점검할게."

대한은 고개만 끄덕이고 등받이에 깊숙이 몸을 기댔다. 왠지 모르게 든든해지고 마음도 편해졌다. 아닌 말로 모든 것을 잃고 길바닥에 나앉는 최악의 상황이 닥쳐도 몸을 빼 쉴 곳이 생겼다는 생각, 마지막 순간에도 마음 편하게 잠을 잘 수 있는 공간이 드디어 마련된 셈이었다.

칼 대장간에서 쟁기 만들기

　시대를 막론하고 세상에서 가장 앞서 가는 과학기술은 무기다. 새삼 몇 가지 예를 거론한다면 U보트를 찾기 위한 소나가 어군탐지로 이어졌고, 조준선 안정화를 위한 디지털 영상추적기술이 카메라로, 군사위성이 상업위성으로, 전차의 무한궤도 통제를 위한 액티브서스펜션과 항공기 제동에 사용된 ABS가 자동차로 넘어왔다. 예를 들자면 한이 없다. 따지고 보면 인류의 역사는 그 대상이 사냥감이든 적이든 상대보다 우수한 무기를 확보하기 위한 무한경쟁의 역사라고 해도 과언이 아니다.

　해가 바뀐 새해의 첫날, 대한이 빼든 사업계획도 숱하게 많은 보유기술의 대대적인 민수 전환이었다. 물론 필요에 맞춰 다운스펙된 것들이지만 시장에서의 충격은 가히 천지개벽에 가까웠다. 가장 먼저 반도체 선두주자인 이성그룹에 네오디움나노합금 초전도체 생산설비 매각, 자동차와 건설이 주력인 한대에는 메탄가스에서 전기와 수소를 동시에 생산하는 EHS 플라즈마 모듈 및 수소연료 모듈 판매, 한영에는 하이드레이트 시추와 채굴 설비를 매각하는 것으로 본격적인 기술 확산을 시도했다.

물론 기술이전 범위를 놓고 사내 핵심 멤버들 사이에서 적지 않은 논란이 있었지만, 설비의 해외매각이나 기술이전을 금지하고 거액의 다운페이먼트와 로열티에서 충분한 수익을 확보하는 선으로 연구진을 다독일 수 있었다. 그리고 마지막으로 장기계획의 하나였던 러시아 폐유전 개발을 발 빠르게 발표해버렸다.

그 결과는 불과 석 달만에 터져 나온 이성반도체의 비메모리 나노 프로세서 출시와 끝을 알 수 없는 유가폭락이었다. 연초 120달러 언저리를 오가던 유가는 불과 한 달만에 100달러 이하로 떨어지더니 3월 중순에는 급기야 반 토막을 쳐버렸고 종국엔 30달러 선에서 턱걸이를 한 채 오락가락하고 있었다. 덕분에 전후 최고의 호황을 구가하던 에너지 메이저들과 중동국가의 상황은 삽시간에 급전직하, 추락에 추락을 거듭했다. 하다못해 건설 중인 중동의 플랜트 현장들까지 조업을 중단한 채 애꿎은 시간만 죽이고 있었다.

한 술 더 떠서 옥수수나 사탕수수를 이용해 연료를 만들던 에탄올 제조업체들은 아예 줄 도산을 시작했고 덕분에 정신없이 폭등하던 곡물가격도 연일 약세를 이어가고 있었다. 인텔 등 비메모리 분야에서 선두를 달리던 회사들은 더 심각했다. 성능부터 가격까지 아예 대책이 없는 상황에서 주식가격은 무저갱으로 곤두박질쳤고 관련 주가까지 덩달아 폭락하면서 가뜩이나 금융대란 이후 격하게 흔들리던 미국의 주식시장은 붕괴의 조짐까지 내보이고 있었다.

당황한 미국정부의 손길이 대한을 향해 뻗쳐온 것도 그 격동의 4월이 시작되는 첫 번째 일요일이었다.

"예산은 이 정도면 충분할까요?"

대한의 질문, 그룹기획실로부터 새로 설립할 미래대학교 기획안을 보고받는 자리였다. 이제 막 40대로 들어선 그룹기획실장 박용호는 미래제약에서 건져낸 몇 안 되는 진주 중 하나였다. 명문대학 출신은 아니었지만 대세를 보는 눈만큼은 타의 추종을 불허할 만큼 정확해서 대한조차 가끔은 시장성을 판단할 때 그에게 자문을 구할 정도였다. 박용호가 얼른 말을 받았다.

"예. 회장님. 3,000억 원이면 향후 2년간의 예산으로 충분합니다. 개략적인 설명을 드릴까요?"

"그래주세요."

"일단 첫 해에는 기초과학, 공학, 의학 등 3개 계열, 총 35개 학과에 각 30명씩을 뽑고 전원 기숙사에서 생활, 전액 장학금을 지급하되 1학년 말에 7명, 2학년 말에 3명을 탈락시켜서 최종 졸업자는 20명으로 한정합니다. 졸업자는 전원 미래그룹이 취업을 보장하며 입학생 및 졸업생 숫자는 매년 10명씩 늘려 잡겠습니다. 교수진은 세계 최고의 대우를 해주는 조건으로 국내외 대학의 30대 중반부터 40대 초반까지의 젊은 교수들을 스카우트할 방침입니다. 현재 94명을 확보했습니다. 경영, 신방, 국제법, 금융계열은 2년제 대학원만을 운용하기로 했습니다. 마찬가지 전액장학금에 10명을 뽑아 6명만 학위를 줍니다. 초 년도에 제외된 문과계열은 4년 차부터 학부 학생을 뽑는 것으로 시행계획을 잡았습니다."

가볍게 고개를 끄덕인 그가 서류에 서명을 하며 말했다.

"좋습니다. 괜찮은 학생이 많으면 더 뽑아서 더 졸업시켜도 됩니다. 그리고 모든 면에서 최고로 대우해주세요. 그 아이들이 대한민국의 미래입니다."

"예. 회장님."

"대신 철저한 경쟁체제로 운영하세요. 놀고먹는 대학이 되어서는 절대 안 됩니다. 학생들은 정말 죽어라 공부해야 하고 교수들도 그룹 연구소들과의 프로젝트에서 가시적인 실적을 내놓지 못하면 즉각 도태시키세요. 누가 됐든 10년 전 강의노트를 그대로 써먹게 해서는 곤란합니다. 학칙에 아예 명기하세요."

"명심하겠습니다."

"다른 건요?"

"회계처리에 문제가 좀 있습니다. 예정대로라면 올해 순수익이 너무 많이 납니다. 최소한 15조 이상입니다. 절세를 생각해서 입금 시점을 조절해야 할 것 같습니다."

"흠…… 생각해봅시다. 하지만 근본은 법대로 하는 겁니다. 세금은 정상적으로 납부하도록 하세요. 어차피 여름이 지나면 따로 써야 할 곳이 많이 생길 겁니다. 정확한 건 연말결산 후에 결정해야겠지만 계획상으로도 최소한 10조는 올해 안에 미래연구소와 해양연구소, 그룹사 신규설비에 투입할 겁니다. 1조 정도는 할흐골에 넘어가야 할 거고요. 그리고 대략 2조 정도는 사내 유보자금으로 이월한다는 생각을 하세요. 마지막으로 암재단 등 비영리 재단에

3,000억 정도 기부하고 5,000억은 직원들 연말 상여금으로 돌리세요. 직급에 상관없이 똑같이 나누세요."

"5,000억이나요? 현재 그룹사 전 직원의 숫자가 19,000명 선입니다. 직원 한 사람당 2,500만 원이 넘어갑니다."

"알아요. 그냥 세금으로 내느니 직원들 나눠주고 직원들이 조금씩 세금을 내게 합시다. 강행하세요. 그리고 회사가 내야 하는 세금은 전부 무기로 환산해서 군에 넘어갈 겁니다. 그룹사 전체가 미래정밀에서 무기를 구입해서 세금으로 납부하는 형태를 취하세요."

"알겠습니다."

"하반기가 되면 변수가 많이 생길 겁니다. 7월을 기준으로 여유자금을 충분히 확보하도록 하세요. 이유는 때가 되면 자연히 알게 될 겁니다."

"예. 회장님. 그럼 나가보겠습니다."

"수고하세요."

결재판을 받아든 박용호가 깊이 머리를 숙인 뒤 방을 나서자 곧바로 아영이 들어섰다.

"오빠 지금 나가봐야겠는데?"

"응? 왜?"

"대통령께서 만나자셔."

"엥?"

"조금 전에 청와대 비서실에서 전화 왔어. 오늘 오찬 같이 하자는데?"

"쩝…… 귀찮은데…… 벌써 10시 30분이네. 갑자기 왜 부르지?"

시간을 확인한 그가 입맛을 다시자 아영이 말을 받았다.

"어제 라이자 미국 국무성 장관이 급히 청와대를 찾아갔던데 아마 그것 때문일 거야. 경기가 원체 심각하니까 손을 벌렸겠지. 대통령도 무시하긴 어려웠을 거야."

"흠…… 뭐가 될지 좀 알아봐라. 백악관하고 국무성 문건들 좀 뒤져봐."

"알았어. 시간 없으니까 같이 이동하면서 확인해줄게."

"그래. 이빨 빠진 호랑이긴 하지만 명색이 대통령인데 가보긴 해야지. 나가자."

임기 초부터 '얼리덕' 이라는 말이 나올 정도였으니 12월로 다가온 대선을 앞둔 대통령은 실제로 이빨 빠진 호랑이나 다름이 없었다. 시점상 대통령을 만나는 것이 부담스러울 일은 아니었다. 즉시 마음을 결정한 대한은 나가는 길에 잠시 비서실에 들러 오후 스케줄을 모두 취소시키고 곧장 청와대로 향했다.

TV화면에서나 보던 낯익은 이한우 대통령의 얼굴을 마주한 건 그로부터 만 2시간이 지난 12시 40분이었다.

"안녕하십니까. 대통령님. 김대한입니다."

그는 정중한 목례로 인사를 대신했다. 애당초 대선 때도 찍지 않았고 내놓는 정책마다 속 터지는 것들뿐이어서 이한우에 대한 이미지는 그다지 좋지 않았다. 하지만 미래를 급진적으로 키워나가는 동안 크게 딴죽을 걸지 않아준 건 사실 감사해야 할 일, 최소한 기업하는 사람들을 편하게 해주겠다는 공약만은 지킨 셈이었다. 이한우가 미소를 머금은 채 말했다.

"앉읍시다. 김 회장. 진즉에 만나봤어야 하는 사람인데 너무 늦은 감이 있군."

"별말씀을요."

의례적인 인사말을 마친 그가 자리에 앉자 이한우가 숟가락을 들며 식사를 권했다. 식탁은 제법 풍성한 한식으로 채워져 있었다. 어색한 식사가 끝나갈 무렵 이한우가 본론을 꺼내들었다.

"사실 김 회장 덕에 내가 하야 하지 않고 임기를 마칠 수 있었소. 그 점은 감사하게 생각하고 있어요."

틀린 말은 아니었다. 기록적인 경기침체와 환율폭락, 원유가 폭등, 곡물가 상승 등으로 속수무책 무너져 내리던 한국경제를 지난 몇 년 동안 미래가 떠받치다시피 한 모양새였던 것이다. 사실상 미래 덕분에 탄핵을 당하지 않았다고 이야기해도 이견을 내놓을 사람은 거의 없었다. 그러나 대통령이 일개 기업인에게 네 덕에 임기를 마칠 수 있었다고 이야기하는 건 분명 파격적인 일이었다. 이한우가 말을 이었다.

"상전벽해라고…… 요즘은 내가 외국 나가면 큰소리치면서 상전대접을 받아요. 세상 참 우습지 않소? 허허."

"……."

"합참의장에게 이야기 들었어요. 대단한 물건들을 군에 납품했다면서?"

"그렇게 됐습니다."

"그 점 역시 감사해야겠군. 이거 김 회장에게 감사할 일이 너무 많은데? 후후. 한국 돈은 연일 초강세. 기름값은 폭락에다 곡물가격까지 바닥을 치고 있으니 걱정거리가 하나도 없어요. 가만히 있어도 알아서 나라가 핑핑 돌아가더군. 그런데 엉뚱한 데서 걱정거리를 만들어줬어요. 한번 들어주겠소?"

"말씀하십쇼."

"오늘 내가 하고 싶은 이야기는 두 가지에요. 하나는 어제 들이닥친 라이자 씨가 내놓은 문제고 다른 하나는 저기 북쪽에 김정일 씨 이야기에요. 이거 어쩌다보니 둘 다 사람이야기가 됐네."

피식 웃은 이한우가 잠시 천정을 올려다본 다음 천천히 말을 이었다.

"어려운 이야기부터 합시다. 라이자 씨 이야기를 그대로 전하자면…… 올해 노벨물리학상을 김 회장에게 줄 테니 초전도체 기술을 이전해달라고 하더군. 물론 이성반도체와 동일한 조건으로 로열티는 지불하겠다는 게야."

그는 씩 웃었다. 노벨상? 당연히 같잖은 소리였다.

"노벨상 따위엔 관심 없습니다. 짜고 치는 포커판에 끼어서 빵부스러기나 얻어먹고 싶은 생각은 없으니까요."

그의 냉담한 반응에 이한우는 난감한 표정이 되어 고개를 주억거렸다.

"그런가? 그럼 이거 이야기가 어려워지겠는데?"

"그리고 아무런 연관도 없는 해외업체가 협력 관계에 있는 국내업체와 똑같이 대우해달라고 요구하는 건 억지입니다."

"물론 그렇지. 하지만 입장이 좀 난처해요. 일본의 움직임도 심상치 않고 말이오. 사실 일본은 상대적으로 원유와 곡물가 쌍끌이 하락의 덕을 상당히 보는 셈이라 당장은 찍 소리 없지만 무역수지 적자폭이 이 상태로 계속 줄어들면 공격으로 돌아설 가능성이 높거든. 안 그래도 미·일 양국 모두 우리가 중국 좋은 일만 하고 있다는 식의 시선이 강하니까 말이오. 유가와 식량 때문에 고전하던 중국을 우리가 살려줬다는 이야기요."

"쩝…… 솔직히 어처구니가 없네요. 사실, 고유가와 곡물가 폭등에 진짜 중상을 입었던 건 우리 아닌가요? 자구책도 내지 말라는 이야기입니까?"

"후후. 시비를 걸자면 뭘로는 못하겠소. 그저 그렇다는 이야기지. 외교하는 사람들이 가져다 붙이는 요상한 수식어들에 대해서는 크게 신경 쓸 거 없어요. 어쨌든 무역 분쟁을 원하냐는 식으로 우기는 판이니 정치적으로 어느 정도는 양보를 해야 할 상황이에요. 특히 미국의 경우는 무역수지가 너무 일방적이거든. 김 회장이 선처를 좀 해줘야겠어요."

당장 대미무역의 경우 1사분기에만 벌써 290억 달러 이상의 무역수지 흑자를 기록했고 일본 역시 적자폭이 3억 달러 선까지 현저하게 줄어들어 있었다. 이대로 연말을 맞게 되면 대미 무역수지 흑자규모는 1,000억 달러를 간단히 넘길 기세였고 대일 무역수지가 흑자로 돌아서는 건 시간문제였다. 결국 미국의 불만은 당연했고 한국정부 입장에서도 어디선가 해소를 생각해야 할 판이었다. 잠시 그의 표정을 살핀 이한우가 다시 말을 이었다.

"사실 무기수입을 전면 중단한 상태여서 정부가 해줄 수 있는 건 기껏해야 기존 보유 무장의 보충부품을 선매입하고 정부기관의 소모품 수입선을 미국으로 돌리는 정도인데…… 액수가 그리 크지 않아요. 잘해야 5억 달러나 될까? 밀이나 육류를 사들이는 것도 사실 한계가 있어요. 우리 농촌의 입장을 생각 안 할 수 없으니까 말이오. 처음엔 이성반도체와 전략적 제휴를 거론하더니 나중에 슬그머니 김 회장 이야기가 나오더군. 내 보기에 라이자는 미래의 원천기술을 넘겨받겠다는 생각으로 날아온 것 같소. 결국 만족할 만한 답은 김 회장만이 줄 수 있다는 뜻이지."

대한은 이한우의 말을 귓등으로 들으며 내심 열심히 계산기를 두드렸다. 일단 계약조건을 놓고 질질 시간을 끌다가 연말쯤에 설비를 넘겨주면 잘해야 내년 여름에 인텔의 신형 프로세서가 시장에 나온다. 선발주자인 이성을 잡으려면 무조건 물량과 가격으로 승부해야 할 테니 당연히 엄청난 대규모 라인을 깔고 일전불사로 밀어붙일 공산이 크다.

거기에 초기 설비 판매가격과 기술이전비용을 크게 잡고 로열티를 축소하면 인텔 측의 초기 부담은 더 커질 터, 마지막으로 인텔의 나노프로세서가 출시되는 시점에 맞춰 양자컴퓨터를 시장에 내보내면? 답은 간단했다. 한순간에 거대기업 인텔을 도산위기까지 몰아갈 수도 있다. 물론 나노프로세서가 여타 산업에 미치는 파괴력을 생각하지 않을 수 없지만 이미 이성이 나노프로세서를 시중에 내놓은 마당에 미국업체들의 구입을 인위적으로 배제할 방법은 없다.

일단 기술유출을 금지하고 회사에 문제가 발생해 도산하거나 설비를 매각하려 할 경우 미래가 최초 인수협상권을 가지며, 인수가 성사되지 않으면 미래 측 인사의 입회하에 핵심부품을 폐기한다는 정도의 독소조항 하나를 집어넣으면 형식적이긴 해도 당분간은 인텔의 발목을 잡을 수 있을 터, 낚시질 떡밥으로는 제법 쓸 만했다.

'가만…… 이러면 이성과 합작회사쯤 하나 만들어서 아예 세상을 한 번 들었다 놓는 것도 괜찮은 생각이지? 까짓 거 니들이 원한 거니까 준다. 어디 죽도록 고생 좀 해봐라. 이것들아. 나도 왕년엔 잔머리하면 알아주던 사람이야. 계산 끝!'

재빨리 머릿속 계산기를 접은 그가 짐짓 짜증스런 표정을 지으며 말했다.

"굳이 양보를 해야 한다면 7, 8개월 정도 여유를 두고 이성반도체가 충분한 시장을 확보한 이후로 했으면 싶습니다. 구체적인 설비매각 조건은 제가 직접 라이자 장관을 만나보고 결정하겠습니다."

그의 긍정적인 반응에 이한우의 얼굴이 환하게 밝아졌다.

"다행이군. 역시 직접 이야기를 하는 게 낫겠지. 라이자 장관은 지금 영빈관에 있으니 건너가 보십시다."

"아닙니다. 대통령께서는 슬쩍 물러서 계시는 편이 여러모로 모양이 낫습니다. 주더라도 챙길 건 다 챙기고 줘야죠."

"아. 그렇겠군. 습관이 되어서 말이오. 비서관에게 저쪽에 통보하고 안내하라 전하지요. 나머지 이야기는 끝내고 돌아와서 합시다."

"예. 그럼 이만."

방을 나선 대한은 곧장 비서관의 안내를 받아 영빈관으로 건너갔다. 미리 통보가 갔는지 라이자는 응접실에서 찻잔을 든 채로 그를 기다리고 있었다. 그가 한국어로 말했다.

"내가 김대한입니다."

"라이자요. 앉으십시다."

대답은 영어, 그러나 영어로 이야기하고 싶은 생각은 추호도 없었다. 소파 건너편에 기대앉은 그는 굳게 입을 다문 채 무심한 표정으로 라이자의 얼굴을 건네다 보았다. 잠시 어색한 침묵이 흐르자 라이자가 먼저 입을 열었다.

"대통령께 용건 이야기는 들으셨소?"

여전히 영어, 그의 대답은 한국어였다.

"개략적인 이야기만 들었습니다. 장관께서 전략적 제휴를 원하신다고 말씀하시더군요. 바로 본론을 꺼내시죠."

그가 줄기차게 한국말을 하자 당황스런 표정이 된 라이자가 문가에 서 있는 사내에게 무어라 소리쳤고 즉각 밖에서 대기하던 정장차림의 한국계 여성이 재빨리 뛰어왔다. 빠른 말들이 몇 마디 오가고 나자 여자가 대한에게 정중하게 목례를 하며 말했다.

"통역하겠습니다."

"그러시죠. 하지만 라이자 장관의 말은 통역할 필요 없습니다. 내 이야기만 장관에게 전하시되 더하고 빼는 것 없이 그대로 직역하세요."

"알겠습니다."

"말씀을 듣겠다고 전하세요."

여자가 통역을 하자 라이자가 입가에 웃음을 빼물며 말했다.

"이것도 자존심인가요?"

"여긴 한국입니다. 한국어를 못하시면 통역은 항상 가까이 데리고 다니셔야죠?"

"기억해두지요."

"네오디움나노합금 초전도체 설비를 사겠다는 의사를 표명하셨다 들었습니다."

"그렇소. 이미 세계 최대인 이성반도체가 비메모리 분야까지 독점하게 되면 미국은 시장을 보호하기 위해 수입을 막는 수밖에 없어요. 한국도 그런 상황은 바라지 않을 것으로 알고 있어요. 그래서 대통령께서도 적극적으로 김 회장과의 만남을 주선하신 겁니다."

"그런 문제라면 미래와는 직접적인 관계가 없는 일입니다. 이성반도체와 인텔 사이에 협의되어야 하는 사안인 것 같네요. 내가 거론할 문제는 아니라고 봅니다."

"물론 그렇지요. 하지만 이성반도체가 비메모리 분야까지 치고 들어온 건 미래가 넘겨 준 초전도체 때문입니다. 사실 무역은 양측이 윈윈이 될 경우에 이루어지는 겁니다. 그런데 지금은 완전히 일방적으로 흐르고 있어요. 이 대통령께서도 이 심각한 무역역조를 해소하려는 노력을 해야 한다는 데 동의했습니다."

"물론 대통령께서는 노력해야겠지요. 그런데 그게 나와 무슨 상관이죠? 난 진짜 장사꾼은 못됩니다. 미래의 사업범위를 보시죠. 광산과 유전, 의약, 기초과학, 농업, 조선과 정밀 등 중공업이 전부입니다. 아시다시피 미래는 인터셉터 이외에는 미국에 직접 판매한 물건이 없습니다. 그저 필요한 회사에 기초소재와 핵심부품을 제공했을 뿐입니다."

라이자는 미간에 깊은 내 천 자를 그린 채 무덤덤한 대한의 얼굴을 노려보았다. 라이자의 입장에서는 그야말로 답답한 노릇, 한국

정부라면 무역역조를 개선하라고 대놓고 요구할 수 있지만 미래그룹은 이야기가 완전히 달랐다. 미국과 큰 교역도 하지 않는 기업주와 마주앉아 무역역조 개선을 논하는 것 자체가 우스꽝스런 모양새였다. 더구나 눈앞의 청년은 보통의 한국 기업인들과는 태도부터 완전히 딴판이었다. 세계 최강 미국의 국무성 장관인 자신 앞에서도 시종일관 당당한 자세를 견지했고 닳고 닳은 외교관들보다도 더 지독하게 모르쇠를 놓고 있었다. 이대로라면 대화의 주도권을 잡는 것조차 포기해야 할 판이었다.

이대로는 곤란하다고 판단한 라이자가 천천히 찻잔을 들어 입술을 적신 다음 단호한 목소리로 말을 받았다.

"좋소. 이제 미사여구 빼버리고 터놓고 이야기합시다."

대한은 가볍게 고개만 까딱했다.

"노벨물리학상에 대해서는 이 대통령께서 이야기를 전했을 것으로 압니다. 사실 초전도체 개발만으로도 충분히 과학적 가치가 있고 미국과 한국정부가 밀면 수상은 당연한 일이 됩니다. 두고두고 자랑할 만한 명예로운 상이니 받아두시고 이성반도체와 인텔이 동등한 조건에서 경쟁하게 해주시오. 양국의 무역불균형 해소에 큰 도움이 될 겁니다."

"무역불균형은 그냥 하는 이야기이신 것 같고…… 결국 초전도체 설비와 기술을 내달라는 이야기이신 것 같은데…… 그런데 만일 말입니다. 만일 동등한 조건에서 경쟁했는데 그래도 인텔이 이성에게 지면 그때는 어쩌시겠습니까? 그때도 무역역조를 해소해야 하니 또 다른 기술을 내놓으라고 하시지 않을까요? 이거 말 안 되는 억지라고 생각하지 않으십니까?"

그의 막말에 라이자의 얼굴이 눈에 띄게 붉어졌지만 대한은 개의치 않았다.

"전 외교관들처럼 화려하게 말을 돌리지 못합니다. 기분이 상하시더라도 들어두세요. 동맹국에게까지 이런 억지를 부리니 같은 백인 국가에게서도 동네 깡패라는 소리를 듣는 겁니다."

몸을 움찔한 통역사가 난감한 표정으로 그의 얼굴을 돌아보았다. 곧이곧대로 통역하기가 곤란한 모양이었다. 그가 고개를 가로저으며 말했다.

"그대로 통역하세요. 아니면 내가 직접 말할까요?"

잠시 고민한 통역사는 나름대로 최대한 말을 순화해서 라이자에게 전달했으나 라이자의 표정은 급격하게 변해가고 있었다. 입술이 떨리는 것이 눈에 보일 정도였다. 그가 재빨리 말을 이었다.

"좋습니다. 그 무서운 항공모함도 없고 핵폭탄도 없으니 달라는 대로 넘겨드려야죠. 하지만 이성반도체와 동일한 조건은 불가합니다. 기술을 확보한 인텔이 마음대로 전용할 가능성을 배제하지 못하니까요. 기술이전비용과 로열티 전체를 설비 인도일을 전후해서 일시불로 받겠습니다. 50억 달러, 한 푼도 깎을 수 없습니다."

"5……50억 달러?"

"그만한 가치는 있는 기술입니다. 싫으면 그만두라고 전하세요. 뭐 인텔 정도의 다국적기업이 달랑 50억 달러가 없다는 말은 못하실 겁니다."

"……."

"일단 제 할 말은 끝났군요. 세부사항은 우리 실무진과 인텔 실무진이 따로 협의할 겁니다. 물론 정식 서명은 노벨상 후보가 발표된 다음에 하겠습니다."

빠르게 말을 마친 대한은 통역사가 전달을 마무리할 때까지 잠시 기다렸다가 전달이 끝나자마자 즉시 자리를 박차고 일어났다. 그리고 마지막 펀치.

"어쨌거나 대단히 불쾌하군요. 다시는 얼굴을 마주하지 않았으면 좋겠습니다."

있는대로 인상을 구긴 채 바람소리가 나도록 등을 돌린 그였지만 방을 나서면서 회심의 미소를 머금었다. 하고 싶은 이야기 다하고 자존심 박박 긁어 놓고 거기다 밑밥까지 던졌다. 노벨상 시상식이 보통 11월이니 7, 8월은 되어야 후보 이름이 거론될 터, 어차피받을 생각도 없지만 시간을 끄는 데는 최고의 핑계거리였다. 이젠낚싯줄 드리우고 느긋하게 기다리면 될 일이었다.

영빈관을 벗어나는 그의 머릿속에서는 벌써 이성반도체와의 합작회사가 차곡차곡 세워지고 있었다.

두 번째 원정

청와대에서 돌아온 대한은 편지 한 장을 앞에 두고 길고 긴 장고에 들어갔다. 대통령의 친서, 라이자와 피튀기는 설전을 끝낸 그는 곧장 대통령집무실로 돌아가 김정일의 건강에 대해 아주 잠깐 이야기를 나누고 지금 손에 쥔 친서를 건네받았다. 북한 최고인민회의 상임위원 김정남에게 가는 대통령의 친서, 김정일이 권력의 정점에서 사라지는 시점에 김정일의 맏아들 김정남에게 건너가는 대통령의 친서는 분명히 새로운 변수였다.

김정일의 후계구도가 집단지도 체제가 되리라는 건 누구나 예상하고 있는 일이지만 일단 누군가 위원장이 되면 권력은 차츰 그에게 집중되기 시작할 터였다. 우선 세간의 입에 오르내리는 사람은 셋, 김정일의 맏아들 김정남과 둘째 김정철 그리고 매제 장성택이었다. 막내 김정운도 가끔 거론되지만 28세의 김정운은 너무 어렸다. 물론 이제 갓 서른이 넘은 김정철 역시 나이가 많은 건 아니다. 결국 가능성은 두 가지. 65세의 장성택이 김정철을 앞장세워 후계 구도를 정리하거나 맏아들 김정남이 대권을 승계하는 경우일 것이었다. 일본에서 추방된 사건 이후, 김정일의 눈밖에 났다고 알려졌지만 맏아들 김정남도 여전히 무시 못 할 세를 갖추고 있었다.

문제는 장성택과 김정남의 객관적인 위치였다. 지난 2009년 갑자기 노동당 제1부 부장에서 국방위원회로 승차한 장성택은 김일철 인민무력부장, 김영춘 총참모장과 함께 김정일이 사라진 권력의 정점에서 무소불위의 권력을 휘두르고 있었다. 반면 김정남은 장기간 해외로 돌면서 와신상담, 재기를 시도하는 모양새였다. 그런 김정남이 남한정부에 손을 내민 것이었다. 그리고 대통령이 김정남에게 화답하고 있었다. 만일 한국정부가 김정남을 지원한다면 장성택, 길일철을 중심으로 한 국방위원회와 원용해로 대표되는 젊은 장성 그룹 이외에 새로운 세력이 기지개를 켜게 되는 셈이었다.

의문도 남았다. 대통령이 왜 하필 그에게 친서를 넘겼느냐 하는 것. 국정원이나 통일부를 통해서도 얼마든지 김정남과 접촉할 수 있는데 굳이 그에게 북한방문을 요구한 건 다른 이유가 있다는 뜻이었다. 그리고 그 해답은 엉뚱한 곳에서부터 나왔다.

"회장님. 보안회선으로 차영태 중장님의 전화입니다."

"이어줘요."

— 오랜만이오. 김 회장.

"안녕하세요."

— 이거 요즘은 통화도 어렵네. 잘 지냈나?

"덕분에요. 건강하시죠?"

—물론이오. 합참의장님이 행복해하셔서 난 덩달아 배 두드리고 있어요.

"아. 지난달 말에 넘겨드린 물건들 때문이군요?"

—그래. 액수만으로 따져도 무려 4조 원이 넘더군. 우리 예산은 겨우 2조 남짓에 그나마도 반은 하반기에나 지불이 가능한데……세금을 그렇게 많이 내는 건가?

"확실치는 않지만 비슷할 겁니다. 아시다시피 적응이 필요하실 것 같아서 서둘렀습니다. 하반기에 조금 더 납품될 겁니다."

차영태가 전화기에 대고 낮게 휘파람을 불었다.

—히유! 이거 의장님 잔머리가 대박을 터트렸네 그려. 후후. 어쨌든 물건 잘 쓰겠네.

"잘 써요? 야전부대로 나가십니까?"

—이런. 이런. 역시 김 회장 머리 하나는 정말 기가 막히는구먼. 맞아. 대통령이 바뀌면 잘릴 자리인데 미련 없지. 수방사로 나가기로 했네. 그래서 지난달에 넘어온 MPEP 파동포 5대는 고스란히 내가 쓰게 생겼어. 후후.

"잘 됐군요. 영전 축하드립니다."

—고맙네. 새 기무사령관은 합참에 있던 장상훈 소장이 맡을 걸세. 내 인수인계 확실하게 했으니 걱정 안 해도 될 거야.

"감사합니다."

—자. 인사는 이 정도 하고…… 김 회장 오늘 대통령 만나던데 뭐 하나 받지 않았나?

"맞습니다. 안 그래도 고민 중이었습니다."

—어쩔 생각인가? 혼란만 가중될 텐데?

"알고 계셨군요."

—국정원장하고는 자주 통화를 하니까. 대통령께서 퇴임 전에 뭔가 하고 싶은 모양인데…… 괜한 일을 만드는 것 같다더군.

"그거야 뭐 이해를 하는데…… 왜 하필 저죠?"

—요즘은 국정원하고도 틀어진 모양이야. 사실상 정치생명은 끝났다고 생각하시는지 이젠 기업인들하고 자주 어울리시더군. 아마 김 회장에게 선을 댄 것도 그런 맥락일 걸세.

"골치 아프군요. 그렇다고 대통령의 부탁인데 전달하지 않을 수는 없지 않습니까?"

—내용은 봤나?

"아닙니다."

—뜯어보게. 전달하려고 해도 어차피 내용을 알아야 그 양반 뜻이 정확하게 전달이 될 걸세. 안 그런가?

대한은 더 고민하지 않고 봉투를 열었다. 어차피 밀봉되지 않은 봉투이니 보라는 뜻일 수도 있었다. 그런데 친서의 내용이 너무 간단했다. '요청을 받아들임. 8.15.' 뿐이었다. 그가 고개를 갸웃하며 말했다.

"이거 내용이랄 게 별로 없네요. 요청을 받아들임. 8.15. 이렇게 달랑 10자뿐이네요."

—그래? 김정남의 요청이 뭔지 모르면 꽝이로군.

"그런 셈이죠. 혹시 김정남 지금 어디 있는지 아세요?"

―마카오. 다음달까지는 거기 있을 거야.

"마카오요?"

―그래. 요즘 카지노에서 거의 사는 걸로 알고 있어. 외화벌이는 김정남이 관리하니까 마카오에 드나드는 걸 말릴 사람도 없지. 더구나 김정일도 오늘내일하는 판 아닌가. 국정원장은 김정남과 만나는 자리에서 그자의 요청이 뭐였는지를 확인해줬으면 하는 눈치야.

"쩝…… 조만간 마카오에 가야 한다는 이야기로군요."

―그런 셈이지. 하겠나?

"할 수 없죠. 약혼여행 가는 셈 치죠 뭐."

―오. 약혼하나?

"에이. 약혼은요. 그냥 실반지 하나 끼워줄 생각입니다. 후후."

―축하하네. 멋진 커플이 될 거야.

"감사합니다. 그나저나 대선 도와주실 거죠?"

―그래야지. 이태식 의원 괜찮은 사람이더군. 지명도도 높으니 승산 있을 걸세. 후보지명전만 확실하게 이기시게나. 이번 선거는 보나마나 야당이 이길 테니 전부들 죽기 살기로 달려들 거야.

"그렇겠죠. 전화 감사합니다. 고민 하나 덜었습니다."

―다음에 술 한 잔 제대로 사야 되네.

"그래야죠. 전화 드리겠습니다."

―수고하시게.

그는 기분 좋게 전화를 끊고 편지봉투를 개인금고에 갈무리했다. 그런데 그가 돌아앉는 순간 또 나쁜 소식이 날아들었다. 기획실장 박용호가 노크도 없이 허겁지겁 뛰어들어온 것이었다.

"골치 아픈 일이 생겼습니다. 회장님."

"골치 아픈 일?"

"파푸아뉴기니에 파견나간 우리 직원 세 사람이 반군에 납치된 것 같습니다."

"무슨 소리에요? 반군?"

"뉴기니 정부의 요청에 따라 뉴브리튼 섬 시추현장 점검차 출국했었는데 시내 한복판에서 납치된 것으로 보인답니다. 몸값으로 한 사람 당 2,000만 달러씩 6,000만 달러를 내놓으라는 요구입니다. 주 파푸아뉴기니 대사관에서 공식적으로 확인했습니다."

"확실히 반군이랍니까?"

"예. 자칭 뉴브리튼 독립군이라는 백인 조직으로 무장병력만 1,000명은 된답니다. 파푸아뉴기니 정부는 반군과 타협은 없다면서 강경한 입장을 보이고 있습니다."

"혼란한 지역인가요?"

"좀 애매합니다. 미개발 지역이 많은데 주로 백인 부자들이 별장으로 많이 사용하고 있습니다. 최근엔 코카인 생산지로 더 유명합니다."

코카인 이야기가 나오자마자 대한의 인상이 찌푸려졌다.

"그럼 마약상들에게 납치되었다는 이야기잖아? 그것들이 왜 우리 직원을 납치해요?"

"아직 확실한 건 없습니다. 정확한 상황을 파악하기 위해 조금 전에 보안팀 요원 네 사람을 뉴기니로 출국시켰습니다."

"젠장! 바쁘다니까 별 놈들이 다 말썽을 부리네."

굳은 표정으로 잠시 눈을 감은 채 생각을 정리한 그가 정색을 하면서 눈을 떴다.

"네 사람 가지고는 어림도 없어요. 즉시 미래포스 입국시키세요."

"예?"

"이런 때 써먹으려고 비싼 월급 주는 겁니다. 내가 직접 데리고 가야겠어요."

"하……하지만……."

박용호는 당황한 표정으로 말을 더듬었다. 회장이 직접 총탄이 날아다니는 반군 지역으로 날아가겠다는 이야기가 나올 줄은 몰랐던 것이었다. 그러나 대한의 표정은 담담했다.

"직원을 보호하는 게 사주의 일입니다. 조심할 테니 너무 걱정 마세요."

"회장님. 위험한 지역입니다. 직접 가시는 건 위험합니다. 만에 하나 회장님께 무슨 일이라도 생기면 수습이 안 됩니다."

당연한 반응. 하지만 그의 대답은 단호했다.

"위험하니까 내가 가겠다는 겁니다. 특별편을 띄워서라도 당장 미래포스 입국시키세요. 나가시는 길에 김아영 상무 들어오라고 전하시고. 서두르세요."

"알겠습니다."

뜨악한 표정이 된 박용호가 서둘러 방을 나가고 곧장 아영이 들어왔다.

"무슨 일이야? 박 실장님 표정이 심각하네?"

"파푸아뉴기니에서 우리 직원들이 납치당했단다. 너도 같이 가

야겠어. 우선 관련 정보부터 확보해라. 공식적으로는 파푸아뉴기
니 뉴브리튼 독립군이라는데 실상은 백인 마약상인 거 같다. 뉴기
니 정부나 CIA 자료들 뒤져 봐. 반군지도자가 누구며 활동지역, 납
치배경, 뭐든지 도움이 될 만한 건 전부 찾아봐줘."

"오빠가 가려고?"

"그래. 선례를 만들면 곤란해. 그리고 느낌도 별로 안 좋다. 솔직
히 우리 직원들이 해외로 나간 건 바이칼호하고 유전지역뿐이야.
숫자도 많지 않고 말이야. 요구액수가 너무 큰 것도 그렇고 시기상
으로도 너무 절묘해."

"배후가 있을 것 같아?"

"아직 속단하긴 이르지만 아무래도 뒤에 뭔가 있는 것 같다. 미
래포스 도착하면 치우로 이동한다. 준비해줘."

"알았어. 준비할게. 치우의 첫 번째 원정이네?"

"그렇게 됐네. 가능하면 조용히 다녀오자."

할 말을 마친 대한은 팔짱을 낀 채 창가로 돌아서서 수평선을 붉
게 물들인 석양을 뚫어져라 노려보았다. 짧지도 길지도 않지만 32
년 평생의 지론, 걸어오는 싸움을 피하고 싶진 않았다.

하늘이 파스텔 톤으로 뿌옇게 밝아오는 새벽 5시, 미래포스 탑
승 작업은 이연수의 적지 않은 탄성으로부터 시작됐다.

"히야!! 이게 말로만 듣던 치우군요! 멋져요! 대장!!"

대원들은 신속하게 날개 중간의 탑승구로 들어가 날개 좌우 끝
에 고정된 길이 50m 폭 10m짜리 유선형 보조기체의 숙소로 속속

이동하고 있었다. 대한이 피식 웃으며 말했다.

"여전히 스파이 근성은 못 버렸군. 잘리기 싫으면 어서 들어가라. 이 소령. 시간 없다."

"넵! 대장!"

"뛰어!"

느긋하게 걷다가 화들짝 놀라 급히 대열 끝으로 달려가는 이연수의 뒤통수를 보며 씩 웃은 대한은 아영과 자신의 복장을 다시 점검했다. 미래포스 대원들과 똑같은 검은색 카멜레온 전투복에 옆구리에 낀 헬멧, 빗겨 맨 총기 역시 똑같았다.

간단하게 점검을 바친 뒤, 눈을 돌리자 격납고 출입문에 기대선 유민서의 잔뜩 부은 얼굴이 보였다. 늘씬한 다리를 모두 드러낸 다소 짧아 보이는 치마에 하늘거리는 연두색 블라우스가 타고난 아찔한 미소와 어울려 눈부시게 빛을 뿜어냈으나 예쁘다는 말은 꺼내보지도 못했다.

몰래 출발하기 위해 나름대로 신경을 썼는데도 그녀는 귀신같이 출발시간을 알아내 찾아와서는 있는대로 불만을 터트렸고 그는 찍소리도 못한 채 20여 분 이상 무시무시한 잔소리 융단폭격을 견뎌야만 했다. 그나마 결정타는 키스 한방으로 아슬아슬하게 피해갈 수 있었다. 여전히 불만스런 표정이지만 정렬된 병력 앞에서 더는 그를 몰아세우지 못한 셈이었다.

"먼저 타라."

"응."

그는 아영을 먼저 올려 보내고 울상이 된 유민서를 가볍게 안았다.

"걱정 마라. 치우 성능 알잖아. 마음만 먹으면 위성 아니라 위성 할애비라도 못 찾아."

"그래도 걱정돼요."

등을 툭툭 두드려 유민서를 떼어낸 그가 주머니를 뒤적거리며 말했다.

"손 좀 줘봐."

"응?"

유민서가 손을 내밀자 그는 재빨리 반짝이는 은색 반지 하나를 왼손 약지에 끼웠다. 두께가 1mm도 안되는 가느다란 실반지였다.

"저기…… 흠……흠……."

몇 번 헛기침을 한 그가 더듬거리면서 겨우 말을 이었다.

"에이. 씨. 혀 꼬이네. 그냥 내식대로 해야겠다. 그거 항상 끼고 다녀줄래? 밥은 굶기지 않을게."

"……."

일순 대답을 삼킨 유민서의 큰 두 눈이 갑자기 그렁그렁해졌다.

정말 예상치 못한 장소에서의 예상치 못한 청혼, 혹시나 하고 노심초사한 시간만 2년이었다. 따지고 보면 지난 3년은 여건이 따라와 주질 않았다. 시간이 갈수록 가속이 붙는 회사는 정신을 차릴 수 없을 정도로 폭발적으로 성장했고 점점 더 바빠지는 대한의 뒷모습에 하루하루를 전전긍긍하면서 보내야만 했다. 어느 날 갑자기 눈앞에서 펑하고 사라져버릴 것만 같은 불안감에 잠을 설친 날도 적지 않았다. 언제부터인가 '김대한' 이름 석자 앞에 그림자처럼 붙어다니는 희대의 천재라는 수식어가 부담스러워지고 있었다.

유민서가 필사적으로 일에 매달린 것도 어쩌면 그 불안감을 이기기 위해서였는지도 몰랐다. 그런데 오늘, 그 모든 것을 단숨에 털어버릴 단어가 대한의 입 밖으로 나온 것이다.

진짜 멋없는 대사에 멋없는 실반지였지만 그것만으로도 유민서의 가슴은 벅차게 뛰고 있었다. 한참 동안 반지를 내려다본 그녀가 갑자기 폴짝 뛰어 그의 목에 매달렸다.

"응. 할게요. 굶어도 좋아요."

아무리 좋아도 한두 번 빼라는 소리를 숱하게 들어왔지만 당장은 아무것도 생각나지 않았다. 반쯤 울먹이는 그녀의 말에 대한이 이마에 가볍게 키스를 하며 말했다.

"인석아. 첫 크리스마스부터 넌 내 사람이었어. 조신하게 기다려. 바람피우지 말고. 알았지? 후후."

"치이……."

그는 가볍게 유민서의 떨리는 입술을 빨아들였다. 그리고 깊숙한 키스, 등 뒤에서 왁자한 환호와 함께 휘파람 소리가 들려왔다.

"삐익! 축하합니다! 대장!!"

"부럽소! 대장! 젠장! 어디 저런 신부 어디 없냐? 휘익!!"

입을 뗀 그는 아직도 눈을 감고 있는 유민서의 뺨을 살짝 쓰다듬어준 다음 지체없이 등을 돌렸다. 일단 폼생폼사, 빠른 걸음으로 기체 하부의 출구에 발을 올렸다. 대원들은 모두 탑승해 시야에서 사라진 뒤였다. 그가 안으로 들어서며 말했다.

"출입문 폐쇄. 갑문 개방! 미속 전진!"

갑문이 열리고 부드럽게 전진한 치우가 매서운 바람소리를 일으키며 허공으로 솟아올랐다. 그가 함교로 걸음을 옮기며 다시 말했다.

"승무원 착석시켜라. 이대로 해상으로 나간다. 시속 50까지 가속."

잠시 후, 함교에 도착한 그가 자신의 의자에 털썩 주저앉으면서 전면 유리창 개방을 명령했다.

"윈드쉴드 개방."

회색으로 가라앉은 탁한 하늘과 바다가 멀리 윈드쉴드 너머에서 거칠게 몸을 섞고 있었다. 이미 한강 하구를 벗어난 치우는 자잘한 섬들 사이를 빠르게 통과했다.

"현재 속도 70, 속도 올릴게."

아영의 말에 그가 선내 방송을 개방하며 말했다.

"전속 전진. 시속 800까지 가속한다. 별명이 있을 때까지 전 승무원 착석. 안전벨트 착용. 다시 한번 명령한다. 별명이 있을 때까지 전 승무원 착석. 안전벨트 착용."

곧장 우웅하는 낮은 진동이 발밑을 때렸다. 이어 온몸을 등받이로 밀어 넣는 무서운 가속감이 느껴졌다. 몇 초 지나지 않아 가속감이 사라졌다. 아영이 선내방송을 이어받았다.

"현재 시속 800, 7시간 23분 후에 목적지에 도착합니다. 부대 휴식."

그가 선내방송을 죽이고 말했다.

"현지상황 좀 듣자."

"응. 우선 위성사진부터 봐."

아영이 컨트롤 패널을 몇 군데 두드리자 윈드쉴드 한쪽이 블랙

아웃 되면서 위성사진과 턱수염이 수북한 사내의 얼굴이 떠올랐다. 아영이 말했다.

"작년까지만 해도 뉴브리튼 독립군이라는 단체는 사실 없었어. 올 연초에 호주인 이민자들이 급증하면서 생긴 단체야. 섬 북쪽 코코포 지역을 중심으로 지지 세력을 형성했고 범위는 북쪽 해안에 폭넓게 퍼져 있어. 섬 안쪽은 거의 완벽한 밀림지역이고 인구는 주로 원주민들이야. 사진의 남자는 폴 레이튼, 미국과 호주에 코카인을 공급하는 마약상 중간보스야. 자기들끼리는 장군이라고 불러. 섬에서는 거의 왕으로 군림하고 예하 무장병력은 대략 500명 선인데 원주민 병력까지 합치면 1,000명이 훨씬 넘을 것 같아. 무장선박에 무장헬기, 장갑차까지 갖추고 있어서 파푸아뉴기니 정부군도 함부로 섬에 접근하기 어려운 모양이야."

"얼라리요. 무장은 어느 정도인데?"

"주력은 호주 해군이 쓰던 50톤급 고속정 4척이야. 오래되긴 했지만 선수에 장착된 40mm포하고 기관포는 위험한 물건이고. 나머지는 어선에 기관총 매단 수준이야. 헬기는 구닥다리 UH-1 휴이 3대, 그리고 미군이 쓰던 구형 장갑차 6대가 확인됐어. 위성사진으로는 더 확인되지 않아."

"우리 직원들 위치는?"

"파푸아뉴기니 정부 자료로 보면 포포코 해안에서 5킬로미터쯤 떨어진 곳이야. 위성사진엔 대규모 코카밭이 보이는데 그 근처의 원주민 노동자 합숙소 같아. 정확한 건 현지에 도착해서 탐사기 띄워야 할 것 같아."

"CIA쪽 자료는 없니?"

"응. 이상하게 CIA에서는 자료를 찾을 수 없어."

그가 슬쩍 미간을 좁혔다.

"CIA가 관련이 없다?"

"응. 유사한 단어가 사용된 파일이 하나도 없어. 대신 NSA에는 기록이 있었어."

"NSA?"

"응. '파 이스트 작전'이라는 명칭으로 NSA 해외계좌에서 현금 400만 달러가 인출됐고 책임부서는 공작국 B그룹으로 되어 있어. 에드워드라는 사람이 받아갔네?"

"에드워드? 그놈 국방성 아시아담당 부수석 아냐?"

"응. 그건 공식직함이고 실제로는 NSA 공작국 B그룹 수석이네. 현역 소장이야."

"얼씨구. CIA가 아니라 미군이 끼었다는 이야기네?"

대한은 입맛을 다셨다. 독립조직인 CIA와는 달리 NSA는 국방성 소속, 한마디로 군대라는 의미였다. 아영이 말을 받았다.

"1차 목적은 미래그룹과 한국의 반응확인이야. 내일 괌 해군기지에서 구축함 1척이 뉴기니까지 내려오는 것으로 계획되어 있어."

"흔들기로군. 거기다 감시까지 하시겠다?"

"일단 레이튼이 거액의 몸값을 받아내게 되면 연달아 중동과 러시아 범죄단체들을 움직이는 걸로 되어 있어. 어차피 한국정부는 외국에서 납치된 자국인을 구할 능력이 없고 미래그룹 직원들은 액수도 크고 돈도 잘 내니까 납치하라는 식이 되는 거지. 우리 직원들 위치를 알려주고 납치 목표로 만드는 거야."

"놀고 있네. 개자식들…… 책임자가 에드워드라는 놈이야?"

"응. 대책 세워야 할 것 같아. 앞으로 해외에 나가는 직원들이 전부 위험하다는 거잖아."

"그래야겠다. 일단 여기 일 끝나고 나면 그 에드워드라는 놈부터 손 좀 보자. 짜증나네."

"위치 확인해 놔?"

"그래. 그리고 일단 도착하면 항공사진부터 찍어서 브리핑 준비해라. 상륙정 격납고에서 포스대원들하고 최종점검하자. 내일 미국 구축함이 도착하면 편하게 일 못하니까 작전은 오늘밤 안으로 끝내야 돼."

"알았어. 그리고 치우비용 6시간짜리 대용량 배터리 준비해놨으니까 출발할 때 꼭 챙겨가. 탄띠 형태로 되어 있어서 그냥 탄띠 하나 더 찬다고 생각하면 될 거야."

"오케이. 알았다. 난 격납고 내려가서 장비 좀 챙길게."

"알았어. 먼저 내려가요. 아직 7시간 남았으니까 마무리되면 와서 쉬어."

대한은 아영의 뒤로 돌아가 아영의 부드러운 어깨를 잠시 주물러준 다음 함교를 나섰다. 필요 없는 짓인 줄은 알지만 왠지 모르게 해주고 싶었다.

에어컨 아래에서도 연신 땀을 닦아내는 레이튼은 누구에게나 위압감을 줄 만한 거구였다. 몸에 꽉 맞아 터질 듯한 군복이 거추장스러워 보였지만 누가 뭐래도 가장 선호하는 복장이었다. 오후 6시, 테라스 너머 짙은 코발트색 바다가 어둡게 색깔을 바꾸고 있었다. 건물 앞 수영장엔 토플리스 차림의 늘씬한 여자들이 수영을 하고 있었다. 호주와 유럽에서 돈을 따라 건너온 여자들, 태양과 바다, 타락한 젊음이 묘하게 어울려 흐느적거리고 있었다.

그는 군복을 벗어 소파에 걸쳐놓고 테라스로 나섰다. 적도의 후끈한 열기가 등 어름을 덮쳐왔다. 계단 10여 개를 내려가자 금발의 요염한 여자가 풍만한 가슴을 출렁이며 다가섰다.

"폴. 물이 따뜻해요. 내려가요."

"몸매는 여전하군. 제니퍼."

그는 여자의 살집 좋은 엉덩이를 툭툭 두들기면서 풀로 이어지는 계단에 발을 디뎠다. 여기저기서 그를 부르는 여자들의 목소리가 들려왔다.

"장군. 여기요!"

레이튼의 이름을 부를 수 있는 건 제니퍼만의 특권이었다. 마담으로 불리지만 사실 몇 달에 한번씩 호주와 유럽으로 건너가 여자들을 끌어오는 공급책, 수백 명이 넘는 사병들의 아랫도리를 해결해주려면 꼭 필요한 역할이었다.

그가 물속으로 들어와 앉자 대여섯 명의 늘씬한 여자들이 물고기 비늘처럼 반짝이는 가슴을 앞세운 채 달라붙었다. 여자들의 젖꼭지를 몇 번 쓰다듬자 아랫도리가 뻐근해졌다.

"너하고 너, 스파로 건너와라."

레이튼은 가장 젊은 여자 둘을 데리고 숲으로 가려진 작은 풀장으로 걸음을 옮겼다. 기분 좋은 저녁, 며칠 지나면 한국에서 협상단이 날아올 것이고 그럼 거금 6천만 달러가 손에 들어온다. 족히 몇 년은 죽기 살기로 하와이와 호주에 코카인을 실어 날라야 겨우 손에 쥘 수 있는 거액이었다. 미지근한 물속에 걸터앉아 수영복 속으로 미끄러져 들어오는 손길의 짜릿한 느낌을 즐기기 시작할 무렵 귀찮은 방해자가 나타났다.

"위성전화입니다. 장군."

날카로운 인상의 사내, 그의 오른팔이나 나름 없는 중국인 킬러였다.

"누구냐."

"에디라고 전하면 안답니다."

에드워드였다. 그가 전화를 받아들었지만 여자들은 그를 애무하는 데 여념이 없었다.

"에디? 폴이오."

—일은 잘 풀린 것 같군. 오늘 새벽에 미래그룹 위그선이 떠났소. 만일 뉴브리튼으로 간 거라면 내일 오후쯤 현지에 도착할 거요. 준비하시오.

"빠르군. 고맙소."

—제대로 혼찌검을 내줄 것으로 믿겠소. 뒷일은 내가 처리하리다.

"알겠소."

레이튼은 퉁명스럽게 전화를 끊었다.

'더러운 양키 자식!'

사실 에드워드와 레이튼은 악어와 악어새의 관계였다. 때마다 거금을 뜯어가는 짜증스러운 놈이지만 미군의 눈을 효율적으로 가려주는 쓸 만한 툴이었다. 물론 상종하기 싫은 놈인 건 당연했다.

'무슨 놈의 얼어 죽을 뒤처리! 남태평양에서 날 건드릴 수 있는 놈은 없어!'

사실 드넓은 솔로몬 해에서 미국 해군을 빼면 감히 그에게 도전할 수 있는 세력은 없었다. 해군에게는 매년 거액을 상납하는 마당이고 사실 뉴기니 군대는 유명무실, 사실상 솔로몬 해의 주인이나 마찬가지였다. 원주민 노동자 수십 명씩을 목매달아도 누구 하나 토를 다는 놈이 없는 것이 현실이었다. 그는 왕이었다.

'좋군……'

아랫도리에 여자의 입술이 다시 느껴지는 순간이었다. 누군가 고함을 쳤다.

"젠장! 무슨 놈의 정전이야! 발전기 확인해!"

'멍청한 것들……'

지난달 새로 교체한 발전기가 나간 모양이었다. 레이튼은 발전기를 팔아먹은 포트모르즈비의 발전기 업자를 잡아다 거꾸로 매다는 상상을 하면서 저릿한 배설의 자극에 부르르 몸을 떨었다.

5대의 새카만 고속 상륙정과 호버크래프트가 수평선 위로 올라선 건 강력한 EMP 펄스가 해안을 뒤덮은 직후였다. 머리 위를 낮게 가로지른 운사는 벌써 해안의 기관총좌와 고속정들을 무차별로 두들기고 있었다. 전기가 내놓는 빛은 모두 사라져버렸지만 해안은 붉게 타오르는 불길로 대낮같이 환했다. 연달아 솟구치는 날카로운 섬광과 검붉은 연기들, 대기를 가득 채운 상륙정들의 하얀 포말과 묵직한 엔진소음이 온몸의 아드레날린을 모조리 뽑아내고 있었다. 그가 헬멧에 파워를 넣으며 나직하게 말했다.

"운사는 상륙지점을 소개해라. 전 대원 전투모드!"

─전투모드! 헬멧 온!

대원들의 복창 소리가 귓전에서 메아리쳤다.

"다시 한번 강조한다. 1팀은 해안소개. 2팀은 상륙과 동시에 목표지점으로 이동한다. 운사 2호기는 2팀을 엄호하라. 최종목표는 미래정밀 직원 3명, 저항하지 않는 자는 무시한다. 이상. 무운을 빈다."

─1팀 하나다섯!

─2팀 하나다섯!

해안이 가까워지자 헬멧 디스플레이에 적의 움직임이 3차원으로 떠올랐다. 운사가 실시간으로 보내오는 정보와 헬멧의 열영상 장비를 절묘하게 매치해 대낮과 다름없는 전장을 만들고 있었다.

"괜찮네. 이거."

나직하게 중얼거린 대한은 상륙정에서 뛰어내려 산개하는 병력 중 1개 조 5명만 이끌고 곧장 만▞ 정면의 수영장이 있는 3층 건물로 달렸다. 여기저기서 총성이 터졌지만 이미 화광이 충천한 상황, 저항은 예상외로 미미했다. 병력이 몰려 있는 것으로 확인된 만▞ 서쪽의 병영과 장갑차들은 운사의 집중포화로 아예 풍비박산이 되어 있었고 살아남은 자들도 밀림으로 달아나기 바빴다. 2팀이 탄

호버크래프트는 코카밭 진입로의 차량들을 뭉개버리고 일직선으로 남쪽을 향해 달렸다.

그가 수영장과 야자나무 사이로 뛰어들자 머리 위로 섬뜩한 소닉붐이 스쳤다. 정면에서 자동소총의 총구화염이 보였다.

—11시 방향! 둘!

투둥!

대원들의 귀신같은 대응사격에 화염은 금방 사라져버렸다. 밥 먹고 전투훈련만 계속하는 포스대원들과 총질로 대적하는 건 사실 무의미했다. 다시 건물 2층 창문에서 총구화염이 터졌다. 그러나 화염이 보인 자리는 곧장 터져나갔다. 체인건 총탄에 터져나온 돌가루들이 허옇게 시야를 가렸다가 운사가 내뿜는 강풍에 휩쓸려 삽시간에 흩어졌다. 미간이 저릿했다. 미래그룹의 막강한 힘이 느껴지는 장면, 그 어떤 강대한 적도 모래성처럼 단숨에 무너트릴 것 같은 기분이었다.

2층 창문이 모조리 터져나가고 나자 선두 조장이 현관을 박차고 건물 안으로 뛰어들었다. 잠깐 AK소총 특유의 찢어지는 총성이 들렸지만 역시 오래가지는 못했다. 그가 안으로 들어섰을 때 조장은 이미 2층 계단에 발을 올려 놓고 있었다.

—올라갑니다. 대장.

"진행."

이동을 승인한 그는 재빨리 실내부터 확인했다. 대리석으로 으리으리하게 꾸며진 중앙홀은 1층부터 3층까지 뻥 뚫려 있었고 꼭대기에는 다소 촌스러운 샹들리에가 매달려 있었다. 오른쪽 응접실로 들어간 대원이 돌아나오며 말했다.

—상황 끝. 벌거벗은 여자들뿐입니다.

"올라가자."

—하나다섯.

그는 재빨리 2층으로 뛰어올랐다. 미리 올라온 대원들은 복도 좌우에 유탄을 날려버리고 몸을 웅크렸다.

—유탄!!

그가 반사적으로 몸을 낮추는 순간 귀청을 찢을 듯한 폭음이 터졌다.

콰쾅!

비산하는 파편 사이로 그가 짧게 소리쳤다.

"3층!"

—하나다섯!

3층 계단에서 잠시 총격에 노출됐지만 정확한 조준사격에 저항은 흐지부지 사라져버렸다. 3층 복도 좌우로 달려간 대원들이 소리쳤다.

—상황 끝. 아무도 없습니다!

그는 수신호로 천정을 가리켜보이고는 즉시 계단을 뛰어올랐다. 옥상에 헬기가 있었으니 두목이란 놈이 도망갈 가능성이 높았다.

카카강!

예상은 맞았다. 옥상 계단실 문을 열자마자 AK총탄이 쏟아진 것이었다. 그가 반사적으로 벽에 기대서며 소리쳤다.

"코너 샷!"

─갑니다!

대원 둘이 뛰어올라와 출입문 좌우에 붙어서서 액정화면이 달린 총기를 툭 꺾어 문밖으로 내밀었다. 그리고 연사, 순식간에 서넛이 쓰러지고 나머지는 다급하게 엄폐물 너머로 머리를 처박았다. 총성이 멎은 순간을 이용해 재빨리 밖으로 빠져나와 엄폐물을 찾은 그가 서둘러 말했다.

"1호기. 옥상의 헬기를 두들겨라."

─하나다섯.

아영의 목소리가 흘러나온 즉시 엄폐물 너머로 오렌지색 예광탄이 줄기줄기 쏟아졌다. 그리고 천지를 뒤엎는 듯한 폭음이 이어졌다.

콰아앙!

무시무시한 섬광과 함께 통째로 튀어오른 헬기가 비스듬히 기울면서 건물 아래로 떨어져 수영장에 머리를 박았다. 그는 심호흡을 하면서 천천히 몸을 일으켰다. 신속하게 계단실을 빠져나온 대원들이 마지막까지 저항하던 사병들을 제압하고 있었다. 대부분 고막이 터져나갔는지 몸을 제대로 가누는 놈도 없었다.

─대장. 이놈이 장군이란 놈 같습니다.

조장의 목소리, 몸을 돌리자 전투화로 덩치 큰 사내의 팔목을 밟고 있는 조장의 실루엣이 눈에 들어왔다. 천천히 다가간 그는 사내의 얼굴을 확인했다. 사진에서 본 얼굴보다 조금 더 살이 쪘지만 폴 어쩌고 하는 마약상 두목이라는 건 쉽게 알아볼 수 있었다. 코와 귀에서 쉴 새 없이 피가 흘렀고 가슴께에 박힌 헬기파편 때문인지 입을 열 때마다 핏물이 튀어나오고 있었다. 그가 헬멧 쉴드를 개방하며 영어로 물었다.

"네가 폴 레이튼이냐?"

"콜록! 그…… 그렇소. 살려주시오. 도……돈은 내라는 대로 얼마든지 내겠소."

"마약 묻은 돈은 필요 없고 미래그룹 직원들은 어때? 잘 모시고 있나?"

"네……네. 코…… 코카밭에 있습니다. 다친 사람은 없습니다…… 다……당장 데려오겠습니다."

"우리 요원들이 벌써 갔으니까 기다려보지. 한 사람이라도 건강에 이상이 있으면 네놈의 목숨도 없는 거야."

"그……그…….."

"넌 상대를 잘못 골랐어. 난 내 거 건드리는 놈은 절대 용서 못하거든."

잠시 놈의 얼굴을 내려다본 그가 혼잣말처럼 중얼거리며 여전히 타닥거리는 불길을 등졌다.

"일단 데려가서 2팀의 결과가 나올 때까지 대기한다. 작전종료! 전 대원 상륙지점에 집결하라."

─ 하나다섯! 이동합니다!

NSA의 관련사실을 확인하고 싶었지만 굳이 묻지는 않았다. 어차피 대답이 뻔했다.

"4조 전진!"

―하나다섯!

4조가 칠흑같이 어두운 코카밭을 지그재그로 가로지르는 사이 이연수는 어수선한 노무자 숙소를 재빨리 훑어보았다. 몇 안 되는 전등이 모두 나가버려서 50~60명쯤 되는 무장 경비병들은 흐릿한 달빛에 의지해 노무자들을 단속하느라 안간힘을 쓰고 있었다.

호버크래프트는 도보 20분 거리의 산허리 아래에 남겨두고 저격수 넷을 우회시킨 상황, 숙소는 외부철책과 내부철책으로 구역이 나눠졌고 내부엔 엉성한 노무자들의 숙소, 외부는 비교적 상태가 나은 경비병 숙소였다. 미래정밀 직원들이 감금되어 있는 허술한 판잣집은 노무자 숙소와 별도 구역이 나눠진 경비병 숙소 사이에 끼어 있었다. 판잣집 외부엔 무장 경비병 둘, 안에는 모두 다섯 개의 열영상이 잡혔다.

"뭐야. 목표는 세 명인데? 안에 두 놈이 들어가 있는 모양이네. 젠장."

셋은 한쪽 벽에 기대 맨바닥에 앉은 자세였고 나머지 둘은 의자에 앉은 모양새였다. 둘은 확실히 경비병일 가능성이 높았다.

―4조, 위치 잡았습니다.

"하나다섯. 대기.

이연수가 갈등하는 듯하자 바로 옆에 무릎을 꿇은 1조장이 단호한 목소리로 말했다.

―시간 없습니다. 그냥 치죠.

가볍게 고개를 끄덕인 이연수가 즉시 팀 회선을 개방하며 명령했다.

"할 수 없지. 3, 4조는 3분간 철책 방어선을 고수한다. 경비병이 숙소로 돌아오는 것만 차단하면 된다. 민간인 사살은 가능하면 피하도록. 1조는 즉시 목표 건물로 진입, 2조는 엄호한다. 다시 한 번 강조한다. 목표는 미래정밀 직원 3명이다. 목표만 확보하면 즉각 철수한다. 작전개시! 진입!"

―2조 하나다섯!

―3조 하나다섯!

이연수는 연달아 들어오는 보고를 들으면서 나즈막한 절곡을 가볍게 뛰어내렸다. 미리 잘라놓은 철책을 일사천리로 통과해 경비병 숙소 사이를 달리면서 저격수들을 호출했다.

"저격조, 저격시작. 목표물 앞에 있는 놈들부터 해치워! 사격!"

퍼벅!

나직한 타격음과 함께 건물 앞에서 어정쩡하게 이쪽을 돌아보던 두 놈의 가슴팍에서 핏줄기가 튀어올랐다. 일격에 가슴을 관통한 총탄은 건물 기둥 한 움큼을 뜯어내며 사라졌다. 곧장 계단을 뛰어오른 이연수는 허술한 문짝을 박차고 건물 안으로 뛰어들며 한국말로 악을 썼다.

"엎드려!!"

한국인이면 무조건 몸을 낮추리라는 판단, 아니나 다를까 두 놈만 벌떡 자리에서 일어나 그녀를 향해 총구를 돌렸다. 이연수의 총이 먼저 불을 뿜었다.

투두둑!

두 놈은 안전장치를 풀 사이도 없이 피보라를 뿜어 올리며 반대편으로 주춤주춤 물러서다가 벽에 부딪히더니 풀썩 무릎을 꿇었고 그 중 한 놈은 허술한 벽을 뚫고 아예 밖으로 나가 떨어졌다. 뒤따라 들어온 대원들이 죽은 놈의 손에서 소총을 빼내는 사이 이연수가 묶여 있는 세 사람을 돌아보며 말했다.

"김기양 부장님?"

세 사람 중 하나가 다급하게 몸을 일으키며 말했다.

"예! 접니다!"

야시경에 보이는 흑과 백의 세계 속에서도 세 사람의 표정은 사형 직전에 사면을 받은 죄수의 얼굴이었다. 면도는커녕 씻지도 못했는지 악취가 진동을 했다. 재빨리 대검을 뽑은 그녀가 뒤로 묶인 나일론 줄을 잘라내며 물었다.

"세 분 다 무사하십니까?"

"예. 이틀 먹지 못한 거 빼면 멀쩡합니다."

이연수가 김기양을 부축하며 말했다.

"걸을 수 있겠습니까?"

"힘은 부치지만 이 상황에서 어딘들 못가겠습니까."

"좋아요. 갑시다. 부축해라."

대원들이 세 사람을 일으켜 세우고 부축하는 사이 그녀는 문틀에 기대서서 밖의 상황을 확인했다. 순간 뒤늦은 총성이 터졌다. 뭔가 이상을 느낀 경비병들과의 교전이 이제 시작되는 모양이었다. 이연수가 전체 회선을 개방하고 말했다.

"목표물 확보. 철수한다! 1조가 먼저 빠져나간다! 저격조 엄호!"

― 저격조 하나다섯!

"가자!"

문을 나선 이연수는 직원들을 부축한 대원들의 뒤를 따라가면서 조준사격으로 멀리 외부철책으로 접근하는 경비병 둘을 사살했다. 일단 퇴로는 확보, 그녀가 돌아서며 나직이 중얼거렸다.

"거리 300 줌인."

헬멧 화면이 쭉 당겨지면서 3, 4조 대원들이 방어선을 구축한 내부 철책이 또렷하게 눈에 들어왔다. 3, 4조 대원들은 예상외로 고전이었다. 적의 숫자가 워낙 많은데다 민간인 노무자들과 엉망으로 뒤섞인 채 무조건 철책으로 달려들었기 때문이었다. 감금되다시피 한 노무자들도 혼란을 틈타 달아나려고 하는 상황인 모양이었다. 조준사격으로는 한계가 있었다. 재빨리 마음을 정한 그녀가 전체 회선에다 소리쳤다.

"3, 4조! 일단 빠져라! 외부 철책에 2차 방어선을 만든다!"

─하나다섯!

"저격조! 철책으로 접근하는 건 모조리 쏴버려!"

저격조는 총알로 대답을 대신했다. 가장 앞서 달려들던 경비 대 여섯이 한꺼번에 주저앉으면서 주춤하는 사이 이연수와 2조 대원들이 원거리 조준사격을 시작했다. 3, 4조는 순차적으로 방어선을 빠져나오고 있었다.

"2호기 위협사격!"

이연수의 말이 끝나기가 무섭게 오렌지색 예광탄 수십 발이 내부 철책 근처를 폭죽처럼 훑고 지나갔다. 추격은 당연히 일순 멈췄고 그 몇 초가 퇴각시간을 벌어주었다.

"저격조 철수! 전 대원 즉시 호버크래프트로 집결하라! 2호기 엄호!"

이연수는 철책 근처에다 몇 발을 더 쏜 다음 서둘러 온 길을 되짚어 달렸다. 일단 호버크래프트 중기관총 사거리까지만 도착하면 상황은 끝이었다.

이연수의 철수보고를 받은 대한은 해변에 쓰러져 있는 레이튼에게 천천히 다가갔다.

"만고에 쓸데없는 목숨은 거둬주는 게 세계평화에 도움이 되겠지? 넌 어떻게 생각하냐?"

"사……살려주십쇼. 서……선생님. 뭐……든 시키는 대로 하겠습니다. 살……려주십시오."

레이튼은 죽은피를 뭉텅이로 뱉어내면서 필사적으로 입을 열었다. 그러나 가슴의 출혈이 너무 심각해서 당장 치료를 받지 못하면 살아남는 건 거의 불가능해 보였다. 어차피 죽을 목숨이라면 차라리 고통이라도 덜어주는 편이 나을 터, 그가 권총 슬라이드를 당겼다 놓으며 나직이 말했다.

"우리 직원들이 비교적 멀쩡하다더군. 그래서 마지막으로 배려를 한다. 깨끗하게 보내주마."

"서……선생님."

"네놈이 죽인 수백 원주민의 원혼들이 기꺼이 반겨줄 거다. 잘 가라."

쾅!

대한은 놈의 이마에 총구를 대고 주저 없이 방아쇠를 당겼다. 놈은 비명도 지르지 못한 채 스르르 고개를 떨궜다. 그가 매섭게 돌아서며 말했다.

"탑승. 철수한다."

─ 탑승! 탑승!

멀리 납작한 능선 위로 빠르게 움직이는 호버크래프트가 머리를 내밀었다.

치우로 돌아온 대한은 즉시 장비 고정을 명령하고 함교로 올라왔다.

"속도는?"

"시속 20."

사고친 자리에 오래 있고 싶지는 않았지만 사용한 무장을 고정하는데 시간이 좀 걸렸다. 당장 속도를 올리는 건 불가능했다.

"위성은 전부 차단했지?"

아영이 고개를 끄덕였다.

"응."

"내려온다는 미국 구축함은? 어디쯤 있니?"

"캐롤라인 제도. 아직 600킬로미터쯤 떨어져 있어."

"600이라…… 일단 시간은 충분하네. 살짝 손찌검하고 갈까?"

"어떻게?"

"GPS랑 위치정보 수신 시스템을 모조리 작살내는 건 어때? 적도에서 제대로 표류 좀 시키는 거지 뭐."

"가능해. 위성과 연동되는 시스템들은 GPS뿐 아니라 연동된 무기, 항해관련 시스템까지 전부 다운될 거야."

대한은 턱을 쓰다듬으면서 윈드쉴드 한쪽에 떠오른 지도와 구축함의 위치 표시를 노려보았다. 하루면 충분히 도착할 거리, 어떤 식으로 마무리가 되던 의심의 눈초리는 무조건 그에게 꽂힐 테니 일단은 파푸아뉴기니 정부군이 먼저 진입하도록 해버릴 생각이었다.

"좋아. 시스템 리셋까지 막아라. 한동안 고생 좀 시키자."

"알았어."

아영이 컨트롤 패널로 돌아앉자 그가 다시 물었다.

"에드워드 그놈은 지금 어디 있어?"

"괌. 아까 레이튼이란 사람하고 통화하던데?"

"지랄이네. 이 따위 허접한 짓으로 허비할 시간 없는데…… 일단 회항해서 서울서 괌으로 나왔다가 마카오로 가자."

"응. 준비해 놓을게."

가볍게 고개를 끄덕인 그가 선내 방송을 개방하고 말했다.

"5분 주겠다. 모든 장비를 고정하고 숙소에서 부대별로 보고하라. 가속하겠다."

폭풍전야

10km 상공에서 수평선 위에 걸린 피처럼 붉은 태양을 내려다보는 건 나름 색다른 경험이었다. 바다는 수백만 개의 은색비늘을 끝없이 반짝였고 멀리 수평선과 맞닿은 곳에 뭉게구름을 품은 하늘은 점점 더 붉게 타오르고 있었다. 태양에 시선을 빼앗긴 대한이 정신을 차린 건 멍해진 귀청과 급격한 감속이 느껴지면서였다. 야자수가 창가를 스치기 시작하자 바다는 금방 시야에서 사라져버렸다.

원팻 괌 국제공항, 입국심사대를 통과하기 위해 긴 시간 줄을 선 뒤에야 공항을 나선 대한은 PIC 리조트 버스를 타고 시내로 직행해 리조트에 짐을 풀고 어두워지기 시작하는 밤거리로 나섰다. 눈에 확 띄는 두 미녀가 양쪽에서 팔짱을 낀 모양새여서 행인들의 질투 섞인 시선을 고스란히 감내해야 했지만 기분은 아주 좋았다. 평생 처음 돈이라는 괴물로부터 자유로운 쇼핑을 나선 셈, 평소 두 사람에게 사주고 싶었던 것을 마음 놓고 고를 요량이었다. 관광지 냄새가 물씬 풍기는 여름 옷 몇 가지를 고르고 귀금속 상점에 들러서 작지만 세련돼 보이는 액세서리 몇 개를 산 다음, 해변 벤치에 느긋하게 앉아 음료수를 마셨다. 약속시간이 가까웠지만 여유를 부리고 싶었다.

서늘해진 바닷바람을 한껏 들이마신 그가 벤치에 깊숙이 기대며 말했다.

"아영아. 뉴기니 정부 발표는 있었니?"

"응. 오늘 아침에 뉴기니 정부군이 섬을 장악했대."

"잘 됐네. 김기양 부장님 전화가 효과가 있었군."

"자기들끼리 싸우다 왕초가 죽었다는데 뉴기니 정부군이야 신났지 뭐. 그리고 마리아나 미군기지는 지금 난리야. 뉴기니로 이동하던 구축함이 통신까지 두절돼서 찾느라고 정신없어."

남은 음료수를 마저 마신 그가 씩 웃었다.

"후후. 며칠 고생 좀 하겠지."

"문제는 현지에서 체포된 반군의 증언인데 대부분 밀림 속으로 달아나서 체포된 사람은 몇 안 되는 모양이야. 체포된 반군은 부상자까지 20명쯤 되는데 전부 밀림의 괴물이라느니 유령이라느니 횡설수설하는 걸로 나와. 아직도 혼란스런 상황이라 구체적인 정황이 거론되지 않고 있어."

"순식간에 치고 빠져서 당분간은 누구 짓인지 모를 거다. 일단 우리 얼굴을 보거나 목소리 들은 사람도 없고 시간적으로 우리가 현지까지 갔다 왔다고 생각하기도 어려울 거야."

"일단 치우는 공식적으로 제주도 남쪽 해상에서 성능실험만 하고 돌아간 걸로 해양경찰청에 보고했어."

"잘했다. 뭐. 미국 아이들은 안 믿을 테지만. 후후. 특히 에드워드 이 자식은 절대 안 믿을 거야. 그나저나 뉴기니 위성사진 좀 챙겨봤니?"

"응. 몇 장 봤는데 병영하고 경비정, 장갑차 같은 무기류들이 워낙 완벽하게 파괴돼서 사실 자기들끼리 싸운 거로 보기는 좀 어려울 것 같아."

"그럴 수도 있겠지. 우린 무조건 입 닥치고 오리발이야. 두 사람 다 알았지?"

"물론이야. 그건 그렇고 약속시간 10분 남았어. 어떻게 할 거야?"

아영의 물음에 듣고만 있던 유민서가 눈을 동그랗게 뜨며 반문했다.

"응? 여기서 그 사람 만날 거야?"

대한이 말을 받았다.

"그래. 에드워드 그놈더러 술 한 잔 사라고 했다. 아마 잔뜩 기대하고 나올 거다. 아직 뉴기니 상황을 정확히 모를 테니까."

"아! 그럼 나 빠져 있을까요?"

"아니. 이태식 씨하고 어르신께는 대략 말씀드렸지만 이제부터는 상황이 정말 심각해. 약혼여행 겸해서 나온 거지만 민서 너도 돌아가는 건 정확하게 알고 있어야 돼."

"응. 알았어요."

유민서가 고개를 끄덕이자 대한은 두 사람의 어깨를 끌어안으며 자리에서 일어섰다.

"이제 가볼까? 아마 NSA 아이들이 달라붙어 있을 건데 차라도 태워달라고 해야겠다. 후후."

뒤따라 자리에서 일어난 아영이 말했다.

"4시 방향 40미터에 두 사람, 호텔에서부터 따라다녀."

그는 슬쩍 고개를 돌렸다. 흰색 와이셔츠에 정장바지 차림의 사내 둘이 이쪽을 바라보다가 서둘러 등을 보였다.

"그래. 나도 아까 보긴 했다. 저 삽자루들 우리가 당신들 미행 중입니다 하고 아예 공고를 하고 다니니 모를 리가 있냐. 가보자."

그가 사내들 쪽으로 두 사람을 잡아끌자 유민서가 손으로 입을 가리며 웃었다.

"어머? 진짜 태워 달래려고?"

"응. 택시 부르는 것도 귀찮잖아. 후후."

대한은 성큼성큼 두 사람에게 다가갔다. 두 사람은 최대한 자연스럽게 비스듬히 몸을 돌리며 얼굴을 가렸다. 그가 둘 중 가까운 쪽의 등을 툭 건드리며 말했다.

"헤이. 차 좀 태워주겠소?"

사내가 돌아서며 반문했다.

"뭐요?"

"PIC로 돌아가야 하는 거 알잖소. 약속장소가 거긴데? 아니면 그 키를 빌려주던지."

"무슨……."

그는 엉겁결에 키를 들어올린 사내의 손에서 키를 잡아챈 다음,

유민서와 아영의 다 마신 음료수 캔까지 걷어서 사내의 손에 올려
놓으며 장난스럽게 말했다.

"좀 버려주겠소? 여긴 쓰레기통 찾기가 힘들어서 말이오."

황당한 표정의 사내가 어 하는 사이, 아영과 유민서에게 차 문을
열어준 대한은 재빨리 운전석으로 돌아갔다.

"에드워드 소장에게 늦지 말라고 하시오. 난 지금 간다고."

막무가내로 차를 움직인 그는 나노라디오로 전해지는 아영의 안
내에 따라 PIC로 향했다. 국제면허를 가져오지 않아서 좀 불안했
지만 급하면 다시 아영을 부려먹을 생각이었다.

에드워드는 해변 가까이에 있는 비치파라솔 아래에서 맥주를 마
시고 있었다. 경호원으로 보이는 거구의 사내 둘을 등 뒤에 세워놓
은 채였다. 그가 다가가자 에드워드가 하얗게 이빨을 내놓으며 맥
주병을 들어보였다.

"여어! 김 회장. 이거 오랜만이오. 생각이 달라진 거요? 이 먼 데
까지 날아오다니 말이오."

그가 유민서를 건너편에 앉히며 말했다.

"거기 뒤에 있는 근육들 좀 치워주겠소?"

에드워드가 인상을 찌푸리는 경호원들에게 눈짓을 했다. 경호원
들이 10여 미터 물러서자 에드워드가 말했다.

"미합중국 공군 장교들이오. 함부로 대하지 마시오."

"아. 미안하군. 꼭 머릿속에도 근육만 있을 것 같이 생겨서 말이
오. 후후."

"미국에서 공부했다더니 미국식 농담도 잘하는군."

"케이블TV에서 난무하는 험악한 경찰영화를 많이 봐서 그렇 겠지."

"그래. 콧대 높으신 미래그룹 회장께서 초라한 국방성 동아시 아담당 부수석에게 무슨 볼일이 계신가? 내 제안을 받아들이시는 건가?"

다분히 시비조의 질문, 대한이 씩 웃으며 말했다.

"제안보다는 경고를 하러 왔지."

"호오. 이건 또 무슨 헛소리야? 계집년 둘 달고 미국까지 날아와 서 경고라? 이거 봐 젊은 친구. 여긴 미국 땅이야. 쥐도 새도 모르 게 죽고 싶은가?"

"그래? 능력 있으면 해봐. 난 널 죽이러 왔으니까."

"뭐라고?"

에드워드가 비웃음을 흘리며 말했다.

"건방이 하늘을 찌르는군. 한국 같은 좁은 바닥에서 돈 좀 있으 니까 눈에 보이는 게 없나?"

"다시 한 번 분명히 해두지. 난 미국과 적대할 생각은 없어. 그럴 만한 능력도 없고. 다만 너 같은 쓰레기는 그냥 참아주질 못해. 그 래서 경고하러 온 거야. 큰물 흐리려고 하지 말고 그냥 마약조직 뇌물이나 받아쳐 먹으면서 조용히 살아. 빌어먹을 놈아."

"뭐?"

막말을 입에 담은 대한은 입가의 미소를 지우지 않은 채 오만상 을 찌푸리는 에드워드의 뺨을 툭 건드리면서 자리에서 일어섰다.

에드워드가 반사적으로 팔을 휘저었지만 그의 손은 제자리로 돌아온 다음이었다.

"이런 개자식이!"

고함을 치며 벌떡 자리에서 일어나 허리춤에 손을 가져갔지만 에드워드는 총을 꺼내지 못했다. 부하들은 물론이고 근처에 있는 사람들의 눈이 이쪽으로 돌아와 있었다. 대한이 한 마디 더하고 등을 돌렸다.

"항상 밤길 조심해라."

"저……저……."

심하게 말을 더듬는 에드워드를 남겨두고 휘적휘적 리조트 건물로 돌아갔다.

"나가자. 내일 새벽비행기라도 기분 낼 시간은 충분하다. 클럽이라도 갈까?"

팔짱을 끼면서 눈웃음을 친 유민서가 재빨리 말을 받았다.

"좋아요. 오빠. 저 싸가지 없는 사람한테 도매금으로 욕까지 먹었으니까 오빠가 기분 풀어줘야 돼요. 오늘은 그냥 못 넘어가요. 호호."

"그래. 알았다. 미안해. 후후."

에드워드는 애꿎은 경호원들에게 화풀이를 하면서 해변과 맞붙은 수영장을 벗어났다.

'건방진 놈! 기필코 네놈의 눈에서 피눈물이 쏟아지게 해주마. 몇 달만 더 기다려라. 빌어먹을 자식!'

8군 사령부의 괌 이전과 작전권 이양, 한국의 정권 교체를 전후해서 효용가치가 떨어진 재래식 무장을 충분히 매각하겠다는 국방성과 군산업체의 중장기 계획이 통째로 무너져 내리고 있었다. 더구나 에너지 메이저와 비메모리 반도체 산업까지 위태로웠다. 군수, 에너지, 반도체, 한마디로 미국의 모든 주력산업이 통째로 흔들리는 판이었다. 이제 겨우 서른을 넘긴 새파란 놈이 원인, 인텔과의 기술이전 계약문제만 아니라면 당장이라도 암살을 지시하고 싶은 짜증스런 자였다.

'힘의 차이를 절감하게 해주마. 애송이.'

그는 필사적으로 마음을 다잡으며 수영장 계단을 앞장서 내려갔다. 건너편에서 비키니 차림의 클럽메이트 대여섯 명이 재잘거리며 수영장으로 올라오고 있었다. 야자수 사이로 난 좁은 돌계단이어서 예외 없이 교차해서 지나가야 했다.

'빌어먹을!'

백인 둘에 동양계 넷, 폴리네시아 계열 하나. 분명 미국 땅이건만 클럽메이트들은 동양계가 훨씬 더 많다. 일본과 한국의 관광객이 많다보니 어쩔 수 없지만 기분이 상하는 건 어쩔 수 없었다. 일단 한쪽으로 비켜서서 여자들을 먼저 올려 보냈다. 늘씬한 여자들, 자연스럽게 풍만한 가슴과 엉덩이에 눈길이 갔다. 순간 마지막에 따라오던 여자가 다리를 겹질리며 쓰러졌다. 그가 재빨리 여자를 부축하며 말했다.

"괜찮으십니까?"

"괜찮아요. 감사합니다."

여자가 일어나고 뒤미처 올라오는 관광객 차림의 남녀와 살짝 부딪히면서 뒷목이 따끔했지만 신경 쓰일 정도는 아니었다. 여자들이 지나가고 몇 걸음 내려가 주차장 아스팔트에 발을 내딛을 무렵 갑자기 격렬한 구토가 느껴졌다. 에드워드가 휘청하자 경호원들이 급히 그를 부축했다.

"괜찮으십니까?"

"괜찮다. 가자."

대기하던 경호차량이 다가오자 서둘러 뒷자리에 올라탄 에드워드는 그대로 눈을 감고 등받이에 몸을 기댔다. 그것이 그의 마지막 기억. 대한과 유민서가 들어간 클럽에 아영이 합류한 것은 그로부터 20여 분이 지난 뒤였다.

다음날 아침, 일찌감치 공항을 찾은 대한은 체크인도 하기 전에 애꿎은 신경전부터 한바탕 벌여야 했다.

"지금은 출국하실 수 없습니다."

사복이지만 분명히 군인, 아마 CID쯤 될 것 같았다. 대한은 발목을 잡은 사복군인들을 죽 훑어보고는 이마를 짚었다. 예상은 했지만 귀찮기는 마찬가지였다.

"그래요? 이유는?"

"알려드릴 수 없습니다."

무조건 잡아놓으라는 명령을 받았을 테니 설명은 어려울 터였다.

"이유도 없이 외국인을 잡아놓는다? 그것도 군인이? 웃기는군. 근거는?"

"애국법입니다."

이른바 테러대책법, 한국으로 이야기하면 국가보안법쯤 되는 '법 위의 법'이었다. 그가 픽 웃었다.

"애국법? 내가 테러리스트라는 거요?"

"자세한 건 모릅니다. 출국을 막으라는 상부의 지시입니다."

"상부 누구요?"

"말씀드릴 수 없습니다."

"어디서 폭탄이라도 터진 거 아니면 가겠소."

그가 한 걸음 앞으로 나서자 사복 두 사람이 험악한 표정으로 그를 가로막았다.

"협조하십시오. 아니면 연행하겠습니다."

"그럼 연행해요. 당신들 좋아하는 미란다 원칙부터 읊어주고 말이오."

그가 두 사람을 강하게 밀치고 나가는 순간 새카만 레이밴을 쓴 깡마른 사내가 일행에게 다가섰다. 정복 군인 2명을 대동한 채였다.

"물러서게. 소위."

사내의 얼굴을 확인한 군인들이 재빨리 길을 냈다. 그가 성큼 다가가자 사내가 손을 내밀며 말했다.

"CID 클렌저 대령입니다."

'대령?'

CID 대령이면 최고위 장교일 터, 고위 장교가 직접 공항에 나왔다는 건 그만큼 신경을 쓰고 있다는 뜻이었다. 대한이 악수를 외면하며 차가운 목소리로 말했다.

"설명이 필요한 것 같소만?"

"아! 물론 해드려야죠. 에드워드 소장 때문입니다."

"그 사람이 왜요? 재협상이라도 하자던가요?"

클렌저가 고개를 가로저었다.

"그건 아닌 것 같군요. 어제 김 회장과 만난 직후에 기억을 잃어버렸습니다."

"기억을 잃어요?"

"정확히는 슈도니츠치아 변종 기억상실성 패독貝毒에 감염된 거지요."

기억상실성 패독은 유독성 플랑크톤인 슈도니츠치아Pseudo nitzschia multiseries를 먹은 조개가 축적한 독소로, 태평양연안에서 주로 발생하는 신경독이었다. 보통 구토와 설사를 유발하고 심한 경우 치매나 단기기억상실을 일으키는 독소인데 에드워드의 경우에는 직접 뇌혈관에 주입되어 치명적인 영구기억상실로 이어진 것이다. 뇌세포 손상이 워낙 광범위해서 해독이 된다 해도 죽을 때까지 지독한 치매에 시달릴 터였다. 그가 반문했다.

"슈도…… 뭐라고요?"

"기억상실성 조개독이죠. 아실 텐데요?"

"조개독이라…… 그런 것도 있군. 그런데 그게 나와 무슨 상관이죠?"

"당연히 부인하시겠지만 일단은 당신이 가장 마지막에 에드워드 소장을 만난 사람입니다. 그리고 도착한 지 16시간만에 새벽비행기로 괌을 떠나려 하고 있지요. 당연히 의심할 수밖에 없습니다."

클렌저의 말에 대한도 고개를 가로저었다.

"난 국방성과 투자협상을 하러 왔어요. 물론 감정싸움 때문에 협상은 시작도 못 해보고 결렬됐지만 에드워드 소장에게서 다시 연락이 없다보니 이제 끝난 이야기로 판단하고 다음 스케줄을 위해 움직이는 겁니다."

"말씀은 그럴듯하군요."

"그게 사실입니다."

"헤어진 뒤에는 뭘 했죠?"

정색을 하고 물었으나 기대하는 표정은 아니었다. 조사는 충분히 한 뒤일 터, 꼬투리 잡을 만한 건덕지는 없을 터였다. 대한이 입맛을 다시며 말했다.

"쩝…… 웃기는군. 우린 밤새 리조트 클럽에서 술 마시고 춤 췄소. 아마 증인이 100명은 될 건데? 이미 당신들이 조사도 다했을 거고."

"물론 그렇습니다. CCTV를 다 뒤졌는데 헤어지고 나서는 줄곧 클럽에 있더군요. 방에 심어놓은 도청기는 물속에다 넣어버렸고요."

"아. 그거 당신들 거였군. 난 그런 거 상당히 싫어하는데? 그리고 사람이 죽은 것도 아니고 그냥 기억만 잊어버렸는데 그걸 빌미로 관련도 없는 외국 기업인을 불법으로 억류한다? 이거 좀 심하다 싶지 않소?"

"그래서 사과도 드릴 겸 내가 직접 나왔습니다. 몇 가지 확인만 하고 출국하시도록 조치할 겁니다."

그가 혼잣말하듯 중얼거렸다.

"밤새 고생깨나 했겠군."

"……."

클렌저는 쓴웃음을 지으며 고개를 가로저었다. 긍정의 의미였다. 대한이 물었다.

"그래 확인은 뭐가 하고 싶은 겁니까? 지금 체크인하지 못하면 비행기 놓칩니다."

"그건 걱정 마시고 가방이나 열어주십쇼. 이제 가방만 보여주면 끝입니다."

"옷가지 몇 개하고 서류뿐이오."

클렌저가 정복군인들에게 손짓을 하며 대답했다.

"형식적인 겁니다. 진짜 에드워드 소장에게 독을 투입했다고 해도 바보가 아닌 이상 관련 증거물을 가지고 다닐 리가 없으니까요."

정복군인들이 들고 있던 큼직한 가방을 열어 스캐너를 꺼냈다. 눈빛을 교환한 세 사람은 들고 있던 서류가방과 핸드백을 열어서 탁자 위에다 내려놓고 한 발짝 물러섰다. 마음대로 보라는 의미, 짧은 여행이라 어차피 짐도 많지 않았다. 군인들이 스캐너로 가방들을 훑는 사이 서류뭉치와 옷가지를 하나하나 들춰본 클렌저가 군인들과 눈을 맞춘 다음, 어깨를 으쓱해 보이며 말했다.

"졌습니다. 이만 나가시죠."

대한이 쓰게 웃으며 가방을 챙겨들었다.

"앞으로 괌에 놀러올 일은 없을 것 같군요."

"미안합니다. 즐거운 여행되십쇼."

부드러운 인사말, 그러나 대한이 돌아서기가 무섭게 클렌저의 표정은 신경질적으로 변해갔다. 느닷없는 NSA 고위층의 출현도 신경이 쓰였는데 이젠 당장 작전 입안자가 기억을 잃고 죽어나갈 판이니 짜증스러울 수밖에 없었다.

낮 시간에 보는 밤의 도시 마카오는 회색으로 가라앉아 있었다. 대한은 김정남이 드나든다는 MGM그라운드 스위트에 짐을 풀고 한국식당 이가에서 푸짐하게 저녁식사를 한 다음, 가벼운 마음으로 해변의 다소 엉성해 보이는 관음상까지 산책을 했다. 한국의 관음상이 후덕한 인상이라면 마카오의 관음상은 어딘지 요염한 인상, 부처보다는 인도 신화 비쉬뉴의 이미지에 가까웠다. 양쪽에서 팔짱을 낀 아영과 유민서를 끌고 잠시 해변의 포장보도를 오가며 시간을 보내는 사이 서울에서 전화가 왔다.

— 약혼 여행은 즐거우십니까? 회장님?

목소리는 이태식이었다. 당내 선거전 준비에 한창 바쁜 사람이니 뭔가 급한 일이 있다는 뜻이었다.

"아! 즐겁죠 뭐. 의원님은 어떠세요?"

그가 해변 난간에 기대서며 말했다.

— 회장님 때문에 정신없이 바쁩니다. 후후. 멀쩡한 변호사 하나 골치 아픈 정치판에 밀어 넣어서 신세 망쳐놓으셨습니다. 책임지세요.

"윽…… 그게 그렇게 됩니까? 후후. 아무리 그래도 책임은 못 집니다. 지역구 의원님만 32분을 거느린 거대 계파 수장을 제가 어떻게 책임을 집니까. 의원님이 절 책임지셔야죠. 후후."

―이런…… 또 오리발이십니까? 저 후보 사퇴하는 수가 있습니다.

"아이고. 대통령 되실 분이 무슨 엄살이십니까. 후후. 그나저나 무슨 급한 일이라도 생기셨습니까?"

―큰일은 아닙니다. 몇 년 전부터 말이 나오던 은행 민영화가 결국 본격적으로 시작되는 모양입니다. 대상은 산업은행과 우리은행입니다.

"인수하자는 말씀이십니까?"

―올해 수익을 매입자금으로 돌려놓는 것도 나쁘지 않을 것 같습니다. 연초에 중소기업과 서민전용 은행 설립을 거론하셨던 것이 생각나서 말입니다. 실제로 중소기업과 서민전용 은행으로 운용하게 되면 차후 대선에도 유리하게 작용할 것 같습니다.

"괜찮은 생각이군요. 인수비용은 얼마나 될 것 같습니까?"

―확실치는 않습니다만 현재로선 2조 안쪽입니다.

"흠…… 일단 생각해보겠습니다. 유태현 사장님과 상의해서 긍정적으로 진행하겠습니다."

―감사합니다. 회장님.

"감사라니요. 그런 말씀 마십쇼. 계속 고생해주세요."

―편안한 여행되십시오. 이만 끊겠습니다.

전화를 끊은 그는 잠시 머릿속을 정리한 다음 유태현에게 인수를 검토해달라는 문자를 날린 뒤 전화를 갈무리하며 아영에게 물었다.

"참! 김정남 이놈 어디 있니?"

"MGM 팬트하우스. 호텔 제일 위쪽 블록이야."

아영이 재빨리 대답했다. 멀리서 보면 컨테이너 세 개를 얹어놓은 것처럼 보이는 MGM호텔은 크게 세 블록으로 나뉘어 있었다. 제일 위의 실버블록은 팬트하우스와 빌라, 중간 실버블록은 스위트룸, 가장 아래 브론즈 블록은 일반객실이었다. 김정남은 실버블록에 수천만 달러짜리 팬트하우스를 가지고 있다는 이야기였다. 그가 입맛을 다셨다.

"빌어먹을 놈. 지들 말로 인민은 하루에 수천 명씩 굶어죽는 판에 팬트하우스에다 카지노가 말이 되냐? 저거 그냥 확 거꾸로 매달아버려야 되는데. 에효……."

그의 짜증스런 혼잣말에 유민서가 그의 팔을 쓰다듬으며 대꾸했다.

"지금은 어쩔 수 없잖아요. 당장 성질대로 하려고 하지 말고 나중에 상황 정리되면 혼내준다고 생각해요."

"그래야지. 뭐. 아영아. 카지노에는 보통 저녁 9시 이후에 나타난다고 했었지?"

"응. 베네치안이나 MGM VIP룸에서 주로 바카라나 블랙잭을 한다고 했어."

"베네치안이나 MGM이라…… 좋아. 일단 자연스럽게 만나야 하니 카지노에서 보는 게 좋겠지. 시간 여유는 있으니까…… 우선 너희들 파티드레스 사러 가자."

거의 동시에 아영과 유민서의 입에서 똑같은 말이 튀어나왔다.

"파티드레스?"

"그래. 이왕 여기까지 왔으니 멋진 드레스 하나씩 장만하지 뭐. VIP룸에 들어가려면 그 정도는 입어줘야 될 거야. 베네치안에 괜찮은 가게들 많다고 하더라. 일단 거기로 가자."

어깨를 모두 드러낸 실크 이브닝드레스는 무서울 정도로 섹시했다. 유민서는 퓨어 화이트, 아영은 퓨어 블랙. 색깔을 제외하면 질감까지 완벽하게 똑같은 디자인의 롱드레스였다. 몸매와 미모가 받쳐주는데다 하이힐과 앙증맞은 손가방까지 색깔을 맞춰 모든 것을 흑과 백으로 통일해버렸다. 드레스를 고르면서 너무 튀는 거 아닌가 싶어 잠시 갈등했지만 의외로 두 사람의 반응이 긍정적이었다. 유민서의 말이 걸작이었다.

"딱 오빠잖아요. 야누스, 비밀도 많고 마카오하고도 잘 어울리고. 호호."

늦은 저녁식사 직후에 MGM 카지노를 한바퀴 돈 다음 베네치안으로 건너갔다. 팬트하우스에서는 나간 것으로 나오는데 MGM에는 김정남의 모습이 보이지 않았다. 아무래도 규모가 큰 베네치안 카지노로 건너갔을 가능성이 높았다. 거대한 베네치안 카지노의 규모는 MGM의 두 배가 넘었다. 호텔 안에 아예 인공운하가 만들어질 정도에 수십 개의 명품상점들까지 줄지어 들어선 초대형 카지노였다. 일단 실내로 들어서면 원형 홀을 중심으로 수백 개의 테이블들이 끝없이 이어졌고 무려 1,600개의 슬롯머신이 내뿜는 엄청난 쇳소리가 다른 모든 소음을 잡아먹었다. 그나마 희뿌연 담배연기가 눈부신 조명을 다소나마 가라앉히고 있었다.

대한은 우선 위층에 있는 26개 VIP룸을 산책하듯 천천히 한 바퀴 돌았다. 위치확인, 김정남은 여섯 번째 방의 블랙잭 테이블에 앉아 있었다. 테이블에 앉아 있는 사람은 김정남을 포함해서 셋, 전부 동양인이었다. 김정남은 스포트 두 개를 쓰고 있었다. 베팅액은 기본이 50,000홍콩달러에서 500,000홍콩달러였다. 대략 한화 600만 원에서 6천만 원. 등 뒤에 열중쉬어 자세로 서 있는 경호원인 듯한 거구의 사내 둘이 다소 신경을 건드렸으나 그냥 무시했다. 일단 느긋하게 김정남이 앉아 있는 테이블로 다가가 김정남과 눈을 맞추며 영어로 말했다.

"끼어도 될까요?"

김정남이 테이블 위에 올려놓은 양손바닥을 슬쩍 들어올리며 말했다.

"이번 슈는 안 좋은데? 괜찮겠소?"

"제가 들어가면 바뀔 수도 있죠."

블랙잭을 실제 해본 적은 없지만 대한으로서는 철썩같이 믿는 구석이 있었다. 김정남이 이의 없다는 듯 자리를 권했다.

"그럼 앉으시오."

그는 맨 끝자리에 앉으며 케이먼 아일랜드의 은행 중 하나의 플래티늄 카드를 테이블 위에 올려놓았다. 유민서와 아영은 그의 바로 뒤에 나란히 서서 음료수를 마시기 시작했다. 흑백 드레스를 입은 대단한 미인 둘을 거느린 기묘한 모양새인지라 김정남도 함부로 대하지 못하는 것 같았다. 딜러가 매니저에게 손짓을 하며 물었다.

"얼마나 결재할까요?"

"2천만 홍콩달러. 카드는 돌리세요. 난 칩이 오면 들어가겠소."

"알겠습니다."

정장차림을 한 매니저가 재빨리 다가와 카드를 들고 사라졌다가 투명한 칩박스에 고액 칩들을 가지고 돌아왔다. 재빨리 사인해주고 칩을 받은 그는 한판이 돌고 딜러가 카드를 접자 100만 달러짜리를 5만 달러 칩으로 나눠 5만씩 가벼운 베팅을 시작했다.

판은 그리 나아지지 않았다. 플레이어들에겐 절묘하게도 페이스 카드와 작은 숫자가 붙어다녔고 딜러에겐 페이스 카드가 떨어졌다. 앞에서 무리한 히트로 두 사람이 21을 넘겨 버스트 되어버리고 김정남은 17과 19에서 히트를 멈췄다. 딜러의 카드가 페이스인 걸 생각하면 불안했지만 어쩔 수 없는 선택이었다. 대한의 카드는 페이스와 6, 도합 16이니 받을 수도 안 받을 수도 없는 애매한 숫자였다.

―다음 카드 6. 받지 마.

나노라디오를 통해 전송된 아영의 목소리. 대한이 받으면 당연히 버스트고 딜러가 받아도 딜러 버스트의 가능성이 높았다. 더 생각할 이유는 없었다. 그가 손등으로 카드 위를 가로저었다.

"컷."

딜러는 6과 7을 연속으로 내려놓고 버스트 되어버렸다. 김정남이 주먹을 불끈 쥐며 낮게 소리쳤다.

"예스! 바로 그거야!"

그가 금방 딴 칩을 그대로 더해 10만 달러를 베팅하자 환하게 웃은 김정남이 베팅을 올려 50만 달러씩을 올려놓았다.

"정말 당신이 분위기를 바꿀 모양인데? 좀 따봅시다. 하하."

다음 판은 김정남에게 블랙잭 하나가 떨어지고 한패는 페이스 2장, 대한은 9와 2, 딜러는 3을 받았다. 앞에서 계속 패스를 하고 그의 카드에 딜러의 손이 돌아오자 다시 아영의 목소리가 들렸다.

—다음 카드 9. 더블로 베팅해. 같은 액수의 칩을 뒤에다 붙여놓으면 돼. 올려놓지 말고.

그는 말없이 5만 달러 칩 두 개를 원래 베팅되어 있는 칩들 뒤에다 붙여놓았다.

"더블"

딜러가 말하며 카드 한 장을 던졌다. 역시 9, 도합 20이니 나쁠 것은 없었다. 딜러는 5와 페이스 카드를 받아 앞자리에 있던 두 사람의 칩을 걷고 김정남과 그에게는 베팅된 만큼 칩을 붙여놓았다. 김정남은 껄껄거리며 딜러에게 칵테일을 주문했다. 50만 달러씩 두 스포트에 베팅을 했고 한 패는 블랙잭이었으니 단판에 125만 달러를 챙긴 셈이었다. 카드 4벌의 반쯤 남은 슈가 모두 끝나고 딜러가 기계에서 새 카드를 꺼낼 때쯤에는 대한의 앞에 80만 달러 남짓의 칩이 더 쌓였고 김정남은 700만 달러 정도를 더해 놓고 있었다. 맨 뒤에 앉은 대한이 다음 카드를 읽고 딜러의 카드를 좌우하니 승률이 높아질 수밖에 없었던 것이다.

그렇게 슈 몇 턴이 더 돌고 밤 11시가 넘어갈 무렵 엄청난 숫자의 칩들을 쌓아놓은 대한이 자리를 털고 일어섰다. 처음으로 한국말을 하면서였다.

"오늘은 이만 하고 쉬어야겠습니다. 많이 따십시오."

"남조선 사람이로군. 기럼 오늘은 북남 인민이 술 한 잔 같이하디. 당신하고 게임을 하니 블랙잭도 재미있구만 기래. 기분도 좋고 말이야. 후후."

"좋습니다. 그러시죠."

김정남의 제안에 선선히 동의한 그는 칩을 테이블에 그대로 보관시키고는 나란히 아래층으로 내려와 그 중 조용한 바를 찾았다. 바에 자리를 잡으면서 아영과 유민서에게 조금 떨어진 스탠드로 가라고 손짓을 하자 김정남이 말했다.

"합석시키시디. 미인이구만."

"제 약혼자와 동생입니다. 최고인민회의 위원님과 마주하는 자리에 끼워주긴 좀 그렇죠?"

그의 대답에 김정남의 눈매가 순간적으로 사나워졌다.

"내가 누군지 아는군."

"물론입니다. 대통령의 전갈을 가져왔으니까요."

"대통령?"

"그렇습니다. 말을 전하기 전에 몇 가지 확인이 필요합니다."

"당신을 어떻게 믿지?"

"대통령께서 형만한 아우 없다고 전하라 하시더군요."

준비된 대답, 김정남이 긴장을 풀었다.

"믿어야겠군. 이야기하시오."

"김정일 국방위원장께서 아직 생존해 계십니다. 수습은 어떻게 하실 생각입니까?"

"웬만한 건 다 전달했을 텐데?"

의심스럽다는 뜻, 그가 천연덕스럽게 답했다.

"직접 듣고 오라셨습니다."

"흠…… 좋아. 간단히 이야기하디. 아버님께서는 오래 못 살아. 잘해야 1년이나 될까? 위대한 주석과 국방위원장께서 이뤄놓은 조선인민민주주의공화국을 장성택이 같은 기회주의자가 차고앉는 꼴을 볼 수 없디. 그래서 서둘러 마음을 결정한 기야. 내가 정권을 장악하면 남조선과의 우의도 돈독해질 기고 핵폐기 이행도 투명하게 할 기야. 남조선 입장에서는 약간의 지원으로 손 안 대고 코를 푸는 거이디. 명분상으로도 맏아들인 내가 최고의 선택이오. 인민들도 모두 나를 따를 거고."

대한은 물끄러미 김정남의 기름기 흐르는 뻔뻔한 얼굴을 다시 한번 돌아보았다. 카지노에서 도박으로 시간을 죽이고 앉아 있는 자가 할 이야기는 사실 아니었다. 더구나 김정남이 몇 초의 쾌락을 위해 블랙잭 테이블에 올려 놓은 칩 하나면 수천 명의 아사를 막을 수 있을 터였다. 다시 보기 싫은 짜증스런 얼굴, 그가 울화를 눌러 참으며 말했다.

"전면적인 내전이 될지도 모릅니다. 국방위원회 장성들을 제압할 만한 세력은 확보하신 겁니까?"

"뭐 약간의 희생은 각오해야갔디. 서부전선 병력과 중국 39집단군이면 평양병력 정도는 충분히 제압할 수 있소. 애들 손목 비틀기디."

대한이 어이없다는 투로 물었다.

"중국군을 끌어들이시겠다는 이야기입니까?"

"왜? 안 될 것 같소? 내 말 한마디면 후진타오 주석도 당장 손을 내밀 기야. 걱정 말기요."

자체의 병력으로는 어려우니 중국군의 진주를 요청하겠다는 의미, 한 마디로 철없는 10대의 치기였다. 이런 자와 국가경영을 이야기한다는 것 자체가 애당초 말이 되지 않았다. 그가 고개를 가로 저으며 말했다.

"평양에 진주한 중국군이 곱게 정권을 넘겨줄 거라고 생각하시는 겁니까?"

"나 아니면 누가 감히 국방위원장을 맡았어. 제아무리 중국이라도 다른 사람으론 어렵디. 온 세상에서 나 하나밖에 안 되는 자리야. 으흐흐흐."

김정남은 음침한 웃음을 흘리고 대한은 실소를 머금었다. 정말 대책 없는 자, 일을 시작도 하기 전에 총 맞아 죽을 위인이었다. 그가 다시 말했다.

"거사 계획과 남쪽의 협조사항을 다시 정리해주십시오. 확실히 하고 싶습니다."

"거사 날짜는 내가 정해서 셋을 보냈디. 대통령이 가장 좋다고 생각하는 날로 결정해서 보내라고 했디. 거기에 맞춰서 모든 걸 진행할 기야. 중국에는 이미 사람을 보내났으니끼니 그 날짜에 맞춰 군대를 일으키기만 하면 되는 기야. 그리고 말이야……."

김정남은 허술하기만 한 계획을 구구절절 털어놓기 시작했다. 그러나 대한의 귀에는 제대로 들리지 않았다. 튀어나오는 비명을 찍어 누르느라 다른 생각을 할 여력이 없었던 것이었다.

'젠장! 이 미친놈이 벌써 사고를 쳤잖아!'

상황이 심각했다. 중국은 이미 남하할 명분을 손에 쥔 셈이고 어떤 식이든 북한의 일에 개입하면 자칫 중국과 전쟁을 해야 할 판이었다. 그리고 김정남의 계획이란 것이 너무 한심했다. 달랑 날짜에 맞춰 무조건 군대를 일으키고 중국군과 함께 평양으로 진군한다는 것뿐이었다.

'이게 도대체 뭐지?'

이렇게 허술한 계획으로 일을 추진하는 김정남의 머릿속도 궁금했지만 그걸 지원하겠다고 나선 대통령의 생각이 더 궁금했다. 분명 뭔가 다른 이유가 있을 터였다. 갑자기 머릿속이 복잡해진 대한은 대충 대통령의 의사를 전달하고 만일을 대비해서 한 달쯤 후로 다시 만날 시간과 장소를 정했다. 우선은 생각할 시간이 필요했다.

연평도

서울은 종반을 향해 치닫는 여야의 대통령후보 경선으로 후끈 달아올라 있었다. 여당은 당 총재 박지웅 의원이 간발의 차이로 국무총리 출신의 한영수 후보를 앞섰고 여당의 잇단 실정을 등에 업은 야당은 예상대로 6명의 후보가 난립해 있었다. 물론 이태식이 선두, 당 총재 안성윤이 힘겹게 추격하는 양상이었다. 당내 조직력에서 앞선 안성윤이 다소 유리할 거라는 예상은 대중의 폭발적인 인지도 앞에서 물에 젖은 종이처럼 갈갈이 찢어져버렸고 차이는 점점 더 벌어지고 있었다. 34명에서 계속 늘어나는 지역구 의원의 계파 합류와 미래그룹의 든든한 재정지원이 조직력까지 보태는 모양새였다.

대한이 서울로 돌아온 즉시 급물살을 타기 시작한 산업은행과 우리은행 인수도 경선에 힘을 더했다. 중소기업과 서민전용 은행으로 운영하겠다는 발표가 이어지면서 인터넷은 미래그룹과 이태식에 대한 이야기로 들끓었다. 정경유착이라는 말이 나오지 않은 것은 아니지만 미래병원과 서민변호사의 이미지가 워낙 강하다보니 정경유착에 대한 우려는 수면 아래로 가라앉아버렸고 대신 이태식 대세론이 분위기를 타는 모습이었다. 최종 경선일은 아직 여유가 있었지만 승패는 이미 눈에 보였다. 거기에 그룹의 상반기 실적까지 하늘 높은 줄 모르고 치솟았지만 치우가 들어간 격납고를 내려다보는 대한의 입에서는 자꾸만 욕설이 튀어나오고 있었다.

'젠장!'

고민은 깊었다. 당장 선을 긋기가 힘들었던 것이다. 문제의 중심에는 대통령과 김정남이 있었다. 그가 본 김정남은 분명 함께 대세를 논할 사람이 아니었다. 사람 보는 눈이 정확하다고 자신할 수는 없지만 김정남은 더도 덜도 아닌 술과 마약, 여자와 도박에 절은 낙오한 황태자였다. 그런데 대통령은 그런 김정남을 지원하겠다고 선언했다. 그것도 일개 기업인인 자신을 통해서였다. 대통령이 실정은 많이 했지만 기업과 정치판에서 닳고 닳은 정치인, 쓸데없는 일에 시간과 자금을 투자할 이유가 없다.

'뭘 감추고 있는 건가?'

대통령이 뭔가 감추고 있다는 생각이 먼저 들었다. 김정일의 사망은 이제 불과 몇 달 앞으로 다가왔다. 시점도 애매했다. 이태식 변호사가 당선이 되던 안 되던 대통령선거가 끝난 다음이라면 장기적인 계획을 세우고 그에 맞춰 움직일 수 있다. 그러나 당장은 죽으나 사나 선거를 코앞에 둔 핸디캡을 안고 가야 했다. 결론은 하나였다.

'대통령에게서 답을 구해야 한다는 이야기로군.'

어차피 한 번은 만나야 할 입장, 시간을 끌 이유는 없었다. 즉시 전화기를 들었다.

"먼 길 다녀오느라 수고했어요. 김 회장."

이한우는 반갑게 그를 맞았다. 밤 11시, 청와대는 유령이라도 나타날 것처럼 조용했다.

"오늘은 술 한 잔 합시다."

손짓으로 자리를 권한 이한우는 브랜디를 조금 따른 술잔 두 개를 들고 소파로 돌아와 앉았다. 이한우가 그의 앞으로 술잔을 밀어내며 말했다.

"그 사람 만나보니 어떻던가요?"

"……."

잠시 침묵을 지키다 그가 차분한 목소리로 물었다.

"이제 말씀해주실 때가 되지 않았습니까?"

"무척이나 궁금했던 모양이로군."

"그렇습니다. 솔직히 김정남은 대사를 논할 사람이 못될 것 같았습니다."

씩 웃은 이한우가 고개를 끄덕였다.

"이래저래 질곡이 많았던 사람이에요. 속을 다 내보이진 않았겠지."

"글쎄요. 무슨 말씀을 하셔도 믿을 수 없기는 마찬가지입니다. 이제 왜 굳이 그 사람을 지원하려 하시는지, 왜 저를 메신저로 택하셨는지 말씀하실 때가 된 것 같습니다."

이한우가 다시 웃으면서 술을 조금 삼켰다.

"털어놓기는 아직 좀 일러요. 그냥 날 좀 도와줘요."

"전후사정을 모른 채 가라앉는 배에 올라타고 싶지는 않습니다."

"이런. 내가 난파선이란 이야기인가?"

"솔직히 말씀드리면 그렇습니다."

"나라를 위한 일인데도?"

"그것도 생각하기 나름이겠죠. 제가 생각하는 애국과 대통령께서 생각하는 애국이 다를 수 있으니까요."

"호오. 미래그룹이 대단한 회사인 것으로 착각하는 거 아닌가? 아직은 내가 대통령이에요. 내년이 정말 김 회장 세상이 된다고 해도 내년을 맞으려면 나와 협조를 해야 할 겁니다. 내가 맘먹고 파토를 놓으면 아예 내년을 맞지 못할 수도 있어요."

"예?"

"이태식 의원이 김 회장 사람이라고 하더군. 이왕 정치에 손을 댔으니 당선을 시켜야 할 것 아니오."

대한은 대답을 삼킨 채 물끄러미 이한우의 얼굴을 건네다 보았다. 역시 만만한 사람은 아니다. 이한우 역시 이태식 변호사의 당선 가능성을 높게 잡고 뭔가 거래를 원하고 있었다. 문제는 그게 뭐냐였다. 그가 부지런히 머리를 굴리는 사이 이한우가 말을 이었다.

"김 회장도 기업하는 사람이니 기억해두세요. 한국의 발전은 여기까지가 한계에요. 따라와야 할 보통 사람들이 너무 많이 알면 일해 먹기가 힘들거든. 적당히 모자라고 겁주면 겁도 좀 먹고 그래야 나라를 제대로 끌고 갈 수 있는데 이건 다들 잘나서 말들이 너무 많아. 사실 미국이 가장 잘한 건 엘리트 정책과 우민화愚民化 정책이거든."

"……."

"물론 김 회장이야 동의를 안 할 수도 있겠지. 생각은 다들 다른 거니까. 어쨌거나 난 길은 북한에 있다고 봐요. 완벽하게 통제된 사회이자 깃발 하나면 모두들 군소리 없이 전진하는 사회니까 말이오. 소수의 엘리트가 제대로 이끌어 가면 단기간에 가장 효율적인 국가를 만들 수 있어요. 안 그런가요?"

"말씀하시는 의도를 모르겠습니다."

이한우는 남은 술을 들이키고는 다시 술을 따르며 말을 이었다.

"내가 북한을 경영하도록 놔두라는 이야기요."

"예?"

의외의 대답, 몽둥이로 뒤통수를 얻어맞은 느낌이었다.

"대신 이태식 의원이 당선되도록 한 손을 더해주지. 내가 돕는다면 어렵지 않게 선거에서 이길 수 있을 거요."

대한은 심호흡을 하면서 재빨리 머릿속을 정리했다. 일단 이한우가 돕는다면 변수가 많은 당내경선과 대통령선거에서 유리한 고지를 점할 수 있을 터였다. 그러나 빚이 생기는 건 사양이었다. 물론 '북한경영'이라는 단어의 의미를 모른 채 독일지도 모르는 미끼를 덥석 물 수도 없었다. 그가 말했다.

"글쎄요. 제가 누구에게 신세지는 걸 싫어해서 달갑지는 않군요. 저로선 다음에 해도 그만입니다."

"후후. 원하는 게 뭐냐고 묻고 싶은 모양이로군."

"그렇습니다."

"미래가 가진 기술력이라면 믿겠나?"

"흠…… 애매하군요. 아시다시피 국내 기업에겐 문호가 개방되어 있습니다. 굳이 기술을 요구하실 이유가 없습니다."

"이런…… 당연히 이유는 있지. 우리가 북한을 접수한다는데 중국이나 미국, 일본이 가만히 있겠나? 일단 시비라도 붙여보겠지? 그럼 그 사람들에게 우리가 줄 수 있는 건 뭐가 있을까? 뭘 줘야 조용해지겠나?"

대한은 말없이 웃었다. 솔직히 어이없는 발상이었다. 무슨 복안을 가지고 있는지는 몰라도 이한우는 대한을 너무 우습게 보고 있었다. 물론 북한에 대해서도 마찬가지, 김정남 정도의 패로 북한을 장악한다는 건 너무 안일한 생각이었다.

"정말 김정남이 북한을 장악할 수 있다고 생각하시는 겁니까? 정말 중국의 힘을 빌어서 통일을 하시겠다는 겁니까? 솔직히 이해가 안 되는군요."

"핵심기술 몇 가지를 내주고 통일을 할 수 있다면 남는 장사 아니겠나? 김 회장은 민족과 나라의 미래를 위해서 투자를……."

이한우가 몇 가지 이야기를 더했으나 대한은 관심을 두지 않았다. 생각하고 자시고 할 것 없었다. 기본적으로 이한우의 생각은 임기 내 남북통일이라고 보아야 했다. 어쩌면 통일을 이룬 대통령으로 역사에 길이 남을 수도 있는 절호의 기회, 더불어 통일정부의 대통령으로서 계엄을 선포하면 임기를 몇 년 연장할 수도 있을 터였다.

'제기랄…… 역시 잔머리의 대가였어.'

내심 잔뜩 욕설을 쏟아낸 대한이 단호한 목소리로 말을 받았다.

"저는 빠지고 싶군요. 정치는 정치인들끼리 하십시오. 미래그룹이 공식적으로 이태식 의원을 후원하고 있지만 당의 정책에 관여하지는 않습니다. 또한 그분이 대통령에 당선되는 순간부터 저는 후원자가 아닙니다. 이권을 챙길 생각은 더더구나 없고요. 전 장사꾼답게 그저 장사나 열심히 할 생각입니다."

이한우가 빙긋이 웃으며 고개를 끄덕였다.

"멋진 생각이로군. 그것도 좋은 이야기지. 하지만 이미 발을 들여 놓은 상황이라 이제 빼기는 어려울 텐데?"

이한우의 장난스런 반문, 대한은 정색을 했다.

"전 발 담근 적 없습니다? 대통령께서 김정남을 만나라고 해서 만난 것뿐이죠. 상종 못할 인간이란 결론만 내렸고요."

"그런가? 그런데…… 어제 국정원 보고서를 보니까 마카오에서 찍은 사진이 몇 장 있던데 한번 보겠소? 아주 잘 나왔더군. 그리고 은행 2개를 한꺼번에 인수하는 것 때문에 은행감독원이 독점문제를 거론하던데?"

대한은 미간을 좁혔다. 대놓고 하는 협박, 평소라면 아무것도 아니지만 대선을 코앞에 둔 시점에서 좌파 어쩌고 하는 이야기가 흘러나오면 이래저래 골치 아파질 건 뻔했다. 은행인수 건은 더했다. 대통령의 말 한마디면 얼마든지 흔들어버릴 수 있을 터였다. 상대는 대통령이었다.

의미심장한 웃음을 머금은 이한우가 다시 말을 이었다.

"나도 벗고 다주자는 이야기 아니오. 진짜 핵심은 빼고, 대체가 가능한 신제품이 나온 것을 우선순위로 해서 기존의 물건을 내주자는 거요. 어차피 노벨상까지 이야기가 끝난 마당이니 줄 건 줍시다. 통일을 위해서라면 난 모든 걸 내줄 용의가 있어요."

"우리 재산 다 퍼주고 하는 통일이 과연 국가와 민족을 위해서 도움이 될까요? 건방진 이야기입니다만 그게 진정 국가를 위하고 민족을 위하는 길이라고는 생각되지 않는군요. 정말 대다수의 국민이 원한다고 생각하시는 겁니까?"

"흠…… 대다수의 국민이 원한다라…… 이거 김 회장도 평등에 대한 환상을 가진 모양이로군."

"환상이요?"

"그래요. 환상. 치기어린 환상은 이만 깨트리세요. 사람은 그릇과 능력과 자격에 따라 자리를 달리해야 돼요. 적재적소라는 말이 왜 나왔겠소. 김 회장도 그만한 그릇과 자격을 갖췄으니 그에 맞는 자리를 잡아야지요. 물론 지금 당장이야 대중적인 인기가 하늘을 찌르니까 별 문제 안 되겠지만 인기라는 요물이 얼마나 오래 김 회장 곁에 있으리라고 생각하지? 사실 가진 사람에 대한 대중의 '경외와 선망'에는 '질시'라는 괴물이 항상 따라다니는 거요. 어느 순간 대중이 등을 돌리면 인기라는 건 모래성처럼 순식간에 허물어지게 되어 있어요. 힘이 있을 때 확실히 틀어잡아서 아무도 등을 돌릴 생각을 못하게 해야 되는 거요."

대한은 슬그머니 고개를 가로저었다. 이 사람은 도대체 무슨 생각을 하고 있을까. 선문답도 아닌데 논점이 시공을 마구잡이로 넘나들고 있었다. 실질적인 흡수통일을 원하는 건지 그냥 북한을 손에 쥐고 흔들겠다는 건지조차 파악이 어려웠다. 분명한 건 오로지 뭔가 일을 꾸미고 있다는 것뿐이었다. 순간 귀가 뻥 뚫리는 이야기가 들려왔다.

"……곧 북한의 의도적인 도발이 있을 거요."

"의도적인 도발?"

"이제 선거철이잖소. 김정남 씨가 우리 요원에게 메시지를 보냈더군. 이달 25일이라던가? 보나마나 서해 NNL 어디쯤이기가 쉬울 거요. 북한 입장에서는 여당의 재집권을 막아야 한다는 절박한 이유가 있으니 시도해볼 만한 일이지. 지난 4년 반은 엄청나게 힘들었으니까 말이오. 여당이 다시 집권하면 이런 긴장이 계속 이어진다. 그러니 이번엔 잘 퍼주는 정권을 들여놔라. 뭐 이런 이야기 아니겠소?"

'도발이라…… 이거 또 헷갈리는군.'

"아! 생각난 김에 물어봅시다. 김 회장도 그냥 퍼주자는 쪽이오?"

느닷없는 이한우의 질문에 부지런히 머릿속을 정리하던 대한의 표정이 기묘하게 일그러졌다. 대화가 시종일관 끌려다니는 느낌이 없지 않았던 것이었다. 그가 입맛을 다시며 반문했다.

"퍼주다니요?"

"식량이나 중유지원 말이오. 내가 상호주의를 전제로 틀어막아 버렸는데 그간 여기저기서 말들이 많아서요. 김 회장은 어떻게 생각하느냐는 겁니다."

'뭐야. 이번엔 떠보는 건가?'

쓴웃음을 머금은 그가 차분하게 말했다.

"인도적 차원의 식량지원에는 이의가 없습니다. 그러나 주는 사람이 제 이름도 못 쓰는 멍청한 짓은 곤란합니다. 항상 이야기하는 거지만 단 한 가마라도 지원하면 최소한 쌀자루에 대한민국 넉자는 박아서 보내야죠."

"저쪽이 그런 식은 싫다고 하면?"

"중단이죠."

대한의 단호한 대답에 이한우가 크게 고개를 끄덕였다.

"아주 맘에 들진 않지만 그것도 그런대로 괜찮은 대답이로군. 그 정도라면 같이 갈 수 있겠어. 선거전도 그렇고 은행 건도 내 힘껏 지원하지."

일단 이한우가 먼저 손을 내민 셈. 그러나 대한의 대답은 미지근했다.

"지원해주신다면 그거야 감사히 생각할 일이지만 신기술을 내주는 문제는 쉽게 결정할 사안이 아닙니다. 깊이 생각해 보겠습니다."

"부정적으로? 아니면 긍정적으로?"

"긍정적으로 검토하겠습니다. 단, 조건이 있습니다."

"이야기해보시게."

"김정남과 북한에 대한 대통령님의 의사를 정확히 해주십시오. 타협이 어려운 수준이라면 전 동행이 될 수 없습니다."

"흠……."

정색을 한 대한의 말에 이한우가 술잔을 든 채 잠시 그를 쳐다보다가 말을 이었다. 반존대였던 말투는 반하대로 바뀌어 있었다.

"이거 젊은 친구가 대단한 배짱을 가졌군. 뭐 그만한 배짱이 없고서야 그만한 사업을 벌이지도 못했겠지. 좋아. 한 가지만 이야기하지. 김 회장 이야기대로 나 역시 김정남이 북한을 장악할 만한 자질을 가진 사람이라고는 생각지 않아. 조직력도 딸리고 지도자로서의 카리스마도 부족하거든. 그런데 그가 피비린내 나는 내전을 통해 정권을 잡았다고 가정해보세. 군부가 조용할까? 절대 아니야. 기회만 나면 총질은 계속될 것이고 결국은 누군가에게 손을 내밀게 되어 있어. 대답이 됐나?"

"잠깐만요. 김정남은 중국군의 개입을 염두에 두고 있었습니다. 만에 하나 중국이 한 손을 거든 상황이라면 중국도 가만히 안 있을 것이고 제가 김정남의 입장이라도 한국과 중국 사이에서 적당히 줄다리기를 하면서 필요한 것을 챙길 겁니다."

"김 회장이라면 당연히 그렇게 하겠지. 하지만 김정남이란 위인이 과연 그럴 만한 강단이 있을까? 난 절대 아니라고 봐. 일단 그 정도만 알고 있게. 더 알아도 좋지 않아."

'젠장! 무슨 놈의 대답이……'

대한은 깊이를 알 수 없는 이한우의 회색 눈동자를 빤히 노려보며 필사적으로 머릿속을 정리했다. 일단 대통령의 목표는 흡수통합일 가능성이 가장 높다. 십중팔구 북한 군부가 완전히 무너진 상태에서 한미 연합군의 북진시나리오를 구상하고 있을 것 같았다. 하지만 북진은 엄청난 인명피해와 산업기반의 붕괴가 동반되는 위험한 발상이다. 사실 통일이라는 명분을 가로막을 수 있는 건 아무것도 없다. 그러나 안 그래도 천문학적인 숫자가 될 통일비용이 천정부지로 치솟는 건 가능하면 피해야 할 상황이었다. 더구나 중국과 미국 사이에서 절묘한 줄타기를 해야 했다.

통일이라는 대전제는 같지만 가능하면 동족의 피를 보지 않고 대세를 끌어온다는 그의 노선과는 극과 극이라고 할 만큼 큰 차이를 보이는 셈, 그러나 당장 대통령과 맞서서 좋을 것은 없었다. 역시 시간이 필요했다. 대충 마음을 정한 그가 조용히 자리에서 일어서며 말했다.

"가능성을 신중하게 검토해보겠습니다. 어떤 결정을 하게 되던 대통령님의 정책에 크게 반하지는 않을 겁니다. 오해는 말아주셨으면 합니다."

"현명한 결정을 하리라 믿겠네."

대한은 대답을 생략한 채 깊숙이 머리를 숙이고 서둘러 방을 나섰다.

대한은 청와대를 빠져나오는 차 안에서 담배부터 빼물고 연신 연기를 뿜어댔다. 우선은 짜증스러웠다. 적지 않은 핸디캡이라고 생각은 했지만 막상 겪어보니 정말 쉬운 상대가 아니었다. 무시해 버릴 수도 없고 속을 읽을 수도 없다. 엇박자가 나기 시작하면 수습도 쉽지 않다. 큰일을 앞둔 변수로는 최악인 셈이었다.

연구소로 돌아온 대한은 곧장 숙소로 올라가 대충 샤워를 한 다음 아영을 불렀다. 아영은 즉시 잠옷차림으로 그의 방으로 건너왔다. 마카오에서 사준 잠옷인데 좀 야해서 신경이 쓰였지만 그냥 모른 척했다. 아영이 밝은 얼굴로 물었다.

"무슨 일이야? 대통령이 새로운 제안이라도 했어?"

"그게 아니다. 서해 NLL에 관련된 최근 기사들 좀 뒤져봐라. 북한 해군 동향도 뒤져보고."

가볍게 고개를 끄덕인 아영이 불과 몇 초만에 입을 열었다.

"최근엔 NLL 부근에 우리 해군이나 어선이 들어가질 않아서 특별한 충돌은 없었는데? 대신 우리 어선들이 힘든가 봐."

"왜?"

"이제 꽃게 철인데 우리어선은 NLL 근처에도 못 들어가고 중국 어선들만 수백 척씩 들어와서 바닥을 긁어간다네. 우리 해군은 북한 해군과 충돌이라도 생길까 봐 NLL 인근은 피하는 입장이고. 어민들이 고민 많은가 봐."

"흠. 그래? 잘됐네. 이참에 그거까지 해결하자."

"어쩌려고?"

씩 웃은 그가 침대에다 몸을 던지며 말했다.

"생각이 있어. 일단 25일 전후로 우리 해군 초계계획 좀 찾아봐라. 북한군 건 어차피 온라인에서 찾기 힘들 테니까 그냥 두고."

"응. 다른 건?"

"일단은 그것만, 그리고……."

대한은 말끝을 흐린 채 언제나처럼 밝고 매력적인 아영의 얼굴을 물끄러미 건너다보았다. 사회의 밑바닥을 기던 초라한 인생을 한순간에 바꿔버린 고마운 존재, 사람이 아닌 건 알지만 항상 진짜 여동생처럼 대해왔고 앞으로도 그럴 것이었다. 그리고 오늘은 간만에 나란히 누워 그녀를 느끼고 싶었다. 그가 침대 옆자리를 팡팡 두드리며 말했다.

"이리 와라. 오늘은 간만에 같이 자자. 괜찮지?"

아영의 얼굴이 환하게 밝아졌다.

다음날, 대한은 하프늄 핵반응로 시제품 시험가동을 참관한 뒤, 그룹 사장단과 미래소재, 정밀, 조선 3사의 수석연구원이 참석하는 연석회의를 소집했다. 김정일 사망을 코앞에 둔 사실상 마지막 점검, 여기저기 흩어져 있던 낯익은 얼굴들이 모두 모인 회의였다. 다들 자리를 잡자 대한이 차분하게 입을 열었다.

"우선 박명욱 수석연구원께 수고했다는 말을 전하고 싶군요. 핵반응로 시제품은 성공적이었어요. 소형이지만 강력했고 양산 신뢰도도 높더군요. 특히 기존 핵발전 최대의 단점인 70퍼센트 열손실을 5퍼센트 이내로 줄인 것은 정말 대단한 개가였습니다. 고효율의 장기간 사용가능한 소규모 핵발전소를 얻은 셈입니다. 함께 고생한 연구팀 전원에게 별도 보너스를 지급하세요. 1,000퍼센트 정도면 괜찮을 것 같습니다. 고생했어요."

"감사합니다. 회장님."

박명욱이 정중하게 목례를 했다. 대한이 말을 이었다.

"이제 양산을 서두릅시다. 미래정밀 연구팀, 생산기술팀과 협의해서 두 가지 스펙으로 양산을 고려하세요. 당장 필요한 건 대규모 발전용보다는 장거리 선박용, 장거리 항공기용입니다. 대규모 발전용과 초소형 개인화기용은 차후에 고려하세요. 정밀 쪽에서는 충분한 인원을 투입하도록 하세요."

"알겠습니다."

"자. 이제 점검을 시작합시다. 미래소재부터 시작할까요?"

"네. 회장님."

한명석이 재빨리 자리에서 일어서 프로젝터를 켰다. 화면에 4개의 표가 떠올랐다.

"현재 개발 중인 기체들입니다. 먼저 상용 항공기 미래 9시리즈입니다. 500인승 초음속 전익항공기全翼航空機이며 연료는 수소입니다. 연료는 한대그룹을 지원하는 차원에서 한대에서 구입, 사용하기로 했습니다. 장폭고 70X85X20미터입니다. 경제 순항속도 마하2, 순항고도 20킬로미터, 최대항속거리 20,000킬로미터, 기체 중량 108톤, 최대이륙중량은 610톤입니다. 1호기 생산 시점은 8월이며 가격은 9천8백만 유로로 가결정했습니다."

"유로?"

"예. 그룹 기획실에서 기준화폐를 모두 유로화로 전환했습니다."

"달러화의 유동 폭이 너무 컸던 모양이군."

"그렇습니다. 미국 중앙은행도 달러화 폭락을 막지 못하고 있습니다. 조만간 정부에서도 기축통화 변경 이야기가 나올 듯싶습니다."

"그렇겠지. 9천8백만이면 경쟁력은 있는 겁니까?"

"충분합니다. 보잉777보다 다소 저렴한 가격이니 경쟁력이 있습니다. 추후 스텔스 기능 추가 등 대대적인 개조과정을 거쳐서 조기경보기로 활용할 예정입니다."

"계속하세요."

"다음은 미래 6시리즈, 100인승 초음속 전익항공기입니다. 장폭고 31X42X15미터입니다. 순항속도나 고도, 항속거리는 9시리즈와 동일합니다. 항속거리 오버스펙 때문에 효율 문제가 거론 됐으나 차후 대잠초계기 활용을 고려해서 동일 스펙을 유지했습니다. 생산시점은 12월, 가격은 4천만 유로입니다. 다음은 대잠헬기 MHS-1 송골매입니다. 상용헬기로 전용이 가능하도록 설계했습니다. 디핑소나 등 소모적인 장비는 군이 보유하고 있는 기존 장비를 활용하는 것으로 결정했고 기타 기체운용 장비는 운사의 시스템을 전용했습니다. 항속거리는 2,000킬로미터 정도가 될 것 같습니다. 생산시점 6월, 가격은 400만 유로입니다."

전체적으로 운항거리가 오버스펙인 것은 사실이었다. 현행 대잠헬기들의 운항거리가 보통 400km 전후였고 중형항공기의 경우에도 국내선 등 단거리 노선에 투입되기 때문에 운항거리는 확실히 너무 길었다. 그러나 굳이 무리해서 축소할 이유가 없다는 판단으로 그냥 밀어붙인 것이었다. 대한이 말을 받았다.

"고생하셨습니다. 이제 항공기 시장 진입을 위한 준비를 시작하세요. 필요한 지원은 아끼지 않겠습니다."

"예, 회장님. 이제 마지막으로 스페이스 셔틀 MSS-1 뇌백雷伯입니다. 지난달에 그룹기획실에서 내려온 도면과 스펙 검토를 막 마치고 부품 제작 및 수배에 들어갔습니다. 마하23이 넘는 고속과 수천도의 고열을 견디면서 충격에도 강해야 하기 때문에 소재개발에 시간이 필요합니다."

지난해 아영과 상의했던 스페이스 셔틀은 장거리 폭격기 개념으로 설계해서 인공위성 발사대 활용을 고려한 것이었지만 막상 아영이 내놓은 도면은 아예 우주왕복선이었다. 어차피 엄청난 개발 비용을 쏟아붓는 마당이니 아예 왕복선으로 가자는 의미였다. 대한이 이의를 달 이유는 없었다. 그가 당연하다는 듯 크게 고개를 끄덕이며 말했다.

"알고 있어요. 인내가 필요한 작업이니 시간을 가지고 끈기 있게 갑시다."

"감사합니다. 회장님. 이상입니다."

"수고하셨습니다. 자…… 미래정밀은 김양호 수석이 정리할 건가요?"

"예. 회장님."

안경을 쓴 왜소한 체격의 사내가 재빨리 앞으로 나섰다. 미래정밀 출신으로는 드물게 수석연구원 자리까지 차고 올라온 순발력이 눈에 띄는 사람이었다. 곧장 프로젝터 화면이 바뀌고 서둘러 보고를 시작했다.

"미래정밀은 그간 대륙간 탄도미사일과 EMP미사일 개발에 총력을 기울여 이제 시제품 완료 단계에 들어갔습니다. 먼저 탄도미사일 MICBM-1 흑풍입니다. 길이 10미터에 직경 1미터, 발사 중량 15톤으로 비교적 작은 사이즈입니다. 사거리 12,000킬로미터에 오차반경 2미터, 탄두는 500킬로톤짜리 수소─하프늄 탄두 10개를 탑재합니다. 시제품 제작은 6월에 마무리 됩니다만 시험 발사는 한미미사일협정 때문에 그룹차원의 승인이 있어야 가능합니다."

"그래야겠죠. 방법과 시점은 따로 잡아서 통보하도록 하겠습니다."

"감사합니다. 다음은 EMP미사일 MEMP-1 돌풍입니다. MCM-1, 2 기체를 그대로 전용해서 사거리는 400과 2,000킬로미터까지 가능하며 탄두 유효반경은 2킬로미터와 20킬로미터 2종으로 개발되었습니다. 양산은 5월부터 가능합니다."

"시험발사는 했나요?"

"아직입니다. 회장님 스케줄을 확인하고 나서 시안을 올릴 생각이었습니다."

"좋아요. 당장 준비하세요. 23일부터 10발 정도 치우 발사대에서 발사하겠습니다."

"네. 회장님."

"그리고 7월까지는 최소 200기씩 생산해서 재고를 확보해두세요. 일부는 군에 납품하겠습니다."

"알겠습니다."

"기존제품 생산현황은 어떤가요?"

"지난 1/4분기까지 풍백 16기와 운사 23기가 납품되었고 재고는 풍백 4기, 운사 6기입니다. 미사일류는 MSM-1 대공미사일을 포함해서 전부 620기 생산 후 어제 라인을 세웠습니다. 재고는 각각 50기 선입니다."

대한이 미간을 좁힌 채 반문했다.

"라인을 세워요?"

"예. 김아영 부회장님이 화상통신으로 직접 승인하셨습니다. 하프늄 소모량이 원체 많다보니 공급이 원활치 못하다는 걸 고려하지 못했습니다. 죄송합니다. 하지만 새로 인수한 시베리아 지르콘 광산에서 채광한 원석 1차분이 다음 주에 공급되고 월말에는 할흐 골 하프늄 원석도 들어옵니다. 곧 해소됩니다."

"다행이군요. 시베리아 광산은 규모가 어떻죠?"

"나쁘지 않습니다. 실무진 추산으로는 연산 20톤, 10년은 가능할 것 같습니다."

그가 고개를 주억이며 말했다.

"추가로 몇 군데 더 확보하세요. 에너지 문제야 다른 방법을 찾을 수 있지만 무장은 현재로서 하프늄이 최선의 선택입니다. 특히 전략무기는 대안이 없습니다."

"명심하겠습니다."

"이제 미래조선 시작하세요."

"조선은 제가 직접 보고 드려야 할 것 같습니다."

머리를 긁적인 안상일이 직접 앞으로 나오며 이야기를 시작했다.

"그룹 기획실에서 내려보낸 5천 톤급 MDD-2 이지스함은 순조롭게 건조작업에 들어갔습니다. 처음 제작해보는 형태여서 논란은 있었지만 큰 무리 없이 진행될 것으로 판단합니다. 장착무장이 적기에 넘어온다는 전제로 1호선 진수목표는 연말, 2호선은 내년 상반기입니다. 다만 MSS-301 핵추진 잠수함은 심해 생존 장비들 때문에 목표를 늦춰야 할 것 같습니다. 내년 하반기 목표입니다. 그런데……."

"그런데 뭡니까?"

"제가 드릴 말씀은 아닙니다만…… 올해 들어 너무 서두르시는 것 같습니다. 사실 개발비에 워낙 많은 자금을 쏟아붓다보니 당장 2/4분기 자금 사정이 그리 좋지 못합니다. 이달 군의 대금결재도 늦어졌습니다. 속도를 조절하는 것이 어떨까 싶습니다."

안상일의 이야기는 틀리지 않았다. 해가 바뀐 후부터 바짝 고삐를 조이다보니 자금운용에 여유가 줄어들고 있었다. 물론 그룹 전체로 보면 여유자금이 충분했지만 막 궤도에 올라선 미래조선의 경우에는 증자를 생각해야 할 정도로 쉽지 않은 상황이었다.

"부족한 자금은 이지스함과 잠수함 건조비용 일부를 미래금융이 선지급하는 형태로 처리합시다. 이유는 묻지 말고 그대로 강행하세요. 곧 다들 알게 될 겁니다."

"알겠습니다. 회장님."

안상일은 금방 수긍하고 자리로 돌아갔다. 어차피 대한의 속을 들여다볼 재간이 없으니 고민해봐야 소용이 없다는 현실적인 판단이었다. 보고가 끝나자 대한은 몇 가지 시급한 사안들에 대해 지시를 내리고는 서둘러 자리를 털고 일어섰다.

"수고들 많으셨습니다. 오늘은 여기까지만 하십시다. 필요한 이야기가 있으시면 따로 시간을 가지십시오. 전 만나야 할 사람이 있습니다."

합참의장 최문식과 저녁 약속을 해둔 상황, 시간이 애매해서 빨리 움직여야 했다.

서울비행장은 평소와 다름없이 차분하게 가라앉아 있었다. 정문 안쪽의 차단기 앞에 차를 세우자 자동소총으로 무장한 경비병이 재빨리 다가와 차 안을 들여다보았다. 조수석에 앉은 아영이 하얗게 웃으며 손을 들었다. 두 사람의 얼굴을 확인한 경비병이 한 걸음 물러서며 거수경례를 했다.

"의장님께서 기다리십니다. 정면 오른쪽에 보이는 본관 건물입니다."

본관 정면의 주차장에 차를 세우고 정복 부사관의 안내를 받아 건물 안으로 들어갔다. 제법 깔끔한 분위기, 부사관은 중앙홀을 가로질러 짤막한 복도를 지나 회의실처럼 꾸며진 깔끔한 응접실 앞에서 걸음을 멈췄다. 조금 열린 문에 노크를 하자 안에서 최문식의 목소리가 흘러나왔다.

"모셔라."

부사관은 들어가라는 손짓만 하고는 재빨리 옆으로 비켜섰다. 안으로 들어서자 등 뒤에서 소리 없이 문이 닫혔다. 최문식은 널찍한 회의탁자에 앉아 있었다.

"어서 와요. 김 회장. 오랜만이군. 동생 분도 반가워요."

"안녕하십니까."

"안녕하세요. 의장님."

두 사람이 가볍게 고개를 숙이자 최문식이 탁자 건너편을 가리키며 말했다.

"앉으시오. 안 그래도 상의를 해야 할 일이 있었는데 마침 잘됐어요."

"이제 말씀 놓으세요. 의장님. 연배차이만 해도 두 배가 가깝습니다."

"어? 그럴까? 난 내가 아직 30대라고 생각해서 말이야. 후후."

그가 씩 웃으며 말을 받았다.

"겉보기엔 30대 맞습니다. 하하."

"이런. 과학에만 미쳐 사는 줄 알았는데 입에 발린 말도 잘하는구먼. 고마워."

마주 웃은 그가 자리를 잡자 아영의 목소리가 전송되어왔다. 아영은 테이블을 만지작거리고 있었다.

─테이블 삽입 고성능 도청기 하나. 무력화 완료. 원거리 지향도청 방어 시작.

그는 아영과 슬쩍 눈을 마주치고는 최문식에게 시선을 돌렸다. 최문식이 앞에 놓인 결재판을 펴서 대한 앞으로 밀었다.

"한 번 보게. 고민이 생겼어."

결재판에는 한미합동 '키 리졸브/포울 이글' 훈련이라고 쓰인 두툼한 보고서가 얼굴을 내밀고 있었다. 최문식이 말을 이었다.

"5월 10일부터 나흘간 하는 것으로 결정이 됐어. 핵항모 니미츠와 핵잠 오하이오가 부산으로 들어올 것이고 괌의 F-35 2개 중대가 평택으로, 본토 해병 1사단이 서부전선으로 들어올 걸세. 기분이 좋지 않아."

"그거 가끔 해오던 것 아닙니까?"

대한이 고개를 갸웃하자 최문식이 심각한 표정으로 말을 받았다.

"그렇긴 한데…… 올해는 영 이상해."

"어떤 면이 그렇습니까?"

"알다시피 올해는 전시 작전권이 넘어오는 해일세. 사실 나와 차 중장이 풍백이나 파동포 같은 신형무기들을 미군에 공개 안 하고 버티는데도 아직 잘리지 않은 건 다 6월에 완전히 넘어오는 전시작전권 때문이야. 인수 작업 때문에 전부들 정신없는 판에 수뇌부를 바꿀 수는 없거든."

"가능한 이야기군요."

"어쨌거나 이번 훈련이 작전권 인수를 전제로 하는 최종 리허설이니까 미군의 참여 규모가 달라질 수 있다고 보긴 하는데…… 아무리 그래도 이건 규모가 너무 커. 장비들의 이동도 엄청나고 말일세. 사실 김정일의 건강이 좋지 않다는 건 공공연한 사실이고 최근 북한군 서부전선 주둔부대들의 이동도 평소와 다르게 좀 많아. 우리 군 장성들에 대한 감시의 눈도 부쩍 늘어난 것 같고 말이야. 그리고…… 대통령과 국정원의 움직임도 심상치가 않아. 알고 있나?"

"알고 있습니다."

"솔직히 느낌이 영 좋지 않네."

"흠……."

대한의 느낌도 좋지 않기는 마찬가지였다. 우선 시기가 너무 절묘했다. 김정일은 오늘내일하고 북한 군부는 의도된 도발을 시도한다. 그리고 미군이 한반도에 대대적으로 상륙한다. 그것도 니미츠급 항모에다 핵잠수함과 해병대까지, 해병대는 분명 공격부대였다. 물론 합참의 전시 통제능력을 확인하는 차원의 일상적인 훈련으로 이해할 수도 있으나 대통령과 김정남이 모종의 합의를 했다는 걸 주목하면 이야기가 또 달라진다. 우려한대로 내전으로 흔들리는 북한을 힘으로 밀어붙이는 시나리오가 정말 현실로 다가올 수도 있었다. 최문식이 말을 이어갔다.

"게다가 1사단 주둔 예정지가 파주일세. 얼마 전에 지반공사가 끝난 연구단지 북쪽 미래시티 부지가 1사단 단기 주둔지로 최적이라면서 사단 주둔지로 내달라더군."

"미래시티 부지를요?"

"그래. 사실 서부전선에 그만한 공간은 없으니까 대안이 되긴 하지. 하지만 그것보다는 미래그룹에 압력을 가하는 수단으로 사용할 가능성이 높아. 반입한 첨단 장비를 동원해서 뭔가 심으려고 할 가능성도 있고 최악의 경우엔 힘으로 미래시티를 장악할 수도 있고 말이야."

어이없다는 표정으로 쓴웃음을 내보인 그가 단호하게 말했다.

"무조건 거절입니다. 사유지입니다."

"물론 그렇지. 그런데 우습게도 한강하구에서 1개 기계화 연대가 도하훈련을 하겠다고 우기더군. 김포에서 파주로 말이야. 그러니 도하지점을 잘못 알았다고 우기면서 그냥 밀고 들어올 수도 있어. 부지 외부에 주둔하게 된다고 해도 마찬가지일세. 기껏해야 양철 펜스 하나인데 장갑차로 밀어내고 들어왔다가 하루이틀 뭉개고 나가면 그만이야."

"어디까지나 다른 나라의 방위산업체에 불법적으로 진입하는 겁니다. 일단 안 된다고 통보해주십시오."

"이미 그렇게 통보했네. 다만 뒷일이 만만치 않을 것 같아서 하는 이야기야."

"흠…… 재미없군요. 저대로 준비를 좀 해야겠습니다. 앉아서 만만하게 당해줄 수는 없죠."

"가능하겠나?"

"하는 데까지는 해봐야죠. 그나저나 1사단이 그냥 뭉개고 주저앉아서 북한의 동정을 살피겠다고 나오면 문제가 심각해지는군요."

"맞아. 내가 가장 우려하는 것도 그걸세. 주력부대를 가까이에 주둔시켜 미래에 직접적인 압박을 가하고 상황에 따라서는 북진을 강행하겠다는 의미로 해석할 수 있어. 물론 이쪽에서 선공은 못하겠지만 내전상황이니 아차해서 포탄 한 발만 휴전선 너머로 날아오면 북진은 기정사실이 되거든."

"의장께서 막으실 수는 없을까요?"

"하루이틀 버틸 수는 있겠지. 하지만 기본적으로 국군 통수권자는 대통령이야. 포탄이 날아온 걸 국방부에 보고하지 않을 수도 없고 대통령의 명령을 거역할 수도 없네."

그가 고개를 무겁게 주억이며 중얼거렸다.

"어렵군요. 결국 뭐가 됐든 대통령이 꾸미는 일을 중지시켜야 한다는 이야기네요."

"그런 셈이지. 하지만 어떻게? 괜한 손찌검으로 미국 없이 중국과 전면전을 치러야 할지도 모르네. 위험부담이 너무 커."

"북한에 내전이 터진다면 미국은 무조건 개입하려 할 겁니다. 걱정 마십쇼."

"그걸 어떻게 확신하지?"

"어린아이가 비싼 장난감을 손에 쥐면 무슨 생각부터 할까요? 쓰고 싶지 않을까요?"

"당연하겠지."

"미군 장성들에게는 다시없는 기회입니다. 손에 쥔 값비싼 장난감도 써보고 전승으로 대중적인 인기도 얻는 겁니다. 퇴역 후를 위해 정치권에 한쪽 발을 담글 수 있는 절호의 기회죠. 군산복합체는 또 어떨까요? 멀리 떨어져서 재래식 무기 조금 팔아먹는 걸로 만족할까요? 대답은 무조건 노우입니다. 미군이 직접 개입하는 것과는 천지차이니까요. 젊은이 몇 죽는 걸로는 눈 하나 깜짝 안 합니다. 북한의 경우엔 만만하기도 하고 명분 역시 충분하니 미국 정부나 의회가 가로막을 이유도 없습니다. 로비스트들이 그냥 있을 리도 만무하고요."

최문식이 길게 한숨을 내쉬었다.

"휴…… 섬뜩한 이야기로구먼."

"변수라면 중국의 전면적인 개입인데…… 솔직히 그 부분은 아무도 장담할 수가 없습니다. 다만 기본적으로 아직 미국과 전면전을 불사할 배짱은 없다고 보는 쪽에 무게가 실립니다. 속전속결이 되면 중국도 손을 대기 어려울 겁니다."

"……"

"아직 며칠 시간 여유가 있으니 일단 제가 손을 써보겠습니다. 의장님은 그냥 모르는 척 한 발 물러서 계십시오."

최문식의 눈이 치켜떠졌다.

"김 회장이?"

"작지만 제겐 독립된 무력이 있습니다. 대통령과 일을 꾸미는 사람이 누군지도 알고요."

의미심장한 이야기, 의도는 짐작이 가지만 너무 위험해 보였다.

"거긴 북한 공작국에 우리 국정원 아이들까지 붙어 있네. 너무 위험해. 김 회장을 잃는 건 국가적으로 너무 큰 손실이야. 찬성할 수 없네."

"이건 잘못된 선택입니다. 수백만 명을 한꺼번에 죽이게 될 겁니다."

"그래도……."

"전 민족이니 국가니 하는 거창한 이야기는 모릅니다. 알고 싶지도 않고요. 그러나 내 부모의 시체가 폐허 위에 버려지고 굶주린 딸자식이 초콜릿 하나에 가랑이를 벌리는 꼴은 절대 볼 수 없습니다. 말릴 생각 마십쇼."

대한은 무섭게 가라앉은 목소리로 최문식의 말을 잘라버렸고 최문식은 더 이상의 말을 삼켰다. 할 말이 없었던 것이다. 대한이 차가운 목소리로 말을 이었다.

"그리고 한 가지만 부탁드리겠습니다."

"이야기하게."

"5월 25일 새벽부터 26일 자정까지 이틀간 서해북부 해상의 초계함을 모두 불러들이고 연평도와 NLL 인근에 출어를 금지해주십시오."

"응? 그건 왜?"

"김정남이 대통령께 전한 이야기인데 북한 해군이 25일을 전후해서 의도적인 도발을 해올 거랍니다."

"뭐라고?"

"이참에 북한 해군도 그렇고 불법 어로하는 중국 어선들까지 버르장머리를 좀 뜯어 고쳐놓을까 싶습니다. 그 이틀간은 국방부나 청와대에도 비밀로 해주십시오."

"엄청나게 민감한 사안인데…… 방법이 있나?"

"총질은 절대 안 할 거니까 걱정 마십시오. 대신 27일 새벽에는 초계함들을 총동원하십시오. 아마 할 일이 많을 겁니다."

의아한 기색을 감추지 못했지만 최문식은 거부하지 않았다. 만일 진짜 북한 해군이 도발을 시도한다면 굳이 맞부딪쳐 사단을 만들 이유도 없었고 대한이라면 뭔가 기발한 아이디어를 내놓을 것 같았기 때문이었다.

"어차피 군사적인 충돌은 피해야 하니 그렇게 하지. 하지만 신중해야 하네."

"문제되지 않을 겁니다."

"그러면 다행이고. 참! 문제가 하나 더 있어."

"말씀하십쇼."

"이번 합동훈련에 풍백을 참가시키라는군. 8군사령부의 제안을 대통령이 승인했네."

합참이 필사적으로 숨기고 감췄지만 비행훈련을 안 할 수는 없었고 미국의 정보망에 잡히는 것도 필연적인 수순이었다. 그리고 풍백의 존재를 안 이상 실체를 확인하고 싶은 건 당연했다. 그가 뜽한 표정으로 물었다.

"F-35하고 공중전이라도 하라십니까?"

"아무래도 그렇게 될 것 같네. 우리 풍백 편대가 2기 기준이니까 편대전투가 될 것 같은데…… 솔직히 어떻게 상대를 해야 할지 모르겠어. 우리 조종사들이 아직 기체에 익숙하지도 않고 편대전투 경험도 많지 않아서 말이야."

"도와드리죠. 어차피 상대도 안 되니 아주 박살을 내놓으세요."

"그래도 될까?"

최문식이 걱정스럽게 반문했다. 사실 최문식의 입장에서는 지는 것도 걱정, 이기는 것도 걱정이었다. 가상전투이긴 하지만 F-35를 일방적으로 몰아붙이면 관련 정보를 빼내기 위한 미국정부의 압력이 거세질 것이고, 만에 하나, 지게 되면 한국공군 전체의 사기에 문제가 생길 터였다. 더불어 국산 기체 구입을 강행한 그의 입장도 아주 난처해질 것이었다. 그런데 대한은 아주 자신만만하게 결론을 내리고 있었다.

"훈련에 참가할 조종사 두 분을 미래소재 연구소로 보내십쇼. 통제기가 없어도 풍백이 몰리지는 않으리라고 판단합니다만 이왕 제압하기로 마음을 먹었으면 확실히 하죠. 통제시스템 로직을 간단히 교육해놓겠습니다."

"……."

최문식이 말을 삼키자 그가 슬그머니 배를 쓰다듬으며 말을 돌렸다.

"저녁 사신다고 해서 왔는데 밥은 안 주십니까? 허기지는데요?"

(3권에 계속)